文學新象 289

自殺橋

Hairpin Bridge

泰勒·亞當斯（Taylor Adams）◎著
蕭季瑄◎譯

高寶書版集團

獻給我的雙親

第一部

四團小火堆

第一章

莉娜

「妳長得……和她一模一樣。」

這句話莉娜．阮已經聽過很多遍了。作為另一個人會移動、會講話的鬼影，自始至終都令人惴惴不安。

「妳們是雙胞胎？」

她點頭。

「同卵雙胞胎，對吧？」

她又點點頭。

州警的眼神有了點變化，看起來很懊悔。彷彿一開始沒有講這句話，就等於是冒犯了對方：「我……我應該這麼說才對，節哀順變。」

又是一記重擊。莉娜禮貌性地看向對方。

「我沒法想像失去手足是什麼感受。」

沒有人有辦法。

「試著讓時間帶走一切吧。」

老調牙的話語不斷湧現。

「妳永遠沒法克服。但終有一天會過去的。」

這句是新的，莉娜心想，順便記錄到清單中。

雷蒙．雷切維奇下士同意和她在這座米蘇拉外六十英里、岩漿泉餐館以及殼牌加油站共用的碎石停車場碰面。一大批野火疏散隊員加入源源不絕的過往車輛，高速公路在此處由兩個死角形成一個危險的交叉口，且無任何號誌燈。

雷切維奇下士本人是個貌似大猩猩的男人，被身上棕褐色的公路巡邏制服緊緊包裹。雙肩、二頭肌和輕柔的微笑都被包覆其中。他鄭重地和莉娜握手，雙眼下的眼袋像是輕淺的瘀青。

「謝謝您這麼做，」她說。

「應該的。」

「真的非常感謝……您懂的。如此準時且——」

他淺淺一笑，「我下班了。」

他再次立在原地審視她良久，一股熟悉的不耐煩又一次襲上莉娜。和陌生人討論妹妹總是這種感覺；一本好幾年前她就記住的「選擇你自己的冒險」的書。雷切維奇開口之前她就知道他想說什麼了，他的話語也如預期般出現：「我很遺憾。我只是……沒想到妳和她那麼像。」

你應該試試看，她酸溜溜地心想。有夠恐怖，每天早晨在鏡子裡看到的臉就是你哀悼

的對象。

「那肯定很難受，每天早上都在鏡子裡看見她的臉。每一天，任何可以反射的東西，甚至是車子後照鏡，都會……出其不意地襲向妳。」

她看著他。

「我深表同情，莉娜。」

嗯？我可能太小看你了，雷。

一陣深長尖銳的嘶吼聲嚇著了她。她轉身——一輛十八輪大貨車轉彎時車速過快。在那胃部翻攪的一瞬，十公噸搖搖晃晃的貨物在輪胎急煞的同時徑直朝他們傾倒。接著卡車轉回原有的車道，雷切維奇下士盯著有色玻璃呼嘯而過，彷彿期待駕駛會出聲道歉。

他沒有。引擎發動後大卡車如雷鳴般轟然駛過，被刮起的強風狠拽著他們的衣服。莉娜撥開臉上的瀏海，看到車身上模板印刷的大字彷若放映機投射出的電影：**響尾蛇**。下一秒車子便沒了蹤跡。徒留下耳邊的轟鳴聲和塵土沙礫的滋味。

「白癡，」警察碎念。

我真的在這裡，她心想。我真的在這裡，做這件事。

唇齒間的塵土讓一切變得真實。幾個月的等待之後，二十四歲的莉娜終於來到了蒙大拿州。離家數英里。向前進。取得進展。同時間她的腦袋裡想起另一個微弱的細語聲：不要臣服現狀。不要鬆懈。

一秒都不行。

她意識到自己正用食指拉拽著一綹頭髮——一個自國小即養成的習慣動作——趕緊停手。這讓她看起來很緊張。

雷切維奇沒有注意到。他正瞇著眼看向遠方。「髮夾橋離這裡不遠，但一到達那裡就會毫無陰影遮蔽。陽光成了一盞聚光燈消耗掉妳的能量。出發之前，妳需要在餐廳買點什麼嗎？水之類的？」

「我買點東西。」

「好。」他手一指。「我去發動車子，等等跟著我。」

她快速回到設有空調的岩漿泉餐館內。她今天已經在裡頭等了好幾個小時了，一邊喝黑咖啡一邊聽一群消防員隔著油膩膩的雞蛋討論工作。她假裝在看擺滿提神飲料和瓶裝水的小冰箱，確定雷切維奇下士已經進入車內且沒有隔著擋風玻璃盯著她看後，才走回到自己的小隔間。

隔間內的桌子上擺著她的筆記型電腦。她再三確認電源線、Sony 配件以及餐廳的無線網路。沒問題。

「真的非常感謝，」她對著狹長櫃檯後的女士這麼說道。「我很快回來。」

「妳在下載大學的研究作業嗎？」

「類似。」

——

她跟著警察的車在200號高速公路上往東前進，在濃煙瀰漫的地平線下於全新柏油路上行駛了十五分鐘。緊接著雷切維奇突然右轉，切過兩條車道，彷彿是被眼前的岔路嚇到一般。莉娜不得不緊踩煞車，橡膠劇烈摩擦地面。

他朝車窗外揮揮手：*抱歉*。

這條道路已經好幾十年沒有維修了。雜草自被陽光曬得發白的混凝土裂縫中探出芽來。標線已經褪色。在一扇上了鎖的鐵門之後，同樣褪色的標誌上寫著：**禁止公眾使用**。雷切維奇下士記得密碼。重新上鎖後，他以時速七十五公里的速度行駛，比速限多了十五公里。她很好奇他是不是在試探自己，好讓她吃上罰單。這舉動未免太愚蠢。

她趕上他的車速。她也要試探他。

她靜靜地駕駛。自今早離開西雅圖後就沒有播放任何音樂或播客，因為她沒有正確的軟體保護器可以連接到喇叭。她不敢碰ＣＤ播放器或是廣播預設，這車不是她的。

是坎布莉的。

*曾經*是坎布莉的。

駕駛死去雙胞胎手足的車不是什麼愉快的體驗。她們倆的父親淚眼汪汪地力勸莉娜接手這台車，堅持說這輛舒適的二〇〇七年豐田卡羅拉是妹妹為數不多的財產之一，不應該賣掉。然而，今天前往蒙大拿州霍華德縣乾燥山麓的旅程是莉娜所駕駛過最漫長的車程。

她沒有動任何東西。所有細節皆已定格。杯架上空得見底的三十二盎司飲料杯是坎布莉的，上頭印有早先於大銀幕上映，如今已下檔的超級英雄電影。紅色的冷藏箱裡滿是腐爛的食物。備用電池、空氣壓縮機、骯髒的工具包。後座則是個極簡主義生活空間——行李袋內摺疊好的衣物仍有她的氣味、個別的密封袋內裝有除臭劑、牙膏和漱口水。後車廂內有頂兩人用的帳篷、一個電烤爐以及一個捲得完好的睡袋。莉娜從來都沒辦法把睡袋捲得這麼緊。從不。

我不只是開著她的車，來到斯波坎和科達倫之間某處，她才陡然間意識到這點。我是開著她的房子。

像莉娜這樣的城市女孩，實在忍不住對雙胞胎妹妹如此儉樸的生活方式感到驚嘆。方向盤上的牛皮膠帶。露出的電線曝露了手工維修點菸器轉接頭的痕跡。零散的衣物柔軟劑（用來去除異味，莉娜猜想）。在這個妹妹已經生活了九個多月的私密空間內，改變或丟棄任何東西，彷彿都是沉痛的羞辱。

所以一切塵封不動。

甚至是冷藏箱裡腐爛的食物。甚至是身旁在陽光照耀下散發甜味的飲料杯。三個月前坎布莉的雙唇觸碰於上，或許還留有她的ＤＮＡ。

妳長得和她一模一樣。

她很驚訝雷切維奇下士竟然沒有認出坎布莉的車。他發現屍體的那晚車子也在現場。他忘了嗎？

他的警車持續前行——幾近八十公里——因此當道路朝著山路爬坡時，莉娜緊踩油門才能趕上他的速度。輪胎狠狠撞擊著粗糙的混凝土。土地在她的右手邊之下開展成一片令人驚嘆的廣闊褒地，有那麼一瞬，莉娜很好奇在大多數的道路上，一個人能有多接近死亡。緩衝區大多都是虛幻不實的。距離即將出現的車道或溝壑，往往只有一個轉彎之隔。她試著別想這件事。

這裡的黑松更為高大挺拔——六十、七十英尺。受損的枝葉被陽光曬得焦脆，矗立於滿地棕色針葉與鬆脆的杜松之上。一百萬英畝的火種正等待一絲星火。而這片變化萬千的地形之外，遠方升騰而起……。

她感到喉頭一陣緊縮。

就是那裡。那個結構的輪廓已經顯現於傾斜的山丘之上，顯得參差不齊又多餘，徹頭徹尾是人造的產物。一個古老的化石拔地而出。

噢，老天，就是那裡。

當銹褐色的形體逐漸變得清晰，鉚釘和大樑被日光照耀地如牙籤尖端一般鋒利時，她的胸口一陣緊繃。隨著滿布裂痕的道路將她越拉越近，整體在她眼前變得如此真實。她知道現在自己無比堅定，和雷切維奇下士的命運緊緊交織。她不可能回頭了。

逐漸接近時，視線暫時被另一片乾燥松樹林遮蔽，她試著冷靜下來。與敵人初次交鋒時作戰計畫總是派不上用場，沒錯吧？

然而……，

它比照片上看起來大得多。

我離開之前

L．阮於二〇一九年九月二十一日發布

一切始於一座橋。

一隻搖搖欲墜的金屬怪物，在它南端的斜坡處有個急轉彎，總長六百英尺橫跨了破產的銀礦小鎮中不起眼的山谷，而後徹底被州際公路給取代。距離米蘇拉七十英里。這座橋樑本身就是個大麻煩，它自己也很清楚這點。

這裡也是我妹妹死亡的地點。

據說。

很抱歉這麼沉重，親愛的讀者們。我知道這篇貼文並不像是光與音慣常的風格，有些人可能對此很失望。我也很感謝在我擅自離去的過去幾個月中（原因很明顯），Facebook及Instagram上那些祝福我的話語。是的，我回到部落格了，但可能並不盡你們所期望。而我有很多文章要發，做好準備吧。

但進一步閱讀下去之前：

這不是我正常的部落格。這不是一本書、電影，或者電玩評論。這不是一篇政治抨擊文（天知道這年超適合寫這種文章）。這也不是詩歌、笑話、照片或者大家期待許久的〈雜七雜八產品〉的第十一篇文章。這是——不論所謂的「這是」是什麼——我需要發布在這裡的內容，在**光與音**，我為數不多但忠誠的讀者們（就是你）很快就會知道原因。在你閱讀完之前，根據你所在的時區，我所寫的可能只是一則國內新聞。所以呢，若這毀了你的一整天，那麼在此先致上歉意。準備好了嗎？很好。

開始了。

禮拜六我人會在髮夾橋。當日的破曉時分我將開著坎布莉的車往東行駛七個小時，抵達蒙大拿州的岩漿泉餐館，和當地一位名叫雷蒙．R．雷切維奇的公路巡警碰面。沒錯，這就是他的本名（顯然他父母替他命名那天，R這個字母正在打折）。他透過電子郵件，好心地同意向我這位悲傷的姐姐展示三個月前他發現坎布莉屍體的地點。

至於髮夾橋嘛……這個嘛，親愛的讀者們，這名字是不是有點耳熟？你可能有聽過。這建築有點異常，詭異的形狀（谷壁迫使道路在南端的斜坡先來一個可笑的急轉彎，緊接著才轉回正軌，就像是駕駛在一個巨型的金屬髮夾之上）。它還有一個我不會再提起的名字，老實說，我實在不喜歡它現在和坎布莉的關聯，也不喜歡搜尋引擎上她的名字永遠和它聯繫在一起。所以我不會用這個名字。

髮夾橋鬧鬼。

據說（要習慣這個詞）。

這是個超自然現象的熱門景點。他們說在髮夾橋神聖的鋼骨周圍，空間和時間都會變形，而當你跨過它時，過往與現今會交織在一起，就像是光線穿透骯髒的鏡面折射而出的樣子。

我知道。我並沒有真的認為妹妹是被鬼怪謀殺。但七月的某段時間我確實有過這個念頭。那段時期，我讀遍了所有使用者們所提供的關於扭曲時間與撞見幽靈的描述。我聽了所有超自然電子異象的語音檔，人們聲稱聽到了來自無形鬼影的呢喃：**幫幫我，否則就離開這個地方**。我甚至還讀了一本自費出版的書籍，內容是作者在那橋底下露營了一夜（暴雷：他活下來了）。

這實在可笑，但這就是妹妹突然離世後我掉進的深淵。在自由墜落的恐懼之中，有那麼一小段時間，你將不再是你自己。你渴求解釋，不論那解釋是何等牽強。它們可能是迷思、可能是犯罪陰謀、可能是**任何**無意義之事被強行賦予意義的說法。聊勝於無。

而現在，我總算有了一個解答。

（沒有，跟鬼魂沒有關係。）

所以說，親愛的讀者們，那就是我要去的地方。這就是為何這個啜飲拿鐵的西雅圖人明天要前往這座醜陋無比的橋樑的原因。這就是我寫下本文的原因；也是為何雷切維奇下士所說的話，除了真相以外我一概不接受。

我會不計一切代價。

我必須知道。

坎布莉，妳到底發生什麼事？

他在橋上等她。他將黑色巡邏車停在右側，緊靠被陽光曬得起泡的護欄，但莉娜知道，車停在哪裡其實無所謂。髮夾橋通往的是一條死路，不會阻塞交通。

在南端的坡道，就在名符其實的髮夾彎處，經日曬發白的標誌顯示此橋樑的結構不夠完善或者未經檢查。它未能阻止大量業餘的鬼魂出來抓交替。近期有人用黑色噴漆寫上大字：所有你行經的道路都通向這裡。

真是出奇地貼切呀，對莉娜而言。

她把車子停在警車前方幾碼的位置，替自己留一條逃脫的路徑。她讓卡羅拉的引擎繼續空轉一下，深呼吸後屏住氣息。從岩漿泉餐館開到這裡沒有她想像的那麼久。現在她到了，感到毫無防備。

我到了，坎布莉。

她盯著儀表板上妹妹那副彎曲的墨鏡。鏡片上有髮絲般的刮痕。

噢，天哪，我真的在這裡了。

側邊的後照鏡映照出雷切維奇下士站在他的車旁，手肘倚在門上，假裝是在摳手腕上的結痂而非在等她。真是貼心。他的敏感已經令人吃驚了。另一方面來講，這是他的工作——他肯定得將壞消息傳達給悲痛欲絕的家屬——但莉娜懷疑不只這樣。他也曾經失去過某個人。他身上的標記和她一樣，同為可怕的無言俱樂部的一員。是妻子嗎？還是年幼的孩子？

她感到肺部一陣痛楚，才意識到自己正憋著氣。

她熄火後立刻反悔，本來還可以拖延更久的，真希望自己有那麼做。雷切維奇不會介意。

現在他的雙眼透過墨黑的太陽眼鏡緊盯著她，發現到——沒錯，莉娜駕駛的就是坎布莉那台藍色豐田卡羅拉。被害人的雙胞胎姐姐，開著被害人的車來到死者離世的地點，彷彿是個殘忍的分身。

若他為此感到不安，也沒有顯露出來。他朝著她輕輕點頭——*就是這裡了*。*顯然如此*。

她踏出車外。這裡的陽光更加炙熱。海市蜃樓在橋樑的水泥路面上閃閃發光。空氣中寂靜無風。

「從這裡可以看到火光。」雷切維奇指向北邊。「黑湖那邊四千英畝廣的火勢還在不斷蔓延，仍然未受控制——」

「會蔓延到這裡嗎？」

「除非風勢改變。」

莉娜並不在乎。她的思緒裡已經有太多東西了，但一英里高聚積的濃煙已經席捲天際。這個世界彷彿終結於地平線那一端，上演一場慢動作的啓示錄。

「妳知道的，我一直搞不懂為什麼這裡要叫做髮夾橋，」他若有所思地說。「我猜是因為那邊的急轉彎，但這讓我想到那些小孩子在玩的大理石製品（Marbleworks）玩具。妳知道我在說什麼嗎？」

「知道。」

「筆直的積木尾端是彎曲的鉤子。」他指出。「對吧？我看起來是這樣。而不像是髮夾。」

大理石製品之橋。不知為何，就是沒有相等的神秘感。

「你常玩大理石製品嗎？」

「每個人都得有個興趣。」

有那麼一瞬，他就是個正常人。這樣挺好的。但也可能完全不是這樣。

他終於說了。「妳……開她的車。」

「對。」

他若有所思地看著車尾燈。「我認得。」

「你介意我錄音嗎？」

「抱歉？」

她一直等到現在才開口問，因為她猜到，在事發地點他會較難拒絕這個要求。她指向車子。「我有帶錄音機。一個笨重的老古董，你看到肯定會笑。但我的諮商師建議我這麼做……錄下所有重要的細節。」

他不發一語。沉思。

「不只這樣。」她閃過一絲受傷的笑容。「我還錄下了她的葬禮。」

「妳有看嗎？」

「看過幾次。」

他露出個陰沉的表情。**為何？**

「心跳停止不代表真的死去。被遺忘了才是真正離開人間。我妹妹不再是一個人——她是一個念頭。我帶著她。所以每個有關她的足跡、每個字、氣味和聲音，都需要被留存下來。」

「負面的事情也要嗎？」

「對。」

「就連她的葬禮？」

「我覺得自己離她很近。就像她只是暫時離開。」就跟摳抓結痂一樣，她本來想補上這一句。**很快地你就沒感覺了，那樣會很糟。疼痛能將她帶回來。**

讓她仍是個真實的人。

雷切維奇嘆口氣，接著點點頭。「妳錄吧。」

她回到卡羅拉內，擔心講出「諮商師」這個字是否讓自己露餡了。那是治療師嗎？治療師和悲傷諮商師有何不同？她不知道，但雷切維奇可能有答案。她傾身探入妹妹的車，拿出一個笨重的黑色卡帶錄音機。

她插入錄音帶，按下上頭的按鈕。「測試。」

「現在還出產這個？」

「這是坎布莉的。我們小時候用的。」

他聽了後沉默，看著她將那玩意放在卡羅拉的引擎蓋上。在那塑膠外殼內，錄音帶的輪軸開始轉動。「謝謝，」她說，音量提高好讓話筒收音。「雷切維奇下士。」

「叫我雷。」

「謝謝你，雷。」她看向他。「就從你如何發現屍體開始吧，請說。」

「那時我正在處理一件事。有人用大鐵鉗剪斷我們剛剛經過的大門的鉸鏈。」

「這很不尋常嗎？」

「一年中會發生個幾次。卡車司機走這條路可以省去一個小時。那天是六月七日晚上。大概十一點左右。我來到那個轉彎處，接近橋樑時看見一台藍色的豐田停在這。」

「停在哪？可以具體一點嗎？」

「事實上……」他停頓。「就是妳現在停的位置。」

她感到胃部一陣痙攣，但很快地擺脫這感受：信心。

「我差點就撞上它的車尾，」警察繼續道。「我猛踩煞車，咖啡全灑到了收音機上。現在還看得到急煞的痕跡。」

此話不假，道路上有隱約的痕跡，就是他手指向的位置。糟糕、烏黑的痕跡。

「十一點四十四分，我徒步走向坎布莉的——妳的——豐田卡羅拉。」它被棄置、空無一人。沒有被破壞的痕跡。駕駛座的門敞開、電力殆盡、油箱見底。」雷切維奇躊躇一下，好像覺得自己有點蠢。「但這些妳都知道了——」

「所有細節，拜託。」

「我檢查了整座橋樑，細看樹叢尋找營火或手電筒的蹤跡。然後我趕緊坐回車內查詢車牌號的主人，那時是十一點五十一分。」

他時間記得太清楚了，莉娜心想。他早有準備。

「我記得在等查詢車牌號、努力集中思緒時，自己一邊用紙巾擦掉褲子上的咖啡，同時抬頭望向滿天星空，被一種可怕的感受……我猜是某種不祥的預感給震懾。我不知道還能怎樣形容。就像現在站在這座橋上，感覺就跟將右手伸進廢物處理機、左手打開開關一樣。這麼說合理嗎？」

不——但莉娜還是點了頭。

在髮夾橋的稜鏡中被打亂的不僅僅是過去和現在，她記得曾經讀到這段話。還有生與死。

「不知怎的，我只是……」他咬著嘴唇。「警察的直覺吧，我猜。某個東西告訴我，我應該要退回冷空氣之中，六月的冷空氣，然後低頭看往護欄之下。那位拋棄這輛卡羅拉的女子應該在……下面。」

「自殺橋，」莉娜呢喃。

「什麼？」

「髮夾橋的別名。」

「我沒聽懂。」

「我是說，根據那些鬼故事。」她扭轉髮絲，很尷尬的提起鬼這個字。「網路上的人們，那些著迷於超自然現象的人……他們說駕駛們常常自這座橋一躍而下身亡。八〇年代有五或六起自殺案件。這足以讓此成為一個有點出名的地方，孤寂、身陷困境的人們自各地前來結束自己的生命。」

「嗯。」警察聳聳肩。「沒聽說過。」

「就像是日本的森林。」

「這個我也沒聽說過。」他走向護欄，莉娜跟上。他將雙掌覆上欄杆，老繭布滿了那雙大手。「看到坎布莉時，」他說。「我就是站在這個位置。」

莉娜不禁一陣顫慄。

他直指遠在下方如馬賽克一般的巨石。乾涸的溝壑是片鬆散的岩床，在河水豐沛的季節由銀溪負責灌溉耕植。三月溪水氾濫，七月乾涸。

「哪裡？」

「就是那裡。」

她走向圍欄，試著具象化坎布莉的身軀躺在那、成為馬賽克一部分的畫面。自兩百英尺的高處落下，皺巴巴、柔軟、像布娃娃一般的軀體。但她已經嘗試好幾個月了。她想要，也需要更多細節：「她是仰躺還是趴著？」

「側躺。」

「右側左側？」

「左。」

「有血嗎？」

他轉過身。「不好意思？」

「她身上有血嗎？」

「這麼問有幫助嗎？」

「我想知道一切。」莉娜試著不眨眼。「所有駭人、糟透的細節。若沒有這些，夜晚睡不著時我所想像的畫面會更加、**更加糟糕**。事情還沒結束，而我無法容忍未完之事。這是我的問題，我的大腦不眠不休地工作以填補空白。」

她不確定他是否吃這套。

「這……」她試著解釋：「這就像是電影裡的怪物。當你看不見牠時，牠就會無比恐怖。然而一旦於光天化日之下看清了真面目，便能奪去牠的力量。牠不再是未知的形體。」

「要看是哪種怪物，」他聽完後這麼說。

「我的想像力非常豐富，雷。」

「而妳的……」他瞇起雙眼。「妳的諮商師准許這樣？」

「我知道自己在問些什麼。」

「妳確定？」

「確定。」

「百分之百？」

「一百萬分確定。」

他嘆口氣別開頭。「妳讓我很不安。」

「你不安？」

「高處落下置坎布莉於死地，」他突然說道，聲音在稀薄的空氣中響起，莉娜本能地往後瑟縮一步。聽到男人提高音量總會令她驚恐。「我沒有任何關於她自殺後血淋淋的屍體狀態可以分享，因為我認為說出來並不恰當。這樣可以嗎？」

她感覺自己被責罵了，雙眼忍不住濕潤。**忍住**。

「看到妳妹妹的屍體後，我打給緊急醫療服務並走下去看能否提供些幫助。如我所預料，她已經沒有心跳了。沒有呼吸。她的屍體已經在那裡至少一天了。」

不要哭。她緊咬雙唇。

「這樣的死法……非常快速。快到腦袋來不及感受到痛苦。這就像是妳體內的開關在一微秒之內被關閉了。無論她在六月六日碰上什麼問題……」他呼出一口氣看向她，眼神較為柔和。「妳妹妹都沒有受苦，莉娜。」

她寒毛直立，彷彿有根冰涼的手指劃過她的肩胛骨之間。這是雷切維奇下士第一次直呼她的名字。真希望他沒有這麼做。

她沒有受苦也是新的說法。因為當有人下定決心跳下橋時，沒有人敢聲稱他們沒有受苦。

她試圖聚焦於當下。現在，在這裡，她和雷切維奇兩人。但是站在這個事發地點會被注入一股奇怪的能量，她不安的內心不住鞭打著這股能量，試圖重建起細節：六月六日黃昏過後，空氣因電力而顫動，坎布莉・琳恩・阮獨自駕駛在這條封閉的道路上。從未知的起點、不知駕駛了多長距離之後抵達這座橋。接著把車停在這裡。

就在這毛骨悚然的巧合中，莉娜不知情所停下的地方。

然後她踏入冷冽的夜晚，九點之時，獨留引擎空轉、車門半開。下一步她走到橋邊，就是這裡——莉娜雙手緊抓護欄，或許跟三個月前坎布莉所在的位置一樣——我的妹妹一腳接一腳跨出這欄杆，然後她將腳踏至半空中，或者放手之前是以手指勾住欄杆，又或者她不顧一切地朝向虛無的空中跑去，就像她義無反顧投入一件事物那樣。

她自兩百英尺高空跌落。

速度加乘了撞擊地面的力道——

「媽的。」莉娜低聲咒罵。

還能說什麼？雷切維奇後退一步給她一些空間。

問題來了。莉娜腦袋裡數不清的疑問正在飛馳、抓撓、伸出利爪，乞求獲得釋放：妳在這裡做什麼？妳要開去哪裡？為什麼停下？為什麼在這個偏遠的橋上下車？

想當然耳，古老的經典、可怕的副歌：妳為什麼要自殺？

為什麼這麼做？

「我很遺憾，」雷切維奇在她身後低語。但他的嗓音聽起來粗啞得怪異，像是被遠端的電話線路給過濾了一遍。莉娜只看見腳下一片虛空，遠處的峽谷，銀溪廣闊的礫石床滿佈著倒下的白色樹木。

坎布莉……

在妳人生的最終數小時，腦袋裡在想些什麼呢？

第二章
坎布莉的故事

我向上帝發誓，坎布莉心想，我最好不要在今天死去。

白天看到貓頭鷹是凶兆。她不知道從哪裡學到這點的。牠像是棕色的草皮守護神像一樣棲息在樹枝上。牠簇絨絨的羽毛、如其名稱的角，在藍天中映照出一個惡魔般的剪影。這些角沒有費盡心思是難以畫出來的。她用的是墨水而非鉛筆，成果已經顯得拙劣——這可憐的傢伙看起來像是蝙蝠俠。她很想撕掉這頁重新畫一張。

若你本來不是我死前的先兆，她心想，那現在可能是了。

山坡之下，營地一片靜寂。

或者說——在一對情侶三十秒前駕駛福特探險者抵達之前，營地安靜無聲。現在她聽到尼龍起皺、拉鍊、開關車門、囁嚅細語的聲音。她試著專注在素描。貓頭鷹歪著頭，似乎也被打擾了。

那對情侶在吵架。從坎布莉所在的山坡上五十碼處的灌木叢中，沒法辨別出內容，但可以從語氣的節奏中聽出。抑揚頓挫、低聲打斷、反射性的怒氣。這是爭吵的樂音。她認得每顆音符。

男人從探險者中搬出冷藏箱，重重地放上泥地。

坎布莉畫畫時伸出舌頭——始於五歲的習慣——並持續不斷勾勒貓頭鷹的輪廓、蝙蝠俠的耳朵等所有部位。有時候素描有辦法補救。透過不同光線明暗的交叉排線，她讓這誇張的線條看起來像是刻意為之。她的模特兒已經對情侶失去興趣了，明亮的黃眼睛緊盯著她本人。如此的警覺性令人不安。

探險者的車門砰一聲關上。情侶出發前往他們的營地了，話語聲逐漸消逝在松樹林中。她想到了——八年級的博物館校外教學，館長告訴所有美國原住民貓頭鷹是死亡的預兆。來世的守衛在白日冒險，與即將告別人世的靈魂相遇。果然，這貓頭鷹依舊雙目緊盯著她，透出的是怪異又強而有力的注視。

回歸一片靜寂。情侶離開了。

終於。

坎布莉闔上記事本，靜悄悄地快步走往下方。她將後背包放在情侶的探險者旁邊，拿出一桶三加崙的汽油罐，接著輕輕撬開車子的油箱蓋，讓油水流過幾英尺長的塑膠管。貓頭鷹從頭到尾都盯著她。

——

我們小時候，我總承諾坎布莉有一天我會撰寫一本關於她的冒險故事的書。這個——

你現在正在讀的——並不是我當時的想法。

很明顯不是。

但是，講述妹妹的故事時，有一種痛苦的宣洩感。重新建構她生前最後幾個小時的事實，感覺就像是組裝一百萬片碎裂的骨頭。每個字眼都如此傷人，但我的父母應當知道女兒在六月六日究竟發生了什麼事。我就直說了：想像某些細節時我完全不設限，因為沒有人能夠聲稱他們了解死去的女人內心有什麼想法。

但誰比雙胞胎姐妹更適合這麼做呢？

在我們繼續之前，有句話要特別送給坎布莉：這是妳的書，妹妹。終於來了，我真的很抱歉遲到了十五年。

而妳已經死了。

——

坎布莉的螺旋裝訂筆記本裡頭手繪了她過去九個月的故事。

九月是在俄勒岡州。穿過波特蘭的混凝土和鐵絲網到達火山口湖的水漾長青樹林。然後是梅德福，和她的男友布雷克的其中一位朋友——一個隨和的人，分享了他種在鞋盒裡的強效迷幻劑——一起沙發衝浪、享受私釀啤酒。在接下來的三個小時，毛茸茸的狼蛛像是傘兵一樣落在她身上。最後他們不怕了，只是動手將牠們趕走。

十月在加州。行經101號高速公路穿越尤里卡抵達玻璃海灘。佈雷格堡鄰近的居民幾十年來都將垃圾扔進海裡，無意間打造了全世界最大的海玻璃保護區。藍色、綠色的玻璃在暗色的石頭間濕漉漉地閃閃發亮。鉛筆和墨水都沒法描繪出此景。她抓了一把放在儀表板上。

十一月是在霧濛濛的海岸，光滑的碼頭和大橋。世界最大的橋：金門大橋。

十二月和一月是在新墨西哥、亞利桑那和德州。她和布雷克一切安好，金錢都在掌控之中。他們在如世界末日般、名為白沙的浩瀚白色荒漠中玩飛盤。白茫茫的巨浪激起了五十英尺的漣漪。一夜在浩瀚星空之下，布雷克問她這場盛大朝聖結束，回到西雅圖後有什麼打算。

她的回答是：自殺。

他不安地笑出聲。

二月和三月在路易斯安那、喬治亞及佛羅里達。她畫了擁有半英里長車道的白色房子、樹欉間的燈泡、有鱗片的鱷魚頭顱。她和布雷克吵架次數變得頻繁，爭執如風暴般來得又快又猛。在麥爾茲堡附近，冰雹像槍林彈雨般打裂了卡羅拉的擋風玻璃。事態每況愈下。在修車廠時，布雷克悶悶不樂地說要去加油站買菸。她等了三十分鐘後去找他——而超商的店員說有一個符合布雷克特徵的人和另一人在車道碰面。他偷走了四千塊和手掌大小的.25口徑手槍。坎布莉錢包裡有十七美元，還有一面剛修好的擋風玻璃。

她繼續前行。

何不呢？

沒有他也能找到辦法回西雅圖。一整年的長途旅行是她的主意。不是布雷克的。她會找到回家的路——如果她願意的話——且會準時抵達。

四月是在維吉尼亞，穿越墨綠色的歐札克山脈，在鏽跡斑斑的造紙廠和工廠的腐敗煙囪下一路朝北前往達科塔。沒有布雷克像個沒耐心的小孩一樣觸碰她的手臂，素描的數量越來越多。少了他，她縮減了整體體積，賣掉了拖車。現在卡羅拉更省里程數了。奇怪的工作補足了金源。她不喜歡偷竊，但偶爾會這麼做。大多是偷食物。

來到了六月。蒙大拿州。

她的上一本筆記本幾乎畫滿了。從岩漿泉餐館啟程，到西雅圖大約需要一至兩箱汽油。她原有的生活正在呼喚著，而她想念那份舒適。自來水。電源插座。這個月牙痛越發嚴重了。她不斷看到牙刷上有血跡。

她今晚預計會抵達科達倫。若現在動身離開的話。

從狗頭營地往回走，在穿越濃密多小丘的樹林之前，她先選擇了多數人走的小徑。她的後背包多了一桶翻騰的汽油後變得很重。在這樣偏遠的地方虹吸式汲取汽油，她都只拿一或兩加崙。她可不想害別人陷入困境。

傍晚的氣溫很宜人。橙色的陽光藏於松樹林之後，將天空染成一片青紫色。沒有爭吵的聲音了——只有蟋蟀的窸窣聲和腳底下黃色草叢的沙沙作響。她喜歡寂靜、松針和莓果的氣味。她快要結束健行了，離高速公路停車的地方大概再五分鐘路程，此時她注意到升空的煙柱。

我的車子著火了，她想。

最近腦袋有點紊亂。自佛羅里達起，她的焦慮便已失控——她的怒火，心理學家曾經這樣稱呼。貓頭鷹代表將至的死亡。牙痛的癌病變。灰煙等同於她的卡羅拉變成一具燃燒的空殼。

結果，灰煙是來自於離她不遠處的某地。幾縷羽狀的煙霧自洛磯山脈雪白山頭處的髒污小徑中升起。她被勾起好奇心，便停步透過枝葉間的縫隙瞇眼偷看。

可能是地表火？

她看見下坡四分之一英里處的火源：裸露的水泥地面，宛如白骨。像是一棟初次被野草給吞噬的建築。一輛拖車和生鏽的卡車。一口乾涸的井。成堆的木材和礫石。原始的黝黑生土才剛被翻動過。

煙跡來自四團火堆。它們在水泥地上被完美地排成一列，每團火堆都被覆蓋在堆起的石塊小塔內，就像是幾個小烤爐。火焰被困在閃動著橙色光芒的裂縫之中。

一個男人遊走在火堆間。

看見另一個人令坎布莉心驚——不論有沒有火，她都以為這裡沒有其他人——她調整自己的立足點，擾動了鬆散的石塊。在這個距離之外，那個陌生人只是一個移動的小點。他看起來打赤膊。他在每一團火堆旁蹲下，好像拿著樹枝還是撥火棍戳著火團。走到最後一列時，他又轉身確認了每一堆火光。

慢慢地、有耐心地、有條不紊地。

她真希望沒有把望遠鏡留在車內。她不敢更靠近。連四分之一英里都顯得太近。明顯的解釋是他在焚燒柴枝，就像很多地主都會在夏天禁止焚燒前這麼做一樣。但那些火堆太小了，石塊塔也堆放得太過刻意。搞不好他是在煙燻或炙烤什麼東西。鹿肉？鮭魚？

內心的怒火悄悄出聲：人類？

她懷疑自己是否擅自闖入了對方的地盤。坎布莉總是留意不要在私人領域偷竊，以免被子彈問候。最好是在公眾場合行竊，但也可能較為困難。她不記得自己有攀越過凹陷的柵欄或任何告示，但還是回頭瞄一眼做確認。轉回頭時，遠方的男子已經停下腳步了。他現在站得跟稻草人一樣筆直，在離他最近的兩團火堆之間。

他盯著上坡處。盯著她。

坎布莉的血液瞬間凍結如冰。胃部一陣緊縮。她沒有移動，與對方採同樣站姿。兩人之間的距離太遠沒法大喊讓對方聽到。她或許可以揮手，但沒有這麼做。

男子雙目緊盯。

風向改變了，低吼的風聲吹動樹木，四柱灰煙往左飄散，直直吹向男子的臉。他似乎沒有反應。

在如此超現實的對峙當中，坎布莉更用力緊瞇雙眼。九個月來如同難民的生活方式，這不是她第一次被如此凝視。她已經數不清有多少次被要求離開停車場或是露營地。她試著釐清細節：家暴老婆穿著背心的人形輪廓。棕色卡其褲。他的雙手在腰間移動（槍、槍、槍，她心中的狂怒低語，但形狀看來不像。）他用雙手將之抬起至臉龐。

該走了。

他透過拱成圓圈的雙手端詳她。一道刺眼的閃光證實了——沒錯，他正透過鏡片注視著她。

快走，坎布莉。馬上。

但這超現實時刻似乎無限延展，空氣凝結，她有種詭異的感覺，覺得自己真的應該揮舞雙手。她差點這麼做了。她意識到那遙遠的目光如聚光燈般照在自己身上，眼神在她身軀上下游移。

她的心跳加速，肋骨處傳出狂暴的砰砰聲響。

現在——馬上——離開……

接著她轉身，冷靜地退離隆起的草地，在遠方陌生人望遠鏡的注視下，持續以緩慢且從容的腳步移動。

一踏出他的視線，她拔腿狂奔。

——

一看見車子，她便停下腳步回頭張望。

令她噤聲心驚的是，他現在所處的位置正是她幾秒鐘前的所在地。他還沒看見她。他雙手叉腰在草地上來回踱步，用腳踢著鬆散的石塊，在白堊土上搜尋她的腳印。

她在最近的一棵樹後跪下，屏住呼吸。

現在距離較近，她可以更清楚地看見他。他個子高大。鼓起的二頭肌。平頭。三十或四十歲，外貌明顯是軍人。他肯定也是用跑的，才這麼快追上她。他正在搜索周圍的樹叢，以雙手遮擋落日餘暉。

一陣顫慄中，她很清楚自己被跟蹤了。

她拿下背包慢慢蹲低，直至趴在了堅實的泥地上。稀疏的黑松林幾乎沒法掩護她。從他的角度看過來，只會看到一隻眼睛和單邊顴骨正從後樹窺視。他的視力應該沒那麼好吧？

但望遠鏡的效能應該不錯。

至少他沒有武器。這讓坎布莉感覺好一點。她想像他背後掛有箭矢、或者手上握有斧頭。但他手上除了望遠鏡外別無他物。這位穿著背心的家暴男皮膚跟龍蝦一樣鮮紅，嚴重曬傷。他的褲子是看起來頗正式的休閒褲。他有換衣服嗎？他在幹嘛？

他仍舊在叢林間尋找她的蹤跡。他掃視的眼神在坎布莉的藏身處附近左右移動——她的腹部現在扭成了一個結——他的眼神落在她躲藏的這棵樹後僅是略微看了一下，接著就繼續搜索。謝天謝地。

如石頭般僵硬且埋在黃色的草叢中，她右手伸進後邊口袋摸索那個令人心安的物體，是一把三英寸長的折疊小刀KA-BAR。她真希望布雷克離開時沒有偷走她的槍。一把槍——就算是一把小小的槍——此時也能派上用場。她也很氣後背包成了拖慢腳步的累贅。

只有此刻，蹲在樹後、在漸暗的日光下屏住呼吸，坎布莉才明白事情的嚴重性。這個陌生人朝上坡奔跑了四分之一英里鑽進樹叢中，就只為了找到她。立即行動。毫不猶豫。他甚至放著那奇怪的四團火堆不管。現在，她比先前更想知道那些火堆的用途。

她可以感覺到神經內的電流。腦中的呢喃催促她趕緊結束一切逃跑，撕去這一頁，擁有新的開始吧。成為坎布莉．阮，六分鐘跑一英里的魔鬼、焚燒身後每座橋的女孩、一個接一個的朋友、城市、情人，如蝗蟲過境肆虐作物一般來了又急速離去。這個女孩在美好的事物中發現不足之處，解決辦法是不斷離去，讓後照鏡再也映照不出那畫面，從西海岸到東岸，然後幾乎重新折返。

她的口舌乾渴。她自一月起就沒抽菸了，但現在亟需來一根。

這或許只是誤會，她告訴自己。這一回，她應該試著面對問題而非逃跑。沒那麼嚴重——這裡私人地產的界線很模糊。回到營區的路線上可能不小心錯過鏽蝕的指標，意外地侵門踏戶了，那人只得跟上來質問——

曬得黝黑的男子快速轉過頭。他看見她了。

他沒有揮手。他沒有舉起望遠鏡，只是無聲地朝她衝刺，重新開啟這場追逐戰。

坎布莉死命狂奔。

——

回到停在路肩的卡羅拉，心跳聲在她的耳膜內砰砰作響，呼吸聲變得粗嘎嘶啞。她的身形姣好——去年她參加了半馬——但後背包重重壓在肩上，背帶猛烈地摩擦她的肌膚。她不確定曬傷的男子有沒有穿過樹林追趕她，也不確定兩人現在離得有多近。

拉開車門時，她甚至沒有回頭確認追逐者的位置——那會浪費寶貴的幾秒鐘。她鑽進車內，扭轉鑰匙踩動油門。引擎聲轟隆響起，輪胎捲起了風塵砂礫，漫土飛舞之下她急速駛離。

開車時她再次屏住呼吸。所有問題比她想像地還要快排山倒海而來。他是誰？他在做什麼？他幹了些什麼？若追上來他會幹些什麼？更緊迫的是：要不要報警？

她知道這裡沒有訊號。這裡是無訊號區。

但是，進城後……不應該報警嗎？

一陣槍響劃破天際。她倏地瑟縮。

一個坑洞。只是一個坑洞在底盤之下劇烈撞擊。她揉著雙臂，顫抖著起了雞皮疙瘩。就算聯繫上了警方，她也不確定該說些什麼：嗨，警察局嗎？我看到有個男人顧著四團營火。

是很怪異沒錯。但有違法嗎？

就看火舌燃燒的到底是什麼，她腦內響起一陣沒有幫助的聲音。

難以逃脫的困境。她深入這個偏遠地區數英里，很有可能踏入了他的私人領域。又一個車輪刮擦過車底盤。她稍微減速。現在最不需要的就是爆胎。

太陽已西下。攝影師稱此為魔幻時刻，因為暮色無影、如夢似幻，仿若一幅青藍調的畫。除此之外——坎布莉一直都發誓她能感覺到，即使莉娜抱持懷疑態度——她可以感受到空氣中集聚的電能。正極與負極之間的差異越來越大。閃電將至。

她經過了熟悉的岩漿泉餐館的看板，然後是盆栽店——標語是「環保真是出乎意料地容易」——現在感覺好多了。她毫髮無傷逃脫了。當道路在坡上的樹木環繞下蜿蜒曲折時，她瞥向了前方地平線閃爍的紅色燈光。無線電塔。文明的避難所就在不遠處了。人類。車輛。速限。保險。房租。牙醫。

她吐出一口氣——沒有意識到自己一直屏著呼吸。她正駛上200號高速公路，在路口處聽到警笛想起刺耳的聲響時，她趕緊踩下煞車。

她看向後照鏡。

噢，謝天謝地。

一輛被灰塵覆蓋的警車急速行駛於她身後，頂上光線閃爍不止。她當個聽話的公民讓出道路，但下一刻警車在她後頭停下。車身是黑色與金色兩種油漆。蒙大拿高速巡邏隊。警笛聲嘎然而止，但是閃光沒有熄滅，在她的後照鏡內持續閃動。

坎布莉很討厭警察。很討厭看到警察後如釋重負的感覺。

就算是在緊要關頭，她也冷靜自若地準備好了說詞。她很確定塑膠軟管和汽油罐都已藏在拉上拉鍊的後背包內。她只是單純去散步而已，她會這麼解釋道。只是荒野中一個滿車都是情緒包袱的女孩，和來世的守衛交流，尋求一場精神崩潰。僅此而已。

州警踏出車外，車門半開。接近卡羅拉的同時，在冰藍色薄暮的映照下他身上的細節逐一清晰。他身上的棕褐色制服鈕扣並未全部扣上，也未完全敞開，底下的肌膚被太陽曬得黝黑。掛在脖子上的望遠鏡連著掛繩左搖右晃。他從最一開始相遇之處一路全速追趕到現在停放警車的地方，所以滿臉仍漲得通紅。

他的制服胸口處縫有名牌，待他走近車窗時清晰可見。

雷蒙・R・雷切維奇下士。

第三章

莉娜

「你要她路邊停車。」

他眨眼。什麼？

「你要她路邊停車，」她重複一次。「在她死去那天。在你發現她屍體的前一天。報告裡有寫。」

突如一瞬的震驚——然後他點頭了。「我沒有說到這點嗎？」

「沒有。」

「我發誓我有——」

「你沒有。」

「噢，」他皺眉，然後一面瞥向卡帶式錄音機，一面側耳聆聽。「妳要我從六月七日發現她屍體那天晚上開始說起。」

「你前一天為什麼要攔下她？」

「報告裡沒寫嗎？」

「我在問你。」

「超速。」他盯著遠方的灰煙。「那時是黃昏，大概八點——」

是八點〇九分，莉娜很清楚。

「然後我看到那台藍色豐田，就在那裡，從我旁邊呼嘯而過。時速去到八九十。」

她點點頭，好奇呼嘯而過是不是蒙大拿警方的用詞之一。但確實很貼切。坎布莉常開快車。她總是拔腿狂奔，彷彿後頭有海嘯一樣。

「我攔下她。」他語帶歉意緩慢地說。「然後……跟她說話。」

莉娜忍不住傾身向前緊抓每一個字詞。她的胃裡一陣酸澀。她很確定對方即將說出口的話她早已全然知曉了，但仍然覺得如此沉重，彷彿是在訪問一個親眼目睹坎布莉的鬼魂的人。她妹妹生命中的所有人都已消失在這座橋的根基之上。她甚至嫉妒起坎布莉的男友們——一大堆很糟糕的人，像是把一堆蟲子蒐集在罐裡。一個古柯鹼毒販（糟糕男#11）；超無能的信用卡小偷（糟糕男#6）；至少一個自戀狂（糟糕男#14，帶著一把武士刀，滿口都是自己正在撰寫的小說）。她似乎對這種恐怖的人特別著迷，並會在雙方合適時盡可能長時間利用他們。

對莉娜而言，這樣並不公平，因爲他們每一個人——比如站在眼前的雷切維奇下士——都知道一些她永遠不會知道、關於她妹妹的事。所有這些糟糕的人。她抓起一綹頭髮扭轉，以驚人的力道扯著髮根。

雷切維奇繼續：「我馬上就看出她已經生活在車子裡好一段時日了。電池、衣物、睡袋、後背包。指甲縫裡卡著塵土。她看起來累壞了。但這樣生活的人都是如此。我知道這對一個人來說很不容易，不知道下一餐究竟在哪裡。」

我妹妹知道如何照顧自己，莉娜默想，沒有說出口。

她只是遠離喧囂，不是孤苦無依。

「她一直在哭，雙眼通紅。我問她知不知道自己開得多快。她說自己不是故意的。她道歉，感覺似乎有點漠然，像是有件沉甸甸的事壓在心頭——」

「她道歉？」

「對。怎麼了？」

坎布莉是個社交變色龍；對很多事情、很多人甚或是所有人皆如此——但其中並不包括對權威人士必恭必敬。七年級時，她用麻繩將洗碗用海綿緊緊纏住，好讓海綿像壓縮後的顆粒一樣乾燥，然後把它沖進學校馬桶裡。結果整棟建築的水管都得被挖出修理。暑假也就提早了十天開始。

莉娜咬著嘴唇。「她到底說了什麼？」

「她……她說她那個卑鄙的男朋友越野旅行到一半拋下她不管，徒留她一個人找尋回家的路，身上僅有幾塊美金——」

「幾個月前就發生過了。在佛羅里達。」

「她說謊。我相信是這樣。真希望當時有察覺到，莉娜。」

她研究著他 Oakley 墨黑色太陽眼鏡背後的神情，在其中找尋罪惡感的蛛絲馬跡。這樣並不專業，但卻相當真實。此時他就是一個真正的人類，理應感到受傷且築起強烈的防衛心。就在一名年輕且深陷困擾的女子自殺前，他才與之交談過，他本來有機會拯救她的性命，結果卻做了些什麼？

「我給她口頭警告。」

「沒有罰單？」

「她只是想回家罷了。」

「你就只說那些嗎？真希望我也試試看。」

「不，妳不會，」雷切維奇說。「妳從來沒有被半路攔下過。」

她嗤笑出聲。但他並沒有說錯。莉娜甚至不確定自己此生有沒有犯過法，除非把未成年飲酒或是借書逾期未還這些事情也算進去。但雷切維奇怎麼會知道？莫非他也調查過我？

「然後，」他輕聲地說，「我就讓她離開了。」

「就是你在這座橋下發現她屍體的前一天。」

「對。」

「她自殺的那天。」

「對。」

「在她預計時間的前幾分鐘——」

「報告裡都有。」

「只有這些嗎？」出於某些原因，莉娜很喜歡這樣問。她母親總會這麼問這對雙胞胎，不過較常是針對坎布莉：只有這樣嗎，啊？有人叫妳把這個放進後背包？

雷切維奇下士猛地逃開這個問題，倚靠在護欄上緊盯著下方溝壑，彷彿時間回到了三個月前，他又再次看到了花岡巨岩上坎布莉那具離破碎的軀體。這位高大的男人咬著下唇，像是準備脫口而出什麼大事，但最後一秒又突然改變了心意。

「對，」他說。「就這樣。」

——

警察有什麼過人之處？

所有事情都留有紙本紀錄。

法醫判定此起死亡為自殺事件後，霍華德郡很好心地提供我雷切維奇下士手寫記錄的掃描檔案，記錄的起始時間可能就是他在200號高速公路攔下超速的坎布莉之後。親愛的讀者們，這裡可以下載這份PDF檔案：HCEAS6919.PDF

是巧合嗎？

攔下我超速的雙胞胎妹妹的警察，竟和在遙遠的封閉道路旁的橋樑下發現她屍體的是同一個人，中間僅僅隔了一天。人生還真是有夠奇妙。

我正試圖釐清這件事。

你們有聽說過一個日本商人嗎？這是那些爛人們很喜歡的派對笑話。一九四五年八月，這個商人到廣島出差。原子彈落下時，他遭受熱灼燒且短暫失明。他是這起可怕後果後接受治療的數千人之一，同時也是其中一名幸運兒，幾天後他回到心懷感恩的家人身邊，就在事發現場南邊幾百英里處。

在長崎。

恰好碰上了第二顆原子彈。

基於某些原因，最近我老是想到這個倒霉的人。我猜這是一個提醒，提醒我人生可以如此怪誕。我們生活在浩瀚的因果海洋之中，每秒鐘都在上演著巧合，而這些巧合並不需要有任何意義。

就像是髮夾橋上鬼語呢喃的聲音雜揉在 10mb 小裝置的雜訊之中——有時候白噪音就只是白噪音。

好笑的是，原子彈的故事是坎布莉告訴我的。那時我們應該是十一還十二歲，坐在她的床上講這個故事。我記得她反覆高唱藍牡蠣合唱團的〈(別怕）死神〉，因為她很喜歡死神告訴女人**我們將能夠飛翔**那個段落。彷彿死亡是種超能力還是什麼的。因為她新刻了一顆南瓜燈，所以房間有南瓜的味道。奇怪的是，聲音與氣味是如何在記憶中徘徊不止。

我甚至很想念一些不好的事。我想念她老是叫我老鼠臉（我實在不知道原因——科學上來說，我們明明長得一模一樣）。我想念她帶有尼古丁味的氣息。我想念她每次家族活動時焦躁不安的樣子，彷彿是坐在刮鬍刀片上一樣，深受被她的治療師稱作**憤怒合唱團**的懷疑與焦慮所折磨。就連她的缺點都帶有歌劇色彩，宛若出自希臘神話一般。

我們是同卵雙胞胎。但並不像人們猜測地那樣分毫不差。我會以鏡像來形容我們倆——她的右邊是我的左邊，反之亦然。我上大學；她輟學。我可以寫小說；她能夠打理兔子。我活在思緒之中；她活在當下。

我就只是我；她是我想要成為的那個狠角色。

現在她離開了。

死亡這個詞實在太過直截了當。**離開**會好一點。或者有時候我試著告訴自己，她只是**自由了**。

我的妹妹一心渴望自由，是吧？嗯，現在她不需要呼吸了。她不再有需要好好保持維護的軀體。她不需要看牙醫。她不用在乎溫度和氣壓。她可以隨心所欲去任何地方。

忘了玻璃海灘或大沼澤地吧。我喜歡想像她在另一個星球，可能是在結凍的月球，看著龐大氦巨星的環自骨白色的冰河棚上升起。或者漫步在金星的黃色融岩區，在硫磺泥中走過無痕，不留下一絲足跡。又或者是研究哈雷彗星閃閃發光的冰晶，以每秒數千英里的速度穿越天際以及空中數以百萬計的所有冰晶。我妹妹可以去任何地方。我希望她能找到想要的東西。不論她身在何方，都希望她能時不時想到我們。關於我和父母親、以及她遺留下的那個洞。

真希望自己可以停止解開她的死亡之謎的念頭，把腦袋裡忙碌的發條關上，只管悲傷就好。但是實在有太多事情對著我喋喋不休，緊緊掐住了我的思緒。這搞不好是一詛咒，現在她不在了，原屬她的憤怒轉而佔據了我的心。但我不覺得這是種妄想。這些確實都需要好好解決。雷切維奇下士在她企圖自殺前一小時攔下她。他這麼形容她——萬千人群中的那個她——為超速感到抱歉。或者還有一樣決定性的證據：她的掀蓋手機中的通話紀錄。

在我看來，這應該媲美一顆重磅炸彈。

多虧有威訊公司的紀錄，我們知道她在死前撥打了十六次九一一。每一次都打不通，因為岩漿泉餐館和波克城之間沒有訊號。據說第一通的時間是晚上八點二十二分，在雷切維奇攔下她的十三分鐘後。

針對這點有個解釋。

但我不買帳。

我沒法理解為何她臨終前需要打十六次求救電話，所有人卻都無動於衷。

只有一個似乎說得通的解釋，讀者們，請做好心理準備，聽我第一次解釋可能很容易就明白。或許沒有同一個人近距離接觸到人類歷史上唯二兩次軍事部署的重磅原子彈那麼荒誕，但是呢，嘿，也相去不遠了。所以請多多包涵，我會溫柔地帶你經歷這一切。

但是首先，先來點好笑的？

剛剛我提到的那個日本人——你是不是以為他死在長崎了？不，第二次他又幸免於難了。他安然度過了一生，於二〇一〇年去世。老天保佑。這讓我想到了二十四歲、身兼智慧與謎團的坎布莉，想到了葬禮上當她的素描作品展示於幻燈片上時，我父母親啜泣的模樣。她的畫作一直以來都更勝過其他人的攝影作品。

是的，生命就是這麼古怪。

「關於坎布莉的九一一求救電話呢？」

雷切維奇的回答像是按照提詞機唸似的。「她身受類精神分裂型人格障礙所苦，且未經任何治療，顯然當時她正處於那樣的情緒病徵中。我們力勸有自殺傾向的人即刻撥打九一一，妳妹妹這麼做了。」

「你覺得她打電話是因為想自殺？」

他點頭。

「十六次？」

「從營地到岩漿泉再到波克城一路上都沒有訊號。我一直央求縣鎮允許電信公司設立他們的第三座電塔——」

「但是，十六次？」

「妳以為我對此感到高興嗎？」他的語調變得陰沉。「六月六號那日，我攔下一名備受困擾的女子，就在她結束自己生命的一個小時前，不論有何徵兆我都沒有注意到。是我失職，可以嗎？我錯了。妳大老遠跑來這裡就是想聽這句話嗎？」他看向錄音機。「還要錄下來？」

「十六次，」莉娜重複。

「縣檢察官調查了一切。沒有證據顯示有人在後頭追逐她。除了我以外她沒有跟別人交談。不論她當時心裡在想什麼……據推斷她從我的交通站到髮夾橋這之間是直線移動。地理上沒有其他種可能的路線了。妳妹妹沒辦法連絡上緊急接線員，一路開到橋上直到汽油殆盡，最終結束了自己的生命，我真的很遺憾，莉娜。」

我真的很遺憾，莉娜。又是一句老話，簡直跟反覆被使用的罐頭音效一樣。第一個說這句話的是她老闆嗎？她叔叔？表親？誰說的重要嗎？

她沒有看著他。她不能讓他看見眼中積聚的淚水，轉而凝視遠處北方濃密的煙霧，兇猛的火山作用劇烈翻騰，在天空塗抹出一條灰黑小徑。那道徑路明顯變寬大了，可能已經越靠越近了。

雷切維奇也望著灰煙，發出一聲嘆息。

「如果真的要怪誰，」他說，「那就怪我吧。是我讓她離開了視線範圍之內。」

他深吸一口氣，莉娜感到一陣惱火。她知道下一句是什麼。

這不是妳的ㄘ——

「這不是妳的錯，莉娜。」

來了。

初始且經典的說詞。時間早晚的問題罷了，他遲早會發現這條藍動帶，上頭寫著的是「妳妹妹自殺後，人們會對妳說的話」。他發現了。莉娜鄙視這話中的隱喻：如果不是妳我的錯，那就是坎布莉自己的問題了，對吧？不要責怪活著的人，要怪就怪已經不存在、沒法捍衛自己的人。

莉娜深深作嘔，不禁握緊拳頭。

雷切維奇繼續道：「類精神分裂型人格障礙特別難熬。有人曾經向我形容過這個病徵。那不是一種可以治療的疾病，而是你自願焦慮不安。你想要保持距離，讓每個人都離你一百萬英里遠，切斷與人類的聯繫，只在環繞土星的軌道上依你選擇的條件而存在。如此的孤寂可以讓你開心一陣子。除非哪一天你需要幫助，發現身旁一個人也沒有——」

「我一點也不想聽有關她的心理疾病，」莉娜說。

他僵住。

「人們表現地好像如此就能解釋整起謎團：她瘋了，所以跳下橋。就因為十年前，在她還是個孩子時就被診斷出疾病。對，我妹妹是有些問題。對，她是個孤獨的人。但我了解她，她不是會自殺的——」

「說不定妳並不了解她。」他脫口而出，簡直是種羞辱。

她毫無心理準備。這話如此傷人。

他似乎察覺到自己太超過了，語調立即又變得輕柔，好讓錄音機能夠收音：「抱歉，我……那樣說不太對。」

她不發一語。靜默。

說不定妳並不了解她。

「讓我問個問題，莉娜。妳現在是在做什麼？」

「處理我的悲傷。」

「妳真正的目的呢？」

沉默。

他靠近一步。「妳為什麼千里迢迢從西雅圖過來？何不打電話就好？」

她早就演練過這個不可避免的問題的答案，但仍然為之一震。她已亂了套。

「我……我正在寫書。」她感到自己的雙頰因尷尬而漲紅，真是討厭這種感受。「關於我妹妹。關於六月六日她生前的最後一刻。有太多我不明瞭的事，我想要訴說她的故事，需要你的協助。」

他沉吟。

「小時候，她是畫家我是作家。坎布莉總是要我寫一則有關她的故事。我一直沒有這麼做。我猜，現在是我贖罪的時候了。」

「若我聽起來很不近人情，那很抱歉，莉娜。」

她露出淺淺一笑。「很抱歉打斷你了，雷。」

兩句虛假的道歉，只是在說給錄音機聽罷了。他們站的位置相距十步。仿若西部的槍手。

從遠處和近距離看起來，雷蒙・雷切維奇下士仿若是兩個不同的人。他令莉娜想到坎布莉某一任前男友駕駛的跑車——金玉其外，敗絮其中，內部滿是菸蒂焦痕。他的雙眼既空洞的疲憊，胃部又因癌症般的不適咕咕叫。但那二頭肌應該足以把鐵人三項運動員打暈。

「你看起來很累。」

「從禮拜四之後就沒睡了。」

她等著聽到原因——失眠？大夜班？太太打呼？——但他沒有多作解釋。顯然這樣就夠了。

從現在站的位置，可以看見巡邏車內部斑駁不堪、被陽光曬得乾硬。栗色的乙烯基塑料上有些圖樣。特別是在駕駛座後方某處——她走近窗戶一看，認出了一隻手繪恐龍。

「你有些塗鴉。」

「什麼？」

她手一指。「有人在裡面畫了——」

「青少年。」

他走向她的卡羅拉，腳上靴子發出乾巴巴的喀噠聲。她站在巡邏車後座車窗處一會兒，視線停留在那個用細長彎曲的藍色墨水描繪出的古怪恐龍卡通圖案上。她沒法別開雙眼。她見過這個圖樣。

不對——她看過好幾次。

—

雷切維奇下士不喜歡那女孩在他的車旁徘徊，緊盯著有色車窗內部。車子後座空無一物——她到底是在看什麼？

他發現自己也轉移不了視線。盯著她。

她和她妹妹一模一樣。

表面上是有些不同——莉娜長髮有瀏海；坎布莉則是自己剪過、紮起的馬尾。莉娜膚色蒼白；坎布莉是古銅色肌膚。坎布莉的牛仔褲因為十多種氣候的日曬塵埃破損且成了棕色；莉娜的則是昨天才剛從曬衣架上取下。除了這些以外，兩個人似乎別無二致。這兩人肯定很努力想要有所區別，想要打造獨一無二的自己——或許正因為兩人無法擺脫彼此，才讓整體變得更加悲慘。

老天。他不得不感到驚嘆。

簡直像是看著坎布莉的鬼魂。

莉娜沒有注意到。她依舊緊緊盯著車內。雷切維奇心裡相當平靜。他試著回想——他的後座有什麼該死的東西嗎？她想在十三年累積下來的污漬和刮痕中找到什麼？

不對啊，先生。他一點都不喜歡這樣。

他得換個話題才行。「好吧，」他邊嘆息，一邊不情願地說。「現在我要告訴妳真相了。」

——

「什麼？」

「我剛剛說謊了，莉娜。」

她眨眼，確定自己沒有聽錯。

「很抱歉。」他又一次轉身走動。

聽到這話。莉娜的胃部因爲興奮而翻攪。**我剛剛說謊了……**

「在岩漿泉的時候，我說我沒辦法想像失去手足的感覺，但事實是，我可以。」他在護欄邊停下腳步，盯著灰煙瀰漫的山頭。「我也是雙胞胎。」

她跟上前，但保持一段距離。

「我的兄弟叫做瑞克，他一直都想成為一名警察。五歲那年，他用塑膠手銬逮捕我。然後到了十八歲，我們都決定要走執法機構這條路。我們都參加筆試、接受精神判定、體能訓練——但後來只有我進入學術階段。瑞克被淘汰了。老實說到現在我還是很驚訝，因為我以為他比我要更渴望。他可能是太過渴望了。然後我不禁好奇自己是否只是想追隨他的腳步。妳知道嗎？瑞克是年長的那個，早我兩分鐘。」

莉娜記得，她媽媽也說過她只比坎布莉早幾分鐘出生。這並不重要。坎布莉和她的狂怒總是顯得更年長、更堅毅也更睿智。

他吐氣。「在我搭巴士前往米蘇拉的前一晚，瑞克用一把十二毫米的槍對著下巴自盡。」

她覺得自己好像應該說些什麼，但卻沒有這麼做。

「妳認為我不理解坎布莉自殺後妳所經歷的一切，沒錯，我是不理解，因為每個人經歷悲傷和罪惡的過程都不一樣。但我確實知道妳正在經歷的一切。」他回頭望向她。「除了同情，我什麼也做不了，莉娜。且我要勸妳：停止追尋她的鬼魂吧。向前看，別回頭。」

她向前看。看著他。

「而且是十五次，」他繼續。「根據SIM卡的紀錄，她嘗試撥打九一一十五次。」

她沒有答話。她很確定是十六次。

是吧？

「職員透過電話告訴妳時可能算錯了，」雷切維奇說。「是在電話裡說的沒錯吧？」

她仍舊沒有回答。

日正當中，陰影短小。天空是霧濛濛的且厚實如砂礫般的棕色。空氣中無風，打造一股緊繃的靜寂感。她口渴、嘴唇乾裂，頭也開始疼痛。現在她不太確定雷切維奇所說的通話紀錄是否正確。倘若正確的話——她知道的事情，還有哪些是錯的？

一陣金屬嗶嗶聲打斷了她的思緒。

雷切維奇認出聲響。「抱歉，失陪一下。」

她回頭瞥一眼——聲音是出自巡邏車內。可能是來自無線電。那輛Charger的前門車窗拉開了半英寸，因此聲響散播在了靜止的空氣中。空氣夾帶了所有聲音。彎折草葉的聲響、每道腳步聲、每口屏住的呼吸。

不對，她打九一一打了十六次。

我親眼看了紀錄。我有數過。

警察暫時告辭，以看起來無傷大雅的小跑步奔回他的巡邏車旁。她看著他鑽進車內並關上門。她不敢讓他離開自己的視線。

我沒有發瘋。

她不能懷疑自己。她的心緒開始盤旋——SIM卡、Charger後座的卡通恐龍圖案、雷切維奇直指她不了解自己的雙胞胎妹妹時那令人心驚的冷酷語氣。所有事情都不對勁。所有事情都脆弱不堪。就好像滿口都是鬆脫的牙。

她試著清理思緒，只專注在已知的事情。堅實、不容爭辯的事實。坎布莉的大約死亡時間為晚間九點。

這也就意味著，當雷切維奇攔下她時，她只剩不到一個小時的生命。

第四章
坎布莉的故事

警察問了她的名字。

「坎布莉．阮。」

警察問了她今天過得如何。

「很好。」

警察她來自哪裡。

「西雅圖。」

警察要求看駕照。

她從旁邊座位上的後背包裡挖出錢包。她的雙手顫抖，手指麻木地不聽使喚。

「不用緊張，」被曬得黝黑的男子接過駕照時這麼說。「妳沒有麻煩，」接著他轉身走回他的黑色巡邏車，坐上駕駛座時車門半開，一隻腳擱在滿是泥土的路肩上。

他正在執行必要的檢查。

坎布莉知道自己的紀錄良好——小有瑕疵，但沒什麼大不了。或許在佛羅里達時她應該要對布雷克提出指控，但身上的錢幾乎都是他的。.25口徑小手槍也是他的，如果他是合法購買的話。又一次，她真希望此時槍在身邊。

當前情況很不真實。之後才會變得真實。

黃昏令空氣中夾帶了一絲寒意。夢想凝結成夢魘的方式。她肌膚上的汗水變得冰涼。她已經忘記警察的名字了，只記得有兩個R。

她透過後照鏡看向他。他沒有在用無線電，真是奇怪。他只是安靜地坐在那，在冰涼的藍色暮光中緊盯著她不放。擋風玻璃之後，他的臉成了一片暗影。但他一隻腳仍在外頭地上，像是準備要逃跑一樣。蓄勢待發。準備好做某件事。

坎布莉將右手放上豐田的排檔桿。警察看不見。她以手指包覆，慢慢地握成拳頭。引擎仍在空轉，現在發動車子很容易。只消往後一拉，發出個喀噠金屬聲就行。嚴格說來這不是她第一次逃離警察。當然了，甚至還來不及加速就會被發現了，因為車尾燈會閃爍。

但是呢——妳還是可以開走。馬上。

然後他會追上來，對吧？當然會了——她將逃離一座交通站。這可是觸犯刑法。他將會啟動警鈴，而她就成了逃之夭夭的壞人。

然而……，

至少她能夠開得夠快夠遠，就能遇到個目擊者。就算是其他警察也好。只要出了這個鎮，她不介意被拖出車外上銬，不介意面對滿地塵土時背後有隻膝蓋頂著她。怎樣都好，只要不是在這裡，在這個完全沒有目擊者的情況下被他的膝蓋頂住後背。

她慢慢地拉動排檔桿。齒輪在框架內移動發出堅實的嘎吱聲。紅線在P和D之間游移不定。停車和發動。

生或死。行動吧。

她屏住呼吸。

行動吧。踩下油門。

她再次瞥向後照鏡——警察沒有移動。還坐在位子上審視著她，臉龐被籠罩在厚重的陰影之下。

不知何故，她知道對方並不是真正的警察。絕對不是。他是冒牌貨，妄想成為警察的人。搞不好今天稍早他殺了某個倒霉的州警。搞不好他只是把不屬於自己的制服上的血跡清掉，然後就坐進了不屬於自己的車內，而我只是他這場殺人兜風遊戲的最後一個獵物。

她更使勁拉下排檔桿。

使勁。拉到底。齒輪收緊，槓桿碰到了器械內部最不起眼的內壁。她可以感覺到排檔桿就快到底了，彷彿來到了刀刃邊緣。快了。只要再施壓一點點，手腕的肌肉在出力一點，卡羅拉就會發動。

若不馬上駛離，就會沒命。

這個念頭竄進腦海，詭異又明確地篤定。同樣一股不祥的感覺令她對靈應牌[1]心懷恐

1 一種有字母和數字的板牌，據信用於接收亡靈傳遞的訊息。

懼，疑惑自己是否注定英年早逝。這是種奇異的恐懼感——並非恐懼於死亡本身，而是畏懼那命中注定的力量。這正是為什麼那隻貓頭鷹令她備感困擾的原因。多麼悲慘啊，從西雅圖一路遠行至麥爾茲堡，然後又獨自一人返程，最終於離家兩個州之外的地方孤獨死去。

一串齊聲催促的聲音響起：坎布莉，快點。快逃。

若妳再不發動，他會立刻把妳殺了——

警察回來了。

她聽見他腳步踩下的碎石聲，宛如蛋殼應聲破裂。她油然而生一股罪惡感，鬆開了緊握豐田排檔桿的手，感覺到齒輪機制又轉回到了停車的狀態。在他的剪影佔滿車子後照鏡之時，她的雙頰因羞愧而火燙。

啊哈，坎布莉。妳的機會跑了。

妳的命運已注定。

這次他將手肘靠在她的車頂上，好像這是自己的車一樣。他現在比較鬆懈、看樣子比較自在了。他傾身過來遞還駕照，她伸手欲拿回時，注意到對方戴了黑色手套。他之前就有戴嗎？還是剛剛套上的？

他說：「我需要請妳下車一下。」

「什麼？」

他彎身過來，手肘依然留在卡羅拉的車頂。她能聞到對方混濁的氣息。草莓味的防酸劑。「需要請妳熄火且下車，然後跟我走。」

「為什麼？」

「之後會解釋。跟我來。」

她的手放在豐田的鑰匙上不動。指關節緊緊繃著。

他笑了。「不會有麻煩。」

「我知道。」

「例行程序而已。」

根據制服上繡的黑色字體，他叫做雷蒙．雷切維奇。她決定要牢牢記住將之公諸於世，以免他是某個人的丈夫或父親，而前者已經被埋在了某處的溝壑深處。她唸著這古怪、帶有一絲隱晦惡魔意味的名字。

「看，」他收起笑容。「我已經告訴過妳了，妳並沒有惹麻煩，坎布莉。」

坎布莉。

自己的名字從他嘴裡吐出，聽起來如此怪誕，彷彿有顆冰塊自她肩胛骨間滑下。不知為何一切變得真實起來。他再也不是那個她被告知無須害怕、激發心中那股無形的驅動力的人。他是個六十二歲、兩百五十磅重的人，是個真實站在面前的血肉之軀，且可能將她滅口。

他又有了動作，在卡羅拉的鐵柵欄邊踱步，審視著底下輪胎，還像個汽車銷售員一樣來回打量著車身，接著走向了副駕的車窗邊——

「你在做什麼？」

沒有回答。他自副駕車窗探進來——「嘿！」——然後一把抓起她的後背包背帶。她伸手拉回，太遲了。

「嘿，混蛋。你在幹嘛——」

他拉開背包拉鍊，將裡頭的外套和釣魚工具一股腦倒出，接著舉起紅色的汽油罐搖晃了下，露出個反對的神情。她見過這種表情出現在老師和諮商師臉上。她從來沒有像現在此刻被這樣的神情折騰得如此不安，顯然大難臨頭了。

「有人在岩漿泉餐館附近抽取汽油，」他一邊踱步回駕駛座窗邊一邊說，抓在手中的橡膠軟管像是一團糾結不堪、顏色慘白的腸子。「有個漂泊的年輕女子蝸居在四門藍色的車內。這是現在鎮上的話題。」

「這小鎮話題還真無趣。」

「這很嚴重，坎布莉。」

「偷汽油？」

雷切維奇眉頭一皺，砰一聲把汽油罐摔到柏油路上。橡膠軟管也被扔下。他的手勢更加強硬。「下車。」

「不。」

「出來，坎布莉。」

走投無路了，她想繼續反擊但無能為力。「你在那裡做什麼？」

他馬上回答，聲音乾脆地嚇人，像是一隻蛇猛地回頭咬住緊抓他尾巴的手：「抱歉？」

「你剛剛在樹林裡，」她說。「用那些火堆不知道在幹嘛。然後一看到我就追上來。一路追到這裡。」她直勾勾盯著他。「為什麼？」

他沉默。

「到底是怎麼回事？蛤？」

他嘆息，撥弄著一隻手套。

太遲了，話語一脫口而出——現在他不得不把我殺了。因為現在他確切知道她目睹了些什麼。他知道，她也很清楚這是得付出代價的。她像個傻子一般立即判了自己死刑。

我讓他別無選擇。

松樹林沙沙作響。一縷微風吹進了車窗內。今晚將是寒冷的夜。屬於六月的寒意。

「我會解釋，」雷切維奇說。「可以嗎？這就是妳想聽的嗎？但不是現在——我不打算在這裡談。到我的車裡吧，我會坦白一切來龍去脈，以及解釋妳看到的那些。」

「那你一路追趕進鎮上是怎麼回事？」她試著問。「不管警局在哪個方向，指給我看，我會自己開去。你跟在後頭，然後我們談談整件事情——」

他搖頭。

「好，那我不會下車。」

他搖得更大力了。她發現他戴著手套的那隻手已經不在車頂，而是靠在手槍槍托上。

「我需要妳熄火然後下車，女士。」

「我要你吃屌——」

「坎布莉。」他依舊緊繃地搖頭。「妳得配合才行。這比妳想的還要嚴重。我數到三。」

「數到三然後呢？」

「到時就知道了，」他說。「要是妳不下車。」

「你不是警察。」

他開始數：「一。」

她的視線轉回到他的手掌，現正擱在腰帶上的黑色格洛克手槍上，她的態度軟化了。

「你瞧，我只是回家的路上經過這裡。我不會告訴任何人我看到什麼——」

「二。」

「我甚至不知道自己看了什麼。」她感覺自己的聲音斷斷續續。「可以嗎？拜託——」

「三。」他輕彈兩下解開槍套扣子，手掌握著槍托。

「等等、等等，」她的雙手猛然抬起伸出窗外。「我下車就是了，行嗎？我現在下車跟你走。可不可以……後退一步，拜託？」她手對著他的雙腳指了指。「這樣我才能開門。」

靜默。時間一秒凍結。

雷切維奇稍微想了一下後點頭，接著後退兩步。

「謝謝。」

下一秒坎布莉踩動油門。

第五章
莉娜

莉娜不喜歡雷切維奇待在他車裡那麼久。

他還在講無線電，小小的黑色話筒靠在嘴邊，一邊講一邊不斷抬眼透過被陽光曬得變色的擋風板看向莉娜。她能看見他的雙唇移動但聽不見聲音。他拉上窗戶遮擋住了說出的話語聲。

她揮揮手。他也露出歉意的微笑揮了下。**快好了**。

莉娜將視線轉回霧濛濛的遠方天際線試圖專注。她一直搶佔勢頭，但這樣突如的等待打亂了她的節奏。

他在跟誰講話？

她不喜歡這樣。一點也不。

她右手抓著 iPhone。這裡沒有訊號，但等待的同時她心不在焉地翻閱訊息。翻出她妹妹最後捎來的訊息。坎布莉．阮糾結於逃離這個世界前，所傳來最像遺書的訊息。

通常手機的噪音不會干擾到莉娜的睡眠，但不知何故這條訊息在六月八日午夜後吵醒了她，彷彿裡頭滿載著負面能量。

她記得自己聽到手機鈴響猛地睜開雙眼，看見藍色光亮映照在天花板上，接著翻身開始閱讀妹妹生前最後幾句話：

拜託原諒我。我沒法這樣活下去。希望你可以，雷切維奇警察。

莉娜讀了一次。

然後翻身繼續睡。

她不會自殺。那是別人會做的事，其他家庭才會遇到的事。在朦朧的意識中，她假定這則訊息原本其實是要傳給其他人。雷切維奇警察搞不好是坎布莉某個爛男友的綽號，管他是在堪薩斯還是佛羅里達還是斯里蘭卡，或者是在某個她目前流浪到的地方。這只不過是她妹妹的游牧世界中一則被斷章取義的文字快照。那是在道歉嗎？秘密笑話？隱晦的威脅？若是坎布莉的話，可能以上皆是。

那天早上莉娜睡到十點。下一通電話是母親的泣不成聲。蒙大拿公路巡邏隊聯繫了她。

莉娜沒有告訴任何人半夜時她放著坎布莉的簡訊不管。她說自己是後來才看到的。

但這些都不重要——莉娜收到簡訊時，坎布莉已經死亡超過二十四小時了。她在死前幾分鐘打了訊息，死命想在髮夾橋這個沒有訊號的地方傳送。這則訊息一直被保存在送件夾中，一直到醫護人員搬運她的屍體後才被寄出。

凌晨一點四十八分，她那支破爛的 Nokia 掀蓋手機在血跡斑斑的口袋內，緊貼著她冰涼的大腿，正與逐漸殆盡的電力搏鬥，這個時間點塔樓收發了訊號，將二十位元組的簡訊從墳墓發送到了姐姐手機內。

結果被置之不理。

儘管感到羞恥，莉娜還是很高興關係疏離的妹妹傳訊息給她。某種程度上這令人鬆了口氣，代表莉娜仍舊是重要到值得收取最後一封訊息的人。

即便這訊息詭異又疑點重重。

特別是最後一句話：**希望你可以，雷切維奇警察。**

什麼鬼？

到底是什麼意思？

沒有人知道該怎麼辦。為什麼要寫遺書給一個死前一個多小時攔下妳的局外人？為什麼不是給嚇壞了的家人，不是給被拋下的悲痛血親？一點解釋都沒有？完全沒有？葬禮中，她的父母盡力擠出堅忍的微笑，但就莉娜而言，坎布莉捎來的訊息是封針對她的羞辱。是面紗之外豎起的中指。

忘記那些謎團吧。莉娜想聽的只有一句話，我愛——

一陣金屬碰撞聲衝擊了她的思緒。

車門。

雷切維奇回來了。終於。跟剛才不一樣，現在他掛著一副微笑的假面具。「抱歉剛剛中斷了。」

「沒關係。」她擦了擦眼睛。

「那對講機簡直就像我老婆，」他這麼說，硬擠出一個生硬的笑容。「一天到晚嗶嗶叫。老兄，我連睡覺都會聽到這聲音，我是說如果我有時間睡的話。」

他的雙唇咧成一個像是安康魚的露齒笑容。感覺前幾分鐘一觸即發的緊繃感已經徹底消散，他又變回了那個她在岩漿泉餐館遇到的快活、富有同情心（即便精神不濟）的男人。

「你剛是在跟誰講話？」

——

十九英里之外，一個籠罩在暗影之下的男人手握對講機深思了一會才將之喀一聲放回機座上。一旁有張手寫的字條。

莉娜．阮。髮夾橋

他沉吟片刻，再補上一句：

沒有武器。

——

「人員調度，」雷切維奇回答。「消防隊說風勢變了。布里格－丹尼爾斯那邊的火勢現正朝這裡蔓延，I-90以南的所有人都必須疏散。今天應該差不多到此為止了。有回答到妳的問題嗎？」

「差不多。」

他在距離六英尺外停步，舉起雙手誇張地聳聳肩。肌肉在棕褐色的皮膚下鼓起。「妳對警察有什麼意見嗎，莉娜？」

「不好意思？」

「警察。我。細藍線[2]。」他拍了拍厚實的胸膛，喀噠的聲響傳來，彷彿他這人是鎢鋼製的。他的笑容令她覺得渾身都是昆蟲在爬。「我是個好人。」

「我很確定你是。」

「這是什麼Z世代的說詞嗎？」

「我尊敬警察，雷。」

「妳確定？」

「我叔叔是俄勒岡州的州警。」她直視對方雙眼。「他是我所知道最善良、最正直的人。我記得他說過，收費公路上的駕駛多麼令人失望。那些人視他為突擊隊員，而非一個人類。很多公民都這樣。惱火。不信任。我真誠地相信警察是世界上最辛苦的工作。」

2代表生死間的一線之差，因為警察每天都要面對很多危險。

他笑了，帶有一絲羞怯。「謝謝妳——」

「我是對你有意見，雷。」

他的笑容一閃而逝。

關於這點——他似乎分階段地控制自己的表情——令莉娜想起坎布莉小時候蒐集的芭比娃娃。她不是把玩這些芭比，而是用過氧化氫把它們的臉融成一團灰色的塑膠，然後再把所有擺回架子上，像是百貨公司櫥窗內那些無臉的假人。有夠詭異。莉娜一直不明白為何妹妹要這樣做。

雷切維奇又笑了。他又找回了他的提詞機：「莉娜，如果妳需要跟我局裡的其他人談談，或是妳不相信我都沒有關係。這是妳的權利。她才剛經歷一段慘痛的失去。妳妹妹的精神疾病。」

他在*精神疾病*四個上加重語氣，拉長一個額外的音節並觀察她雙眼透出的反應。「她深陷難熬的痛楚之中。一種她從未透露給他人的痛苦。最後她做了不幸的選擇。」

她拒絕上鉤。*他在耍弄我。*

想在傷口上灑鹽。

她對上雷切維奇的目光後緊盯器械似的黑影，試圖找出隱藏在墨黑之下的雙目。「我們還沒結束剛剛的話題。所以，你八點的時候攔下她？」

「對。」

「但你沒有要她上你的車？」

「沒有。」

「她從頭到尾都沒有實際坐上你的車？」

那抹溫和的露齒笑容回答了這個問題。「沒錯。」

莉娜瞥向左側，確保錄音機還在運轉。她不讓雷切維奇離開視線，將這個手持武器的男人固定在了眼前的一方土地之中。她的身軀轉動九十度，盡可能最大幅度地移動。

他在等待。

她決定了——對，是時候扣下扳機了。一切繁文縟節到此為止。無論如何，從今天在岩漿泉見到他的那刻起，就勢必要有所行動。

「我妹妹是藝術家，」莉娜說。「她很傑出。以前很傑出。她的畫比照片還要精美，所有手機都有拍照功能，但坎布莉畫的是事實。」

雷切維奇的笑容再次蒸發。

「她畫了一個東西。不是素描，比較像是名片、像個標籤。那是一隻卡通恐龍，小型的迅猛龍，但看起來相當友善有迷人，你知道嗎？就像加菲貓一樣。」

她暫停片刻，給他點頭認同的時間。但他沒有。

「她從小學起就開始畫這隻恐龍了，那時她想成為一名漫畫家。她替恐龍取名叫鮑伯龍。之後，青少女時期，她看到什麼就畫上這個圖案。所以呢，此時此刻，她旅行過了江河湖海後踏上歸途，全國境內的數十張吧檯凳子、樹幹、廁所隔板上肯定都有鮑伯龍的身影。」

她再度讓沉默降臨。

「所以它出現在你的警車後座幹嘛呢，雷？」

第六章
坎布莉的故事

州警眼睜睜看著她加速駛離的樣子頗為怪異。被她欺騙著實吃了一驚，但他並沒有驚慌，也沒有大吼。他沒有抽出手槍對著她的後車窗扣扳機，只是盯著她在塵土飛揚中離開，後照鏡的身影慢慢變小、慢慢變小。下一刻他轉身，鎮靜地坐回巡邏車內。

他會追上來的，坎布莉。

他會的，百分之百。這場追逐戰才剛拉開序幕而已。

但此時此刻，晚八點二十三分，坎布莉還活著，腳底實實踩在踏板上，引擎轟隆作響，心知自己有戰鬥的機會。當她的卡羅拉停在停車場時，她感到自己宛如蹲坐的小鳥一樣脆弱，但展開行動的坎布莉．阮呢？從玻璃海灘到大沼澤地，從白沙滾滾變成皚皚白雪，整個世界都在跟可能的機會賽跑，因為行動代表真切活著。

沒錯，行動名符其實地代表你正好端端活著。

老天。

她真想猛打方向盤。她在發抖，每一條神經都因滿載的能量劈啪作響。雞皮疙瘩爬滿了肌膚。對、對、對，這些都是已發生的事實。

那些火堆到底是什麼？雷切維奇那四團儀式性的火堆？她腦中不斷思索這點，現在有了個猜想。這感覺就像完成一幅拼圖一樣，大幅的圖畫逐漸露出全貌。那警察的雙筒望遠鏡、他的曬傷、他氣喘吁吁急欲在她逃回現實世界前逮住——

他在後面。

對，想當然了，他就在後頭。毫不意外。雷切維奇黑色的道奇 Charger 佔據了她的後照鏡畫面。他輕輕鬆鬆就追了上來，侵略性十足地展開二次追逐。他的車似乎在她後頭飄忽移動，前端格柵呲牙咧齒地快速接近，二十英尺、十英尺之遙。距離夠近了，若在這個關鍵時刻踩煞車，幾乎可以確定會兩敗俱傷。她考慮這麼做。

穿越松樹林與草原、行經微微的緩坡，柏油路在前方開展。轉彎的路標在車頭燈照射下反射出橙光，警醒著即將到來的急轉彎。她腳踩煞車，雷切維奇的前燈更接近自己了。

撞車對自己可沒好處，她心想。雷切維奇大概很樂見她的卡羅拉飛出去撞上一棵樹。這樣他就了事了。可以回家了。

有一股不祥的預感。

他知道她的名字。警察資料庫裡到底有多少資訊？跟電影裡一樣嗎？坎布莉從未更新過住址，她搬家的頻率太高了——但要是有那些不檢點的行為和酒駕紀錄，那麼雷切維奇就會知道她父母住在華盛頓州奧林匹亞。若今晚沒被他逮到，他就會轉而找上她的父母然後殺了他們。或者挾持他們。

到現在都還沒看到機車騎士。

她檢查掀蓋手機有沒有訊號——還是一樣。

高速公路空蕩一片，但搞不好她能開上一條方向平行、通往州際公路的支道。I-90上肯定有其他車輛，能有目擊者這個念頭令人心安。一個神經病警察不敢在有旁人在場時為非作歹吧？

除非那些人也被滅口。

搞不好他真會這麼做。

她身後一陣刺目的藍紅交錯光線。他點亮了車頂燈條。追趕犯人的哀嚎警報聲大響。這聽起來不像是她聽過的其他鳴笛聲——不夠高亢、太過低沉，彷彿夢魘中水底下的回音。或許是腎上腺素稍稍蒙蔽了她的思緒。

她真是被冒犯地莫名其妙。你當我是白癡嗎？

她手伸出車外朝雷切維奇比中指。警笛嘎然而止算是他的回應。

一開始有種勝利的快感，像是成功東山再起一般。但很快地這感覺就消退了。他只不過是在耍花招。雷切維奇下士——若這真是他的名字——正在最後一次嘗試扮演高速公路巡警的角色，試圖喚醒她作為守法公民的使命感。對其他人這招可能有效，但坎布莉不吃這套。

所以，他放棄了。

然而警示燈還亮著。紅藍交錯的閃光提供了更多外在的光源，令他得以在逐漸漆黑的國家內追蹤她。持續閃爍、無情的亮光扎進了坎布莉的心緒令她頭疼。她將後照鏡向下翻好減少這炫光。

之後的一兩英里，兩人沉默行駛。

她來到了時速六十——可以的話直行時是八十。她很想再加速，但是這條路實在太漆黑又崎嶇，顛簸難行無可避免。在逐漸隱沒的暮光之中，曲折的彎道來得又急又猛。雷切維奇那輛 Charger 自始至終都緊黏在後頭，和她的保險桿維持二十英尺的距離。鮮豔色彩的警笛，是燈罩內一顆無聲跳動的心臟。

坎布莉沒有停車。她不會停車的。

她不是白癡，且完全理解當前的危險。她試著向前思考。這警察下一步要幹嘛？他會迫使她停車。搞不好會直接衝上來把她的車撞得原地打轉，或者也有可能和她並行，一顆子彈直接射進車窗。不管他打算怎麼做，動作都必須非常快，因為再過不久就有訊號可以報警了。真正的警察。

時間站在妳這邊，坎布莉。一陣荒謬的痛楚令她意識到這一點。

妳只需要踩著油門不放。

突如一個急轉彎——一條醜陋的緞帶——她不得不猛踩煞車將時速降到四十五。她恨死這麼做了。車子稍稍顛簸了一下反抗她。輪胎摩擦路面發出刺耳的刮擦聲。

不要停，活下去。

她將方向盤握得更緊。過彎後她立即加速，後方的 Charger 有樣學樣。

這實在太瘋狂了，但她開始覺得整件事感覺起來還不賴。沒錯，時間完全是站在坎布莉這邊，另一人佔了下風。她只需要死命開下去就行了。這是一場她勢在必得的追逐戰。因為最終那黑暗的一英里或兩英里，將會有機車騎士或者隔壁城鎮的微光出現，或者是進入訊號塔神奇的起始點內。

然後，油表燈亮了。

第二部
塑料男子

第七章

根據過去的經驗，坎布莉．阮知道少了布雷克的拖車，她的卡羅拉在汽油量快見底時還可以跑大約三十英里。這真是她最幸運的一次。從麥爾茲堡到法哥，她一直都勤於看地圖留意自己的所在位置，且從不遠離人口聚集的中心。不論是在加油站花幾塊錢還是在停車場虹吸汽油，她都不會粗心大意到遠離文明社會時讓油箱空盪盪。但她實在沒料到有個混蛋會跑到窗邊搶走她的後背包。

三十英里。目前已知的極限。

根據下一個路標，波克城在四十二英里之外。差了十二英里。她好奇——二〇〇七年的豐田卡羅拉的油箱備用容量是多少？

三十英里。再加上十二。

她盯著E下方汽油量標誌的微弱橘色閃光，心知開到波克城是個相當大的賭注。要是錯估——即便只是稍微少於四十二英里——她都會被困在一輛燃料殆盡的車內，毫無防備任由他擒拿。一把刀可救不了她的性命。不論短短二十分鐘前他要求她下車時心裡懷著什麼鬼胎，她都逃不了被槍斃、絞死或者被強暴的命運。

但是，搞不好……搞不好不到四十二英里就有訊號了呢？很有可能，因為波克城是市中心，肯定有訊號蔓延。然而這解決不了汽油的問題。要是當場被滅口，成功撥打九一一也於事無補。

「媽的。」她一拳狠揍方向盤。

警車仍舊尾隨。油箱裡滿滿的汽油。

時間換邊站了。她的心一沉。再也沒有優勢。

後方那警察關掉了警示燈。又少掉了一個動作。是不是這影響到了他的夜間視線？但坎布莉還是不免稍稍放鬆了一些。現在的世界更清楚明瞭了，只有純然的黑暗、車頭燈和賽車跑道。

她試著集中思緒。她已經開過綠色標誌一分鐘了，所以現在距離波克城是四十一英里。她的油箱又少掉一英里了。引擎本身就是滴答作響的時鐘，燃燒掉她有限的汽油，每分每秒都正在流失——

思考，她催促自己。趕快思考。

這是場慘烈的賭注。

她可以一路開往四十多英里之外的波克城，幸運的話可以順利到達。她不知道自己究竟還有多少油量。她的勝算可以說是在擲硬幣，甚或結果可能更糟。

猛然一瞬，她想到了岩漿泉餐館。後方二十英里之外。還是已經二十五了？那裡沒有訊號——至少在進入主要街道前都不會有——但她的油量肯定足夠開到那。那座城鎮的大小跟波克城差不多，可能還更大些，應該會有警局、雜貨店或是加油站之類有人的地方。那些人可以是目擊者。

「好，」她呢喃。

如果迴轉……。

「好、好、好……」

又一個急轉彎——這次她時速維持在七十。世界成了一條賽道。幾枚零錢在儀表板叮噹作響。她一轉避開緊急停車帶，差點不小心直接開上了正前方的車道。

轉了一個彎，黑色 Charger 還是在後頭陰魂不散，車前燈簡直在焚燒她的後窗。彷彿來到了最後一回合。雷切維奇是個訓練有素的追蹤手，確切知道這起追逐戰該如何開展，從頭到尾都沒有遠離她一英吋。

她老早就已開始應戰，只是還沒完全釐清一切。但是沒錯，她很清楚該怎麼做。繼續待在開往波克城的車道上無疑是大錯特錯。她必須轉向回距離僅有一半的岩漿泉，這個賭注較為安全。她需要急煞迴轉。以某種方法，不能被逮到、被射擊或者飛出車道外。

她決定了：數到三就行動。就跟雷切維奇站在她車外掛著那張大笑臉、牙齒上滿是草莓味抗酸劑、手擱在格洛克手槍上時一樣。

「一。」她的腳底懸停在煞車板上。

車速的指針停擺在七十一。現在還不能減速，否則會露餡。警察會追上。要是轉得太慢，他就會逮到機會把她撞飛出馬路。這個彎將會讓自己處於易受攻擊的位置，以車身側面面對敵人。

她一邊想像自己的車撞上樹叢，一路翻滾並燃燒成一顆火球——「二」——一邊磨著臼齒。她又開始牙痛了。

妳開太快了。

不，這速度剛好。

如果他不小心從後方追撞呢？然後直接讓妳飛離車道？

確實是個風險，但尚可接受。這結果肯定比在波克城外圍十英里處用光汽油，半路被追隨她的持槍神經病殺害來得好。這是目前最好的賭注。這是個客觀的事實，在他的車頭燈灼燒她的眼角餘光時，坎布莉這麼告訴自己。

三？

她不敢說。這數字像是咳嗽般卡在她的喉頭。但她強迫自己咳出，強迫雙唇張開做出這個字的嘴型：

「三——」

她猛踩煞車。

整個世界彷彿抛錨。這個影響狠狠衝擊了大腦，但卻沒有帶來任何結果。踩下煞車的聲響在她左右耳膜內斯聲裂肺地尖叫。安全帶不知從何處猛然出現緊緊勒住她，狠狠擠壓肺部裡的空氣。

一道眩光灼眼——Charger猛地向左轉。他的遠光燈如太陽炙烈，坎布莉心底深處知道對方來不及閃躲，就要撞上來來個兩敗俱傷了。但轉瞬之間，他閃過了。她的卡羅拉向右而去，刮著碎石路面直衝路肩——她正拚了命和方向盤搏鬥——不再轉動的輪胎仍然不住往路邊滑行。下一秒另一道沒有釀成災害的衝擊讓她在安全帶及椅背間震盪，後座的冷藏箱翻覆地乒乒乓大響，隨即是一片靜寂滿布空氣。她的車頭燈照亮了漆黑的松樹林。

一切完全停止。

連呼吸的時間都沒有。她猛地撐起身軀，撲鼻而來的是一股燃燒橡膠的氣味，接著將方向盤向右轉同時踩下油門（Charger 的煞車聲也從遠處傳來，像是憤怒地做出回應），車身轉進了東行車道，完整地轉了方向。

一百八十度、時速七十英里的迴轉。

「媽呀。」

她心中的怒火也為此讚嘆：不錯嘛，小妞。

她將眼前的髮絲撥開，繼續加快車速。道路在眼前攤開來，通往岩漿泉、通往文明、通往安全的道路。

她將後照鏡調整歸位——雷切維奇還在後頭執行他的一百八十度大迴轉，跟著隱沒進黑暗之中。五十碼。一百碼。他做出反應的時間比她想像的還要慢。搞不好他在用對講機或者有其他動作？他被殺個措手不及。她做了件在這場生死攸關的追逐戰中他沒有預料到的事：踩煞車。

當他的車頭燈終於重新出現在後頭時，坎布莉認為自己已經領先了四分之一英里。那不過是遠方的微小光點。

「去你的，」她低聲咒罵。

感覺好極了。這只是個小型勝利，卻也是重大的一步。她改變方向往鄰近的城鎮前去。了不起。她轉了個彎——然後是向左的急轉彎——後方的 Charger 車燈暫時消失在了坡路上。她再次大幅領先，他得費力才能跟上。天殺的，漂亮。

一個路標忽地閃過，反射出火燒般的亮光：岩漿泉 22。

比預期地還要好！二十二英里可行，還有剩八英里。卡羅拉的油箱裡肯定還有足夠的燃料。這比開四十二英里到波克城的勝算大得多，但每一英里都必須與身後的追蹤者一較高下，要是他被逼到絕路，可能會狗急跳牆開槍射擊。她可沒有面對此事的打算。

幾秒鐘過去了，那警察的車頭燈還沒有出現在後方的彎道。她的腦中響起了輕微的耳語聲。

妳可以躲起來。

那警察一路追著她的煞車燈，從遠處看來肯定只是個紅色小光點。餘下的鄉村路途是一片墨黑。雖然地形遮蔽了視線範圍，但她可以切出車道、關閉車燈，讓雷切維奇一股腦開往下一個轉彎處。

就這麼辦吧，坎布莉。

他的車頭燈再次閃現。依舊是在遠方之外，比上回近了一些。

好。下一個轉彎。

她需要一條銜接道路，或至少有塊平坦的地面，否則將會直衝進溝渠裡。那樣可不妙。她還得留意自己車輪劃過的泥濘痕跡，不能留下任何能被他的車頭燈照亮的線索。

左方突然出現一塊滿布高大草莖和樹苗空地，太快了，措手不及。

「該死，」那空地應該可行的。但那警察還在可見範圍內，一定會跟著駛離車道。

她暗自發誓：下一次。一定。

下一個轉彎馬上就出現了，跟幾分鐘前的一樣又猛又急，逼得她差點一路衝進樹叢中。那簡直是車道上突如冒出來的扭曲絲帶，在暗夜裡著朝著她飛舞而來。

又有髮絲扎進了眼裡。她一手撥開。車速指針已經逼近八十、九十。汽油量已經快不足了，但實在不得不這麼做。她的引擎在引擎蓋下咆哮，上氣不接下氣地供應有限的能量。

幾分鐘前她就知道，要想虐待這台該死的車，她可以以時速五十英里過彎且安然留在車道上。這次她要試六十。每一秒都必須把握才能讓自己安全離開道路躲入黑暗之中。不能留下半點痕跡，還得讓塵埃有幾秒鐘的時間重新落回土地上。

來吧。

時速來到六十，她決定要切入下一條將至的車道並盡可能轉一個大彎。和其他車輛正面相撞是她最不擔心的事。底下的道路不再筆直，她緊急右轉，和方向盤狠狠搏鬥。輪胎再次發出刺耳尖叫，驚慌失措的她耳邊轟然想起憤怒的嗡鳴聲，連牙齒都開始震盪了起來。再一次，多節的樹枝枝幹在車頭燈照耀下一晃而過，像是一座頻頻閃動的定格選轉木馬。每一棵樹彷彿都只距離幾英尺、幾英吋，隨時能將她的車化為一團火球。她將方向盤向右打到底，不讓兩噸重的卡羅拉逃脫自己的掌控，一面迎接一個又一個驟然的彎道、一棵又一棵的樹，越來越多、越來越多的——

迅雷不及掩耳之間，道路恢復筆直。

她猛地反應過度切回車道上，再次衝入了緊急停車帶。嗡鳴聲和底下碎石被碾壓的聲響再次傳來。但她沒有停下、車速持續狂飆，又一次在地獄般的彎道中存活。在下一個彎道這麼做也無所謂——要是有機車騎士迎面而來，一瞬間這就是起謀殺後自殺事件——管他的，一點都不重要，反正這只是先前沒有發生的另一種替代結果。現在她還活著。

後照鏡中又沒了 Charger 的車燈。那警察可能也減速轉彎了。她嘗試估算自己有多少時間。

最多有二十秒。

她看向四面八方找尋青草濃密的平坦空地，只要是能讓自己駛離高速公路並躲藏起來的地面就好——匆忙之中，她差點錯過了更棒的機會。

一條封閉的道路。

左手邊，塵土飛揚的路肩上陡然出現一條飽受侵蝕的小道。一塊褪了色的白色標誌——道路封閉——一道上了鎖的金屬柵門在她的車燈下顯現。

她猛轉方向盤。時速維持五十。

剩十五秒——

輪胎再次猛地打住尖叫。道路被摩擦出一陣橡膠刮擦的沙礫粗嘎聲。希望那警察沒有搖下車窗——否則肯定會被他聽到，就算是在四分之一英里外的轉彎處，也能聽見她停車的聲音。

直接撞門等於自殺，所以她從側邊繞過，六呎高的小樹苗在她保險桿的衝撞下宛如化作一聲槍響，爆裂出一團捲曲的葉片。她的車在崎嶇不平的路面上橫衝直撞，儀表板上的硬幣一個個飛躍而出。安全帶緊緊勒著她的肋骨。後照鏡偏移了位置。成功繞過大門後她轉回車道繼續狂飆，將那金屬障礙物遠拋腦後——

十秒。

底盤下鬆散的岩石咔噠作響。細如竹籤的樹和低矮的草叢自兩邊掠過。一團揚起的塵土霧化了後窗，被她的車尾燈染成一團赤紅色薄幕。車下一個坑洞帶來轟然巨響，猛烈的撞擊無可避免。

她一路向前，頭也不回，和主要幹道距離越來越遠。要使這個計畫奏效，她必須離高速公路足夠遠，才不會讓自己暴露在那警察的車燈之下。顯然她也需要關閉自己的亮光，否則漆黑之中立刻就會被發現。但什麼時候該關閉？

五秒。

她很清楚這麼做的風險。若停在離大馬路太近的地方，對方會轉向跟上來。若繼續駕駛太晚熄滅車燈，同樣會被發現。她回頭透過一片塵土看向高速公路，檢查 Charger 的車頭燈有沒有重新出現在彎道處。然而，她提醒自己：如果真看見亮光，那麼也為時已晚了。

零，時間到。

不行，離高速公路還不夠遠。

停車。

她撞上另一個坑洞，金屬刮擦聲緊接傳來。還不能停車，太近了。枝葉太低矮、樹叢不夠濃密。雷切維奇掃射而來的燈光會一把照亮躲藏於低矮草叢中的卡羅拉，如白晝一般顯而易見。

停車，坎布莉。熄燈。

她多等了一秒。再一秒——

停車——停車——停車。

終於，她踩下煞車、扭轉鑰匙熄火。燈光一熄滅世界歸於一片黑暗。在那麼一微秒之間，緊追著她的 Charger 出現在身後 200 號高速公路的急轉彎處，刺目的大燈宛若兩顆流星扎進眼簾。

她屏住呼吸。

黑暗中，她等著。剛剛刮起的塵土飛揚過來，在她頭上籠罩一片黃沙穹頂。她看見遠方的警車轉過彎道，大燈掃射著草地的同時在灌木叢中投射出疾馳而過的黑影，極具侵略性的光炬輕觸到她的藍色車身，無情地暴露出整輛車的輪廓。

當警車內的燈光在周圍閃過時，坎布莉的胃部緊縮成了一個結。那一瞬間，她的儀表板、她的方向盤、她緊掐住的指關節——一切的一切都宛如午後豔陽一樣明亮。

下一秒，一切又歸於黑暗。

他徑直往高速公路去了。她能聽見那引擎聲在遠處轟隆作響。他急速狂飆，彌補剛剛失去的時間。

她的肺部灼熱燃燒，一動也不敢動。

有道全新的色彩，動脈般的鮮紅，Charger的車尾燈瞬間照亮了後方的道路。抵達交叉口時他減速，也看見了標識和那大門。他肯定很熟悉這一帶。她嚥下滿溢的焦慮，緊抓著點火器中的鑰匙。他看見她了。

此時此刻，每一秒的等待都是浪費。若她重新發動引擎，仍然可以處於領先位置。既然已經蹤跡畢露了，何必繼續等下去？何必讓時間像導火線一般燃燒殆盡？看著警車在交叉口處減速時一個聲響在她腦中迴盪：他看見妳了。他準備要左轉了。他準備要左轉追上來了。

那輛Charger減速至完全靜止。

一片死寂。

嗯，真是出乎意料。

她的手指緊抓豐田的鑰匙，只消一個扭轉就能發動引擎，緊到鑰匙的形狀能烙印上她的掌心。她的指關節刺痛，就那麼一點點，緊握的力道被稍稍放鬆。

他停車了，就在200號高速公路的正中間，距離她一百碼的位置，離金屬大門只有幾步的距離。他的引擎持續空轉低鳴。大燈未滅。

她從後照鏡看著一切景象，嚇得一動也不敢動。她的肺部在胸腔裡像氣球般漲大。暈眩感襲來，思緒開始飄移，但她不允許自己吸入一口氣。不行這麼做。這是個相當恐怖的邏輯：一呼吸，她就會被看見。

如此折磨人的瞬間，什麼事都沒發生。

接著 Charger 的車門一聲不響地打開，速度迅雷不及掩耳。坎布莉嗆咳出一口氣，宛若自深水處浮出般大口吸氣。

警察下車了，車頭燈映出那黑色的剪影。就算是從遠處，她也能辨識出所記得的一切細節：他的帽沿，他寬大的肩膀，他壯碩的胸膛。他很高大，幾乎是個健美選手，從側面看來更是如此。被一個擁有浩克比例的男子追逐，著實令她嚇到血液凍結，她安慰自己躲藏地很好，不可能被沒有夜視鏡的他看見。

他有夜視鏡嗎？紅外線的？

警察沒關上門就走到車子後方。他的動作很急，打開後車廂傾身進去消失了蹤影，黑色的身形隱匿在車尾燈的紅色光芒中，血紅如魔鬼。

他沒有看見她。他看不見。

是這樣吧？草地一片漆黑，零星的樹木和參差的葉片。她真希望自己可以陷入土地裡。希望自己和車子和所有東西都能像流淌的黑色泥濘一樣融化進地表。

警察又出現了，像個肌肉發達的惡魔一樣穿過紅光。現在他手握著一樣武器。坎布莉不懂槍枝。今年她有用過幾次布雷克的手槍，只是為確保在露營地被搶劫時足以嚇阻對方。但即便隔著很遠的距離，她也能確定雷切維奇手上的是突擊步槍。

他像拿掃把一樣輕輕抓著，站在半開的車門邊。他向左看、再往前看。左邊、前面。他盯著緊鎖的金屬柵門——可能看見了她撞飛的樹苗——猜想她究竟逃到哪了。他的動作短促焦急。神情緊張。

他沒有把握。

坎布莉依舊僵在車內，手指還緊拽著車鑰匙。只需一個扭轉，車燈就會像拉斯維加斯的告示牌一樣大亮。她也不能開門徒步逃跑——車內頂燈會出賣她。她被困住了。

急於躲藏的腎上腺素、被獵殺的腎上腺素一股腦在她腹中翻攪。這不純然是糟糕的感覺。她記得自己小時候是個捉迷藏大師，在室內也不例外。她會脫掉鞋子、只穿襪子無聲地行走。她會一次又一次躲過莉娜和其他孩子好幾個鐘頭，改變姿勢、溜出衣櫃、像個幽靈一樣從堂兄弟家的房間躡手躡腳至另一個房間。沒有被發現是件令人興奮的事情。

與此同時，那警察掃視著遠方。太暗了望遠鏡派不上用場。他搜索時將突擊步槍置於肩上準備開火。謝天謝地他沒有夜視鏡。

她知道，他必須做出選擇。二選一。

待在高速公路還是左轉進深鎖的封閉道路？他有一半猜對的機率。坎布莉有一半的機會打破現狀逃跑。現在就是在令人驚恐的墨黑夜空下擲硬幣。她的齒間能感覺到空氣中滿布的電荷。

車鑰匙在手中發出碰撞聲。她在顫抖。意識到這點幾乎扼殺了她的神經，肯定也會扼殺了雷切維奇的。他的時間正一點一滴流逝。雙方都再清楚不過。一切取決於他的選擇。

拜託別猜對。她祈求。

拜託待在高速公路上。

現在她意識到了。此時此刻她徹底地意識到了。這感覺就像是彎著雙腿從門下鑽進的蟲子。她知道了。這個警察，雷蒙．雷切維奇，在那荒郊野外焚燒一具屍體。那四團火堆、堆成塔狀的石頭，像小火爐般被用來維持熱度。用來把人骨燃燒成灰燼。他在火化遺體，一次一個屍塊。

坎布莉的胃部蠕動。酸楚衝上喉頭。

這個警察，雷蒙．雷切維奇下士是個殺手。而她闖入了他湮滅證據的地方。她目睹了惡行，所以在她暴露他的秘密前，必須無所不用其極將之滅口。就是這樣。這是唯一合理的解釋。

他把步槍放到座位上後鑽進車內，憤怒地關上門。因為距離，延宕了一秒鐘後聲響才傳到她耳邊。在他換檔時警車的燈光有了變化。就是這樣。這關鍵的一刻。

拜託待在道路上。

警車往交叉口行駛而去，坎布莉好想閉上雙眼，拚命地想別開視線。

拜託——拜託——拜託——

而雷切維奇持續在200號高速公路上急馳。駛過白色標誌、駛過道路、駛過被衝破的樹苗和緊鎖的大門。他開過了坎布莉的藏匿點。一開始她簡直不敢相信。她沒法相信。

沒錯。他走了。

看著這幕的她驚呼出聲，半是尖叫半是深吸一口氣。如此的緊繃感像是氣球被刺破般猛地被釋放。血液直衝回皮膚之下。她的喉頭一陣狂喜。沒錯，這就是在擲硬幣，她猜反面、他賭正面，感謝上蒼，她贏了——

閃電劃破天際。

一道箭矢由東邊飛向西方，將天空撕裂出一道著火的裂縫。在那一微秒之間，草原的每一寸彷彿都被點亮，每一顆岩石、每棵樹彷彿都被雙閃光X光照過。即便是坎布莉的卡羅拉內部也在那可怕的一瞬間如白晝一般明亮。

高速公路上，那警察猛踩煞車。輪胎發出了恐怖的慘叫聲。

在他折回深鎖的大門重新加入追逐戰的同時，坎布莉．阮花了整整一秒鐘才意識到發生了什麼事。儘管有千萬個不利因素，此事還是發生了。她鑰匙一扭，再次發動引擎。

「你他媽的跟我開玩笑。」

第八章
莉娜

「你有所隱瞞，」她這麼對警察說。

「抱歉？」

「你聽到了，雷。」

他只是茫然地瞪著眼。

「你知道嗎？其實沒關係的，因為我也沒有完全對你誠實。」莉娜瞥了妹妹的車一眼。錄音機置於車頂，白色的錄音帶幅條正在轉動。她感覺到了氣溫的變化，陽光變得微弱，躲藏於一層厚重的灰煙之後。她謹慎地措辭，因為話一出口便覆水難收：「有些事情我沒法接受。三個月來始終無法。這就是……我追蹤你、安排此次見面的原因之一，雷。」

「調查結果——」

「那說不通。」她平靜回答。

雷切維奇下士吐出長長一口氣後並未作聲。他在無情的日光照耀中打量她，但感覺卻是如此遙遠，彷彿是在翻閱腦袋裡的檢查清單。他瞇著眼終於開口：「請詳細解釋一下，莉娜。我不是偵探，但煩請說出困擾妳的事。」

「你先。你還沒解釋鮑伯龍。」

「我說過了。不是所有我拘留的人都有被銬上手銬。那些孩子們，他們在車裡畫——」

「坎布莉的恐龍怎麼會在那？」

「妳要我解釋這個？」他摘掉墨鏡用手指揉著雙眼。「我不想這麼做，因為這會讓我在妳的錄音檔內聽起來像個混蛋——」

「有點太遲了，雷。」

「我會盡量小心點。妳有聽過尼克兒童頻道有個節目叫作《洛可的摩登生活》嗎？那隻變色龍角色。我忘記名字了，但就跟那恐龍長得一樣。五年前有些洛克城的十四歲小扒手在我的後座畫了些節目的配角，如果妳覺得看起來像是鮑伯龍，那只是代表妳妹妹的作品並非原創。很抱歉。」

「你記憶力真好。」

「我只是舉個例。」

別給他喘氣的機會。

她指向妹妹的卡羅拉。「有看到坎布莉的車保險桿上的凹痕嗎？看起來像是撞穿了一棵小樹之類的？」

「所以？」

「上次看到她時沒有這樣。」

「所以呢？」他說。「那是什麼時候，莉娜？」

這句話仿若一把匕首抵住她的肋骨。她沒有回答——因為答案是一年前。十三個月。在一場家族烤肉聚會。那天她們幾乎沒有講話，坎布莉悶悶不樂地喝到醉，而布雷克（爛男人#17，或是#18）貪婪到令人尷尬。更何況，車子本就隨時會受損，一個凹痕根本代表不了什麼。

雷切維奇觀察著她。他知道自己傷到她了。

雙胞胎不是應該感情很好嗎？密不可分、共享DNA，就像是彼此小小的鏡像。但莉娜和坎布莉被像是籠中鳥被困在那間一千平方英尺的房子內，十八歲一成年，便各自往完全不同的世界飛去。

「並沒有什麼秘密，」雷切維奇以一種趾高氣昂的語調繼續道。「調查完全是按程序。事發於週末，所以調查小組遲了一些才判定是自殺，而我的衣物、她車內的——還有我的——每一寸塵埃都被仔細調查，好找出任何可疑的指紋、掙扎痕跡、外人毛髮及纖維，所有一切都排除謀殺——」

「煞車踏板已經磨損。」

「她開到佛羅里達——」

「報告裡有提到煞車踏板，記得嗎？」

「妳瞧，莉娜。」他神情受傷。「這超出了我能應付的範圍。現在我沒有那份報告，而且我不是偵探，儘管我很希望自己是——」

「**煞車板上新的磨損痕跡**，」莉娜插話。「我是在引述。就像她是死命踩著煞車，因為亟欲擺脫後頭追趕她的人——」

「搞不好她看到一頭郊狼。」

「我想我知道為何你成不了偵探了，」她說。

沒有任何風勢或周圍的聲響填補這一刻的靜寂。因此莉娜自己接口，說出了按耐一整天的話：「我不相信我妹妹是自殺。」

「妳得接受這個事實。」

「她不會。」她克制話語中的震顫。她討厭這樣，眼淚呼之欲出的樣子有夠孩子氣。「我了解坎布莉。我了解我妹妹。了解到骨髓深處。」

他距離近到能碰觸到她的手臂。「莉娜，她——」

「不要再叫我莉娜。你不認識我。」

他僵住。像是被狠咬了一口。

她憋著氣息。她不是故意要這樣惡言相向——抬高音量總是為了虛張聲勢。真正的力量悄無聲息，不安全感才大放厥詞，而她的話語聲在谷壁間盪出清脆回音。但是她沒法住口，一切只是開始。

「還有一件事。坎布莉的車裡只剩一本素描本。她公路旅行九個月，一路從西雅圖到麥爾茲堡，再加上返程。所以肯定有上百本才對——鉛筆畫的、墨水畫的，應有盡有。」

「搞不好被她男友拿走了。」

「他們在麥爾茲堡就分道揚鑣了。圖畫只有到佛羅里達——」

「妳看了每一頁？」

「對極了，我看了。」她直視雷切維奇。「她畫了加州、德州、路易斯安那、聖莫尼卡碼頭、密登布茲、石油井架、鱷魚的頭——」

「自佛羅里達後她就沒有畫了。或者她把本子扔了。」

「她不可能這麼做。」

「妳確定？」

「確定。」

「這麼有把握？」

「她絕不會把圖畫丟掉，雷。」

「好吧。」他咬著下唇。「因為她丟了**她本人**。」

鴉雀無聲。

她審視著他，特別注意著他的雙眼——等著又一次的驚恐、懊悔、歉意一閃而過。玩笑話可能會引火。這不是笑話。他在微笑。他是故意刺傷她，確實奏效了。

事情的發展就是這樣，她心想。沒關係。

她也硬擠出一個笑容，簡直跟花崗岩一樣僵硬。「你知道我為什麼那樣想嗎，雷？我認為，你並沒有告訴我實情？」

他等著下一句話。

「這座橋鬧鬼。網路上是這麼說的。有時候它也被稱為自殺橋。八〇年代時，有四、五個人從這裡跳下去使這橋聲名大噪——」

「妳剛說過。」

「對。三十分鐘前說的。而你告訴我你沒聽說過。但是在你的手寫報告裡，你稱呼此地為自殺橋。你的原話，且還為這橋的悲慘歷史添加了些廢話，以及你是多麼希望這是最後一次有人在此終結生命。」

他的表情毫無變化。

「演得真好，」她說。「但有點過頭了。」

他眼睛眨也不眨。

「你說謊，且——」

「今天我一次也沒有說謊，」他厲聲說道，語音帶有一絲驚人的咆哮，彷彿是頭受傷的動物，莉娜不禁倒退半步。「我……我應該要把每一則當地傳說記得清清楚楚嗎？岩漿泉墓園有一扇通往地獄的大門。據說強尼．凱許曾經在我們的小超市裡拉屎。我忘了一座三個月前我曾經有點印象的橋——」

「你攔下她，」莉娜低語。「在她死亡的一小時前。」

「妳想說什麼嗎？」

「然後隔天，你發現她的屍體——」

「妳想說什麼，莉娜？」他火冒三丈，走近的身軀遮蔽了陽光。「真想說什麼就不要拐彎抹角。我可沒耐心玩這種神秘的膽小鬼遊戲。」

她回望他，欲說出口的話語停在舌尖。然而，說出口將會改變一切，再也沒有反悔的餘地。整個情況將獲得解答。她已經模擬這一刻好幾個禮拜、好幾個月了。她在鏡子前、洗澡時、在路上都在練習，而現在站在此處，卻是雙眼茫然、舌頭打結。

他站得更近了。「說啊。」

她可以聞到他的氣息。草莓味抗酸劑，還有一股甜膩、淫蕩的氣味，就像是牙齦上卡著的細菌。她可以看見他牙齒上的垢。

「說啊，莉娜。」更近了。他的語調改變，成了脅迫。

但莉娜的話語還卡在喉頭。

「說——」

——

他殺了她。

我很確定。比確定更確定。親愛的讀者們，我此生從未這麼篤定一件事。

雷蒙．雷切維奇下士，這個裝模作樣的蒙大拿州公路巡羅隊的十七年退役老兵，今年六月六日謀殺了我妹妹坎布莉．阮。他把她的屍體扔下髮夾橋，佯裝成另一起幾十年前那種引人好奇的自殺事件。他沒法掩飾這些巧合——比如他在她死前將之攔下的事實——但他將其他事情處理妥當。她的軟組織在重力加速度的撞擊力下被花崗岩擊得粉碎。她的車內沒有任何法醫的證據；鮮少使用的掀蓋手機內沒有任何罪行的跡象；沒有任何不尋常。只不過是又一次的逃離，碰巧在某地汽油用光了，以如此悲劇性的衝動結束了自己的生命。這樣的故事騙的了所有人——除了我。

他。殺了。她。

沒錯，親愛的讀者們。這就是整篇貼文的重點。不是關乎光與音，也不是關於我、我的悲傷、或是自殺橋邊軟語呢喃的鬼魂。

是關於坎布莉的謀殺案。

我妹妹並沒有在她越野旅途的最後幾哩路以跳下一座有點著名的橋自我了斷。她那所謂的精神疾病不是動機也不是藉口，往往有困擾的人最終都成了受害者。

那她那則簡訊遺言呢？假的，我相信。

對。假的。

這裡有張截圖，1384755.jpg 是六月八日凌晨十二點四十八分時收到的。爸媽及所有人都想不透其中的含意，也沒有人質疑過這通遺言的真實性。但當悲傷的雲霧逐漸消散後，我開始更審慎地思考。

她的訊息是：拜託原諒我。我沒法這樣活下去。希望你可以，雷切維奇警察。

失禮了，但這他媽到底是什麼鬼？

實在有太多詭異謎團要解了。我甚至不知道該從哪邊開始。

一、這不是坎布莉的語調，甚至也不是像樣的模仿。我了解我妹妹。這是別人寫的。有人假裝自己是二十四歲的女子——徹底失敗。

二、老掉牙。從某個貪婪的讀者和（某一天將）前途無量的作者那裡擷取來的。前兩句話是最平淡、最沒想像力的臨終遺言。其實只要寫漫長、殘酷的世界就夠了。

三、很明顯是特別為了讓「雷切維奇警察」擺脫責任。

對的。

容我解釋一下最後一點。

若你據稱是在橋下發現屍體的人，又剛好是最後一個在交通站看到她還活著的人，那麼你就是頭號嫌疑犯。重新建構整起事件、讓被害人特別提到你試著幫忙（最後失敗），有什麼比這更好的洗刷嫌疑的方式嗎？**抱歉，雷切維奇警察，你不明白，我正打算自殺，但試著幫忙吧！**

那麼你就清白了——你把自己改造成了備受折磨的英雄，從此受詛咒地活在罪惡之中。你錯失機會了，雷。你本來可以在遙遠的高速公路上拯救一名有自殺意圖的女子，假如……假如……假如……你對種種跡象更敏感的話。是吧？

一連串掩飾的行為，我沒法判定到底是聰明還是愚蠢。可能兩者都有一點吧。畢竟還真的奏效了。其他人信了。

沒錯，親愛的讀者們：這意味著，雷蒙．雷切維奇下士自己拿坎布莉的掀蓋手機打了臨終遺言。他編造了羅伯特．佛洛斯特的那種傑作，在她的通訊錄裡找到我的號碼，按下發送鍵，放著等到有訊號時自動寄出。

底線？

她。

沒。

有。

自。

殺。

自殺的人會下地獄，我記得以前在主日學校時，某一次異常殘酷的馬拉松結束後，媽媽曾經這樣說過。我不知道她還有沒有這種信仰——她女兒正在一池烈焰裡頭被熊熊燃燒。但這賦予了我的使命一種強大又清晰的急迫感：我要將坎布莉從地獄中拯救出來。

我明天要逮到兇手。

我知道自己面對的是什麼，也知道這個決定的嚴重性。眾所周知，雷蒙．雷切維奇下士紀錄良好。去年他從燃燒的拖車救出兩名女孩。他在I-90槍戰中英勇射殺一名逃犯，拯救了一名副手的性命。二〇〇七年，他跳進太陽河，將一名老婦人拉出失事的卡車。報章雜誌上，他基本上就是位耶穌警官（縱然耶穌射殺了一個人）。而我不得不承認，打電話給他時，雷切維奇聽起來還真是個正派的人，甚至可說是真誠。要是他是會行走會講話的昆蟲，人們一定會彎腰輕拍他的頭。可以想像，脫掉假面具前他是個多麼迷人的傢伙。

總之，他何必這麼焦躁呢？此事已經結案，歷史已有了記載，坎布莉已經被火化，他也繼續巡邏（在高速公路，或者管他什麼州警巡邏）。明天我就要看到他本人，準備好問他已在我體內熊熊燃燒好幾個月的問題。他不知道我知情，一丁點也不知道明日將掉進我的陷阱。親愛的讀者們，他會大吃一驚的。

我會讓他承認坎布莉在橋上被謀殺的事實。

我有計畫。

——

他突然說起。「妳在錄音。」

「廢話少說，雷。」

他眨眼，驚訝地打顫一下，似乎正在處理新的資訊。他肯定忘了錄音機會記下所有話語、所有呼吸、所有停頓。他認罪了嗎？難說。不過他肯定會被當成欺負人的混蛋。

因為她丟了她本人。

他的事業將毀於此。這件事會自行散播出去，但莉娜追求的是更勁爆的爆料。她很樂於見到這男子不知所措的模樣。他太低估她了，沒有關係，現在就讓他付出甜美的代價。她後退一步，給自己多一點空間。她不想被接近，不想聞到對方臉上散發出的惡臭草莓味。近到喉頭會被對方掐住。

她的小腿撞到了東西——她的卡羅拉的保險桿。

不。是坎布莉的卡羅拉，永遠都是她的。

她繞過它，伸手拿起錄音機護在自己胸前。

「妳在錄音，」雷切維奇說，「因為妳相信我跟妳妹妹的死有關。對嗎？」

她點點頭。「沒錯。」

不知何故有點掃興。幾個月來她一直幻想自己字句清晰、鏗鏘有力地指控他，就像檢察官在滿是受著迷的聽眾的法庭內提出嚴厲指責一樣。她想要一只麥克風，聽見自己堅定的聲音。但此刻她卻莫名失去了勇氣，讓對方主宰了整段對話。他靠她太近了。龐然大物。他還是靠得很近，舌頭舔牙齒的動作像是在咀嚼菸草。他瞥向他——她試圖像動作片的女主角一樣保持堅定——然後再看往錄音機。

「關掉，」最後他這麼說。「關掉再談。」

「不。」

「關掉。」

「不關。」

「關掉，拜託。」

「你真的以為說拜託就有用嗎？」

「我是在提供建議，」他這麼說。「只要關掉那玩意，我就會告訴妳妳想知道的。我即將要說的話不能留有紀錄。」

「門都沒有，」莉娜說。「麥克風開著。」

警察伸出滿是老繭的掌心。「至少讓我……看看妳錄了些什麼？」

「你肯定把我當白癡。」

「若妳想知道真相——」

「嘿。夠近了。」他又想慢慢靠過來，走到一半停步，像是在玩一二三木頭人一樣。他怒目圓睜。

現在兩人相距六英尺。在外人眼裡，他們看起來就像是州警以違反交通規則的罪名將一名平民拉過來，彼此惡言相向了幾句。莉娜改變位置，移動到車旁，讓自己再多幾步的空間。且倘若他發動攻擊，也需要有個能立即後退的逃跑路線。

他看著她移動。

現在一切都開誠布公了。她的意圖，還有他的。她屏住呼吸。錄音機抵在她的胸膛安靜運轉。她真希望剛剛用詞更精確，讓一切聽起來更像是指控，更一鳴驚人，而非僅是簡單的回應他的疑問：**沒錯**。這是她和坎布莉的非常時刻，今天的紀錄將永遠留存歷史之中，但她卻屈服於怯場，將主導權拱手相讓。像個怕事的小女孩。

膽小鬼，他是這麼說的。現在這成了公開的紀錄。

一切都在意料之外。

昨晚在西雅圖的公寓，她夢到了坎布莉。一場真正的夢，而非惡夢。沒有五臟六腑、沒有血腥、沒有驚恐——只是單純的兩人面對面。這對莉娜至關重要。有太多問題、太多話要說了。這是她向妹妹表達愛意的機會，她將永遠愛她、跨越一切隔閡距離敬佩她，也為自己的所作所為感到抱歉——

然而在夢裡，坎布莉對此無動於衷，甚至拒絕眼神接觸。她別過頭，眨掉了盈眶的淚水。悶而不語、心碎、冷漠。彷彿尷尬不已。

莉娜，快走。

莉娜試圖碰觸她的手臂時，她瑟縮躲開。沒有眼神接觸。

妳走吧，她嘶聲。走開，拜託。

莉娜不解。

離開吧。

沒有道理啊。為什麼要離開？為何是現在？她們終於在這朦朧的一刻相聚了，但不知何故坎布莉和她的怒火只想躲開。她妹妹總是這樣坐立難安，就算已經死了，也寧願身在別處。

妳必須離開。她加重語氣。走。

沒有愛意。沒有溫暖。只是冷淡的催促。

快沒時間了——

然後一切結束。

夢境瞬間蒸發。

莉娜獨自在太陽露臉前的黑暗中清醒，沮喪失望，沉痛心碎。那是被拒絕的感覺。精神方面，這聽起來就像是：**抱歉，我打錯電話了**，坎布莉並不是真的想聯繫她。即便是現在，身為鬼魂也一樣。

就算是在莉娜的想像之中。

出發前，她將這場夢寫到部落格中，像是吞藥丸一樣將之嚥下。開車到蒙大拿途中，她將夢境般的胡言亂語重新架構成了敘事句。坎布莉不是冷漠；只是羞愧於某事。可能是罪惡吧，突如之間就離開了家人。最終一切都不再重要。莉娜假定，這場夢境是她妹妹那備受侵擾的鬼魂正督促自己出發（**莉娜，快走**），前往髮夾橋（**快沒時間了**）逮住兇手並替她報仇。

現在，她在這裡了。

他也在。他仍然目視著這不安的對峙。有東西在兩人之間飛舞，灰濛濛的、有斑點，像是被風吹起的雪花。

是塵埃。

他看著她懷裡的錄音機，嘆了口氣。「對。」

「什麼？」

「我一路追逐妳妹妹。六月六日那天。」

她的胃部痙攣。

雷蒙．雷切維奇下士舔了舔乾燥的嘴唇，緩慢開口，讓錄音機能錄下每個清楚的音節。「我攔下她，莉娜。但不是因為超速。」

他暫停，讓對方消化。

她厭惡他，厭惡他支配的權力，厭惡自己屈服於此。

「坎布莉看見不該看的東西，」他接下去。「攔下她時，我要她跟我走以保護她。但她不肯信任我。我試著讓她冷靜，不想武力相逼，但也差不多快要那麼做了。我告訴她我數到三，然後她同意會下車跟我走。」

她沒有，莉娜知道。她不會那樣做。

「她看著我說好，說自己會下車，並要我後退一步給她開門的空間。我後退了。」他的嘴唇因惱怒而皺起。「結果她油門踩到底，揚長而去。」

這才是我知道的坎布莉。有一瞬間她的雙胞胎妹妹彷彿活了過來，帶來全新的驚喜，此刻莉娜的心緊緊揪成一顆痛苦的拳頭。

「我追逐妳妹妹，但我不是壞人，莉娜。」雷切維奇態度軟化，看起來似乎有點受傷。「妳從未想到這點，對嗎？」

更多的塵埃在兩人之間紛飛，宛若死去的花粉。

「你承認有追逐她？」她問。

「對。試著拯救她。」

第九章

坎布莉的故事

坎布莉估計低燃油指示燈已經亮起五分鐘了。在坡路上進行一場凶險的橫衝直撞追逐戰，如此腎上腺素飆高的情況下很難判斷時間，但根據卡羅拉上的電子鐘，現在是晚間八點三十五分，每分鐘大約消耗一英里燃料的情況下，她還能撐二十五分鐘。可能更久，如果幸運的話。那道閃電出現的時間點是某種暗示嗎，肯定不是。

九點。

今晚我的死亡時間。

另一道閃電像瞬間曙光一樣照亮天際。

她期待雷鳴，但卻落了空。這樣的期待令她緊張萬分。她口乾舌燥，眼瞼乾如紙張。

夜晚的風穿進車窗，冷風刺骨。

時鐘顯示八點三十六分。剩二十四分鐘。

這條路最好有通往州際公路。

她賭上了性命。

她頭也不回往這個方向前進，若迴轉，那必死無疑。他會從副駕拿起步槍以子彈伺候。就算她加快時速到八十也在劫難逃。她會臉部千瘡百孔地死去。

這條路應該會通往州際公路吧？她在狗頭營地時研究過當地地圖，知道I-90和200號高速公路平行，中間十英里隔著花崗岩山麓和低草原。這條路是死胡同的機率有多大？比妳擺脫他的機率還大。還有那把步槍。

她緊握方向盤繼續開下去。這不是計畫A、計畫B，也不是計畫C，但是以擲骰子的機率看來，這條路將帶她通往I-90，然後州際公路將有穩定的車流。就算是在這裡，在霍華德縣。車流意味著目擊者。目擊者代表後頭那個警察沒辦法朝她開槍，而不把自己鬧上頭條新聞。

但是⋯⋯。

他可能已經上頭條了。

他肯定還有另一把槍。警察標準程序不是如此嗎？若他是會火燒證據的人，後車廂裡肯定還有另一把手槍，就放在她滿是彈孔的遺體旁邊。甚至是空氣軟槍也有可能，只要看起來足夠真實讓人在電光石火的一瞬內會做出反應。不論他這人到底是誰——不論他想做什麼——最糟糕的行為就是低估他。他那寬大的假惺惺笑容徘徊在她的記憶裡。裹著糖衣的毒液。

他正步步進逼。刺眼的車頭燈在她的後照鏡裡越發白熱。

她向上蒼禱告自己做的選擇是對的。在她地理相關的知識中，這條封閉道路是死胡同的機率相當低。但可能有另一個障礙嗎？很有可能。坍落的岩石可能會阻斷這條路。或者最終可能會抵達一座損壞的橋樑。任何這些可能性都將迫使她停步，如此便是即刻來臨的死期。

道路封閉是有原因的，坎布莉。

她在腦海裡計算。倘若道路暢通（一場賭博），那麼再不到十英里就能到州際公路了，接著再十多英里便是岩漿泉鎮，她最初的目的地。就算她完全沒遇到機車騎士（不太可能），就算城鎮之前完全沒有訊號（也不太可能），那麼也沒有關係。她的油箱裡還有五英里的油量。

妳會沒事的。只要直直開下去，不要再轉向。

還有一點。

只要前方道路沒有封閉。

試圖躲在後頭的岔路上浪費了她幾分鐘，也浪費了幾英里——更不用提開上一個新的車道了。這讓雷切維奇逮到機會從後車廂抓出步槍。總歸一句呢，是個不好的結果。但還是值得賭一把。誰能預料到會有那道閃電呢？

搞不好他可以。不論他的真實身分為何。

她記得青少女時期很喜歡一個萬聖節的故事，她講給莉娜聽無數遍，每次都會加油添醋一些，但大致如下：一個年輕人和朋友在狂歡節縱情享樂，中途逃脫朋友們跑到小巷子裡尿尿——在那裡，他和死神憔悴的身影擦肩而過，著實嚇著了他。噢，真是該死，對吧。那男子驚恐地逃離小巷，驅車前往紐奧良機場好隨便飛到某個州，然後租了輛車開了好幾百英里，一路開下去直到汽油耗盡，接下來七天他徒步於皚皚白雪的苔原中，在所能找到最深、最暗、最隱密的洞穴避難。

死神就在那裡，等著吸取他的魂魄。

他不得不問：「你怎麼找到我的？」

怪的是，死神似乎也很驚慌：「有人告訴我你在這。你在狂歡節做什麼？」

沒有人能扭轉命運。

妳也不行，坎布莉。

Charger的燈光在身後聚攏。他的引擎聲震耳咆哮，化為一頭生猛、原始、吃肉的怪物。她不禁打顫。她想像他不僅僅是人類，看來是個錯誤。他不是超自然的生物。他沒有像遊蕩的魔鬼詛咒這條高速公路。他就是個男人，她親眼目睹從事非法行為的男人，現在正追逐她設法掩蓋秘密。這個人可以被超越、可以被躲過，也可以與之討價還價。不過她沒有打算嘗試。

她想起雙親。想起莉娜。她想描繪他們的臉龐。超過一年沒見到他們了。

又撞上一個坑洞——一聲清脆的金屬碰撞。仔細算來她離家還有超過五百英里，倘若華盛頓那個地方可以稱作家的話——但這已經是十一月以來最近的一次了。某種程度上，從未如此接近過。

後方那車更接近了，光亮的車燈在賽道上投射出她的車長長的身影。有那麼一瞬，她瞥見自己被聚光燈打亮的腦袋輪廓，當雷切維奇在左邊停下時，陰影自右方閃過。

她扭頭轉向他，與讓人眼花的刺眼光線抗衡，她瞄向車內他黑如暗色卡紙的身影。他的車窗沒關，左手肘倚在上頭，他手中抓著的是在炫光中看不清楚的小玩意，沒關係，她早就知道是什麼了。

他開到妳旁邊。準備射殺妳。

離州際公路只差幾分鐘了，他得立即下手才行，就算邊開車邊射擊草率又粗暴也沒關係。他要不計一切代價阻止她進入文明社會。

她更用力踩油門。引擎轟隆大響。

Charger 內的黑影也跟著加速。身後他那八缸引擎怒吼，散發出燒焦的汽油和一氧化碳的氣味。他像是要超車般開到左側。她知道這是場敗仗。

她彎身貼著方向盤。這根本不重要，要是她彎得夠低足以躲避子彈，那麼也看不見前方道路了，而且誰知道子彈會不會穿透門板呢？這可不是電影。這是真實人生，突如其來的死亡毫無公平可言。雷切維奇一點點餵養的火堆裡的人，幾乎可以肯定也是面臨同等的慘劇。

八點四十一分。還有十九分鐘能活。

她不敢回頭，但還是這麼做了。

噢，老天，他靠得好近。他衝著她不知道大吼些什麼，話語被兩人之間的空氣打散。她聽不見，就算聽見了，也知道不過是謊言。只是片面之詞罷了。她沒法相信他所說的每個字，因為他中握著的是格洛克手槍。

指著她。

「滾開，」她對著強風尖叫。

搞不好他有聽到，也可能沒有。他又吼了幾句，另一手放開方向盤圈住嘴巴，聲音勉強突破了雙引擎的噪音和呼嘯的空氣。很簡單，就幾個音節。可能是叫她停車。

「滾開，」她更大聲吼回去。「拜託。」

她又加速，但於事無補，因為他輕輕鬆鬆就追上了。他靠得更近，幾乎已經跟她平行了。他是想困住她嗎？現在可以更清楚看到那把手槍了，正透過擋風玻璃瞄準她。她很好奇怎麼到現在還沒開槍，或者怎麼沒有射擊輪胎導致車輛失控。這麼沒有其他人。沒有車、沒有房子。只有一片靜寂、事不關己的樹林。

他又大吼了，只有一個詞。這個距離她幾乎能夠聽到一點。

聽起來像是：拜託。

有那麼一瞬間她不禁想：會不會他根本沒有要殺她？所以才遲遲沒有動手？或許整件事情有別的解釋，而他只是個想把她從她不了解的情況中拯救出來的普通人？

他又大吼了。這次她聽見了：我不想傷害妳。

現在，坎布莉的腳拿不定主意——油門還是煞車？雷切維奇追上了，就在後方三英尺之外。再幾秒鐘兩台車就並行了，他們一轉頭就能透過窗戶看見對方。沒有窗玻璃。

他在說謊。

又一道閃電亮起，她明白了：他需要從特定的角度射殺她，不能隨意射穿擋風玻璃，因為現在他還在執勤，駕駛的是公用的巡邏車，不然會很難跟中士解釋。不，他得從側面開槍，透過敞開的副駕駛座車窗。這就是窗戶沒有拉上的原因。這就是他靠這麼近的緣故——要有個俐落、暢通無阻的狙擊。

他幾乎是百分百平行了。手槍舉起，對準目標。

她朝著呼嘯的空氣哀求：「拜託，拜託——」

兩輛車都駛過了路上的另一個坑洞。一瞬間胃部有種失去重量的感覺，然後是一瞬間的墜落將坎布莉扔回了她的座位上。她咬到自己的舌頭，眼鏡差點掉落。現在時間是八點四十三分。但她看到了某樣東西。

該死。

死路——對，她看見了——一對紅色車尾燈亮起。大概是半英里之外。黑暗中她沒法確認距離，只是看見路上有另一台車的車尾，也朝著同個方向前進。就在前方不遠處。

謝天謝地，終於。

有目擊者了。

第十章

莉娜

「從誰手中拯救她？」

「關掉錄音機。」雷切維奇朝那玩意點點頭，彷彿自己正被監視。「關掉我就告訴妳。」

「不可能。」

他動怒。「關掉。」

「你說謊——」

「我不是壞人，莉娜。」他雙掌合起做出禱告的手勢。這個大男人幾乎要卑躬屈膝了。「對，我六月六日那天追逐妳妹妹沒錯。對，我在報告裡沒有誠實——但是有原因的。她的車速簡直跟飛出地獄的蝙蝠一樣，幾近九十，驚恐地往死裡衝。我們在這蜿蜒道路疾馳。我沒法攔下她。而她完全不相信我——」

謊話連篇。沒一個字是真的。

「換作是我也不會相信，雷。」

「她不肯停車。所以……」他清清喉嚨。「我只好舉槍對著她。不是要射殺，只是要迫使她停車。」

噢，少屁話了，她才不相信你，莉娜想這麼說，但說不出口。這感覺實在太驚人了，站在最後一個見到活著的坎布莉的人面前？謊言與否。她發現自己緊緊揪住他的話語——沒錯，這樣的病態，因為她很想相信對方說的是實話。「你追逐她。拿槍指著她。但她是怎麼死的？」

「她自殺。」

「放屁。」又繞回來了。

「她跳下橋，就在我面前——」

「是嗎？臨終遺言也是她寫的嗎？希望你可以，雷切維奇警察？」

「是她寫的。」

「那不是我妹妹的語調。」

「那就是，莉娜。純粹是妳不了解她。」

「你說謊。你已經承認了。」她提醒自己呼吸。她拋出問題的速度快到對方沒法回答。她的鼻竇好痛——偏頭痛的先兆。「好。你是保護她免受誰的傷害？」

雷切維奇轉身。

他盯著髮夾橋，拒絕看向她的雙眼。她幾乎就要抓住那寬厚的肩膀強迫他面對自己。就像夢裡的坎布莉一樣（走開，莉娜），每個人都拒絕回答心裡的答案。離真相如此之近，令人惱火。

「我不覺得妳能明白，」他說。「我給妳最後一次機會。我不是在威脅妳，妳仍舊可以立刻離開。走吧。」

走吧，坎布莉的鬼魂在莉娜耳邊呢喃。莉娜，走吧。

拜託快走——

「離開髮夾橋。向前行，過妳的生活，把妹妹留在過去吧，好好紀念她。在這裡一點好處也沒有。妳會被真相擊垮。」他舔一舔嘴唇。「我們可以分道揚鑣，妳和我，可以就這麼辦。認真思考一下。」

沒這個必要。「我不會離開。」

「妳不得不。」

「我不能。」

「走開，」他再說一次。「算我求妳。」

他在乞求。

他的措辭令莉娜欣喜，竟能夠在如此情況下支配這個身穿制服的男人，而她的回應才一說出口便後悔了，因為那聽起來像個詛咒：

「除非我死。」

——

這就是計畫，莉娜。

雷蒙・雷切維奇下士從鼻子吐出長長一口氣後別開臉，俯瞰髮夾橋西端。在晴朗無雲的日子裡，岩漿泉、沃森鎮都能盡收眼底，還能俯瞰沿著銀溪蜿蜒的小徑一路直眺聖拜倫湖。

今天天氣陰沉。有毒的滾滾砂礫聚積而成的棕色煙霧像氣味刺鼻的雨雲一樣盤旋山頂。可見範圍不到一英里。空氣嚐起來如焦炭。布里格－丹尼爾斯的野火無疑正向他們襲來——這點他沒有撒謊——但此時此刻，他說的話莉娜一丁點也不信。就這樣吧。他確實試過了，對吧？他警告過她了。他提供了所有可以離開的機會，放棄調查，回家去。

她意志過於頑強。

她真希望坎布莉死前沒有寄那封該死的遺言。這引發了數十個連鎖反應、推倒了上百張骨牌，三個月後還沒有停止。全都始於一封簡訊。一個錯誤。

現在這個愛管閒事的莉娜找上門了。得處理一下才行。

沒錯，除非妳死。

從收到電子郵件那刻，他就應該要嗅到陷阱的味道。世界上沒有諮商師會鼓勵妳追查發現妳妹妹屍體的警察，要妳駕車到事發地點，鑽牛角尖在一切可怕的細節裡。問那些血腥、肚破腸流的問題。打從一開始，莉娜就太過警惕、太過鎮靜，沒有討論空間。天殺的，連電子郵件的主旨欄都很可疑——RE：六月六日我妹妹的死亡——像派對邀請函一樣正式地詭異。

他望向霧濛濛的地平線。他沒法看著她。眼神接觸透露太多了。她肯定覺得自己很聰明，肯定很自滿。未免太傲慢了，竟然把他引到這裡還若無其事地用錄音帶錄下他的自白。

妳根本狀況外，他心想，帶有一絲同情。**妳這可憐又悲痛的女孩**。

更糟的是，他證明了對方是正確的。他允許自己一路駕車至此，落入她在髮夾橋設立的圈套。週四的事件過後，這週他一直沒法專心。他沒有睡覺，警戒心跟著下降。他的狀態如此，但自大才是殺手——雷太明白這點了——而莉娜正一步步走向死亡。

因為她也掉進了陷阱。

霍華德縣的這些山路本身就是個陷阱——最近的訊號塔是波克城和岩漿泉所共用，且都是老舊的一代。這條路上完全沒有訊號。髮夾橋上更不用說。若你想獵狼，請選擇對你有利的區域。你不會臉部朝下爬進牠那陰暗潮濕的巢穴下戰帖。這就是坎布莉犯下的第一個錯——

莉娜，他糾正自己。莉娜的錯誤。不能再犯這個錯。

該死，是誰帶了比較多武器到髮夾橋？他執勤的手槍是有三個備用彈匣的格洛克19。他還有泰瑟槍、胡椒噴霧、藏在腳踝處的.38特殊子彈，再加上後車廂那把大砲，AR-15。就算沒有這些玩意，雷可是個體內滿是乳清蛋白粉的彪形大漢。他一手就能拎起這個小個子亞洲女孩，一把將她頭骨碾碎在人行道上。這根本就不算是比賽。

莉娜有什麼。**一台錄音機**。好恐怖喔。

髮夾橋接收不到手機訊號是不爭的事實，雷知道莉娜絕不可能在遠端用網路連線的機器錄音。他只需擔心近在眼前這台看起來有夠笨重的錄音機。就在六英尺之外。

可以砸爛它。

所以說，要他招供任何事都可以，他根本不需要小心翼翼。只要銷毀那玩意就行——還有莉娜的屍體——然後就沒事了。

問題在於莉娜。

不是這個小婊子本人，而是她留下的蹤跡。就算大家都因爲布里格－丹尼爾斯的野火大驚小怪，岩漿泉那還是有目擊者。莉娜跟過去的坎布莉一樣獨來獨往，但可不是白癡。她肯定有告訴其他人——朋友、室友、家人——這個計畫。告訴他們她的目的地、會面的人。可能也說了原因。

失蹤案不是好選項，他將會再次成為頭號嫌疑人。明明有七天帶薪假，米蘇拉的傢伙卻來把你的生活搞得天翻地覆，真是有夠丟人。並不是說他的生活有多美好。他的妻子莉莎拒絕和他講話，老實說這樣挺好的。他一點也不想看著她。每次看到她，他都發誓看到了五磅新的脂肪在她的下巴和上臂晃動。所以說，別看她為妙。

他考慮來個出其不意轉身襲擊，抓住莉娜的肩膀直接扔下橋去。這套說詞可行：悲痛欲絕的姐姐決定加入雙胞胎妹妹，在同個地點自殺，嚇壞了帶她來到這裡、倒霉的警察。這說法挺討人喜歡，但卻有個問題。太有條理了，經不起審查。

「雷？」她在後頭出聲。「可以繼續嗎？」

他沒有回頭，不能這麼做。老天，他恨死了這女孩。那聲音中得意的冷漠令人生厭，強迫他行事的方法也是如此。

他深呼吸後決定：不能留有屍體，不然之後還得瞎掰不在場證明。莉娜．阮會成為失蹤人口。把這沾沾自喜的蠢蛋扔下髮夾橋，偽裝成她自己策劃已久的自殺，聽起來真是詩意得可愛，但卻太超過了。他得實際一點才行。屍體會上新聞，失蹤人口不會。

對，射殺她。

就是現在。如同羅德尼．阿特金斯所說：如果你正行經地獄，那請不要回頭。

「雷。今天，拜託？」

他將掌心覆在公務槍的格紋底部。他再次吸入一口氣，研究著遠方天際線的煙霧。感覺好多了。

他將轉身迅速解決她。沒有任何解釋。莉娜這樣毀了他的一天，但這也不是她的錯。她是在做出反應，就跟他一樣。她因悲痛而暈頭轉向失了魂，重新站穩在一個她沒法理解的情況之上。

他不得不讚嘆：球在她手上，用以對抗巢穴內的狼。

「妳很不得了，」他說。「妳有發現嗎？」

在他身後，莉娜沒有作聲。

「但妳犯了個錯，」他繼續道，手指悄悄彈開皮套的按鈕。「若我真的是冷血殺害坎布莉的兇手，那妳獨自一人大老遠開車到這未免太過愚蠢。還手無寸鐵地面對我——」

金屬喀噠聲打斷了他的話。

——

莉娜・阮雙手握著九毫米貝瑞塔 PX4 Storm 手槍，槍口對準雷切維奇下士的額頭。「我可沒有犯這種錯。」她說。

他瞠目。

他瞪大雙眼，嘴巴大張，驚訝地露出愚蠢的模樣，彷彿發現自己的車被拖走一樣。在他疲憊至極的世界中，這把槍肯定不是憑空出現，而是一直藏在莉娜腰帶處的槍套中，一整天都在那裡。

寬鬆的衣服，只為**取得勝利**。

過去兩個小時，這把手槍都像發癢的腫瘤般抵在她的下背部，已經被汗水給浸濕，現在終於能雙手握著對準雷切維奇了。

那警察的手掌還一動也不動覆在武器上。平貼在上頭。槍套的鈕扣已經被大拇指彈開了。這樣很危險。

「手舉起來，」她語帶怒火。

對方只是回瞪著她。不是挑釁；是傻愣。窘迫地難以置信。他可能忘記自己正握著一把功能完善的手槍。或者只是在等待時機。

「馬上，雷。」

終於，他抬起雙手。掌心朝外。

他那把部門配置的格洛克手槍是莉娜首要的顧慮。槍套一解開，他一秒內就能抽出開火。她考慮要走過去一把搶走，但這樣就落入了他的範圍內，如此便容易被反擊。雷切維奇比她重至少一百磅，且那肌肉記憶懂真正的戰鬥。警察就是被訓練來打架的。

反之，她決定命令他：「雙掌合十放到後腦勺。」

他勉強照做。

「轉身。」

他聽令，手指在平頭後方交錯。剛剛那傻愣的表情轉為尷尬。他應該很希望剛剛有搜身。被一個二十四歲老百姓用槍指著，這該是何等的羞辱。

再一次，她考慮要趁他背對自己時前去搶走手槍。但還是太冒險了。他的二頭肌簡直像是肥大的蟒蛇。對於這樣一個大個子，他移動速度算是很快。

雷切維奇太危險了。

「跪下，」她說。「膝蓋著地。」

「妳要槍殺我嗎？」

「跪下就不會。」

他猶豫片刻，盯著遠方天際線的濃棕煙霧，彷彿能從中汲取力量，然後才慢慢靠向水泥地。雙手還抱在腦後的情況下，膝蓋吃痛地直接撞擊地面。先是左邊，然後右邊。

莉娜手中的貝瑞塔隨著他的動作逐漸往下移動，食指扣在扳機上。現在，她知道，來到了最危險的部分。

「現在，雷，」她語調毫無抑揚頓挫，「聽好指令，慢慢將右手伸向你的槍。不要轉身。不要回頭看我。用兩根手指慢慢抓起槍，像是抓著包滿屎的尿布一樣。然後扔到橋下。」她一邊說一邊蹲低，在他身後十英尺做出謹慎地狙擊手姿勢。

仍然跪著的雷切維奇感到不解。「妳不要……」

「怎樣？」

「妳沒有要拿走我的槍？」

「那是格洛克。」

「所以呢？」

「我討厭格洛克。」

「妳認真？」

莉娜露出滿意的笑容。針對今天，他做了很多不容置疑的假設——肯定沒想到她是個持槍的瘋子。

大個子嘆了口氣，看起來暈眩作嘔。權力的轉移仍舊使他不知所措。

莉娜準備好了。她將瑞貝塔的方形準心抵在雷切維奇的脊椎上，雙手手肘呈等腰三角形預備射擊姿勢。她的食指肉墊輕輕放在扳機上，緊握槍托到掌心被烙上了痕跡。正確緊握才能精準射擊。神槍手的教學海報是這麼說的。

一顆汗珠滴落路面。

她深呼吸，吐出一半氣息。「現在，慢慢地。」

跪在地上的警察右手往腰部移動，以流暢、本能的動作掀開了皮罩套——扣子已經解開。

「嘿，嘿。慢一點——」

他按指示用食指和拇指夾起手槍底部。它出現在視線中了——黑色、塊狀的玩意，所有稜角方方正正。莉娜真的很討厭格洛克。

「現在，扔掉。」

他沒有轉身，舉起槍轉動手腕。手槍飛越過髮夾橋的護欄，幾秒鐘後，稍稍傳來了重擊底下兩百英尺地面的聲響。

三秒，莉娜心想。她有數。

如果雷切維奇把坎布莉扔下橋時她還有意識，就會在那可怕的自由落體中存活整整三秒。

「可以站起來了嗎？」他問。

「不行。」她盯著他的腰帶。「把泰瑟還有胡椒噴霧也扔掉，還有那邊那根像是警棍的東西。」

「看在老天份上——」

「還有鑰匙。鑰匙絕不能留。」

一次一樣，雷切維奇下士的公務槍消失在起泡的護欄之後，重重撞擊底下乾涸的溝壑。現在這齣戲只剩一位槍手了，莉娜掌控了局勢——當然了，除非巡邏車裡還有槍。她目前沒看到前座之間版有獵槍或步槍，但有可能是在後車廂裡。這就是她要求扔掉鑰匙的原因。最後飛越護欄的鑰匙發出清脆的叮噹響。

「好大的鑰匙圈，」莉娜吹了個口哨。「其中一把是你家鑰匙嗎？」

「是。結束了嗎？」

「還沒。我要你為我唱首歌。」

「去你的。」

「知道凱蒂・佩芮嗎？」

「妳的行為是重罪，」警察說。「我要轉身了。」

「好啊。」莉娜調整緊握貝瑞塔的手勢，「手別動，放在後腦勺。要是敢踏近我一步，雷，我發誓會斃了你。」

「無所謂。妳已經襲擊一名官員了。」他轉身斜視她。「妳會在法庭上被打臉。沒人會在乎妳那精神分裂的妹妹。妳正拿武器對準一個普通人。妳知道這代表什麼意思吧？希望妳還沒有計劃好未來十五年。希望妳之後不會想投票。現在呢？」

「唱凱蒂・佩芮的〈煙火〉。」

他朝兩人之間的地面吐口水。唾沫重重落下，成了一顆膠狀球體。

「我不會進監獄，」她說。「你會。」

他又冷哼一聲，陽光下的臉赤紅一片。「是嗎，莉娜？這就是妳的打算？用槍口要脅我講故事？**我沒有殺死妳妹妹**——」

「你一直這麼說。」

「她是自殺。」

「你謀殺她，雷。六月六日晚上九點。」

「我沒有。不過呢，現在我真希望有那麼做。」

「想吃子彈嗎？」

他捶打胸膛。「來啊。」

她本以為真相就要大白了。在這裡，她以為殺害坎布莉的兇手會嘗試和她談條件、甚或是乞求。但他依舊處處挑釁。混蛋。

一個問題閃過腦海：搞不好他說的是實話呢？**搞不好他真的沒有殺她？**

其他人幹的。

她想到雷的雙胞胎哥哥，瑞克。那個哀傷的小故事正好很適合現在。搞不好他根本沒在十八歲舉槍自盡。畢竟，對準下巴的十二釐米口徑的子彈會毀掉一個人的頭部，也會留有牙科紀錄。搞不好瑞克還活著，而雷正在保護他。要是他一直想當警察但卻被學校拒絕——媽的，他會不會偷了雷的制服和車，開心地兜風了一晚？然後玩得太過頭且謀殺了坎布莉，現在這可憐的好人正拚了命掩蓋一切？

不太可能？確實。但可能性比官方的封面故事來得高。也比可憐的日本人一週內碰上兩顆重磅原子彈來得高。

更糟的是，這代表殺害坎布莉的兇手仍逍遙法外。

在這之前幾週，她已經好好研究了雷切維奇的網路使用狀況——她知道他在阿肯色州的龐大家族、他的考試成績、他有關哪種 .17HMR 的子彈最適合用來射殺害獸的辯論——但完全沒有他哥哥的紀錄。彷彿他親自埋葬了瑞克。跟坎布莉一樣。

莉娜要挖掘真相。

「妳知道……」雷切維奇舔著嘴唇，盯著她手上的槍，然後看向兩人之間破裂的橋樑路面。接著他的眼睛一亮，似乎有了什麼點子。「妳覺得我們之間相隔多遠？」

她發現雷切維奇站起來了。

剛剛他還跪著。*是怎麼做到的？*

「我猜……十英尺吧？」他裝傻。「我們倆相隔大概十英尺對吧？」

「講重點。」

「我們受過所謂*十英尺學說*的訓練。假設嫌疑犯握有刀，而我有槍。若他離我不到十英尺，就會對我構成立即的生命危險。」

「因為你槍法很爛？」

「去年我以 AR-15 獲得區域競賽銅牌，」他語氣冰冷。「不是，莉娜。是因為槍枝沒有電影裡演的那種停止作用。妳很清楚這點吧？妳以前射擊過貝瑞塔吧，我猜？而不僅是從父親衣櫃偷來。知道怎麼上膛、退子彈吧？會處理卡彈嗎？保險栓在哪？」

她靜默。

他瞇起雙眼。「妳有拿掉保險栓吧？」

她還是不說話。

「妳瞧，被子彈打中的被害人並不會像電影裡那樣向後飛往牆壁。牛頓的慣性定理：射出的殺傷力只會等同於開槍者手中承受到的後坐力。所以說，若嫌疑犯決定持刀砍我，我可以在他邁向前方十英尺時射出多發致命的子彈，而在臣服於傷口前他都還能夠割斷我的喉嚨。」

他審視著兩人之間的十英尺喃喃自語。他正在暗自計算步數。

然後他又抬頭瞪了她一眼，語調放慢，成了一種威脅性的耳語。「我沒有泰瑟槍。但我是一個強壯的人，可以一次打三個。且我敢打賭，莉娜，我可能光用手就能折斷妳的脖子。即便妳在我接近的同時開了三槍，我仍可以在流血之前用手指夾住妳的脊椎，除非妳射中的是我的心臟或腦袋。想想看，莉娜。妳能這麼快擊中一個移動的目標嗎？」

「不過都是些不起眼的目標，」莉娜說。

他忍不住了。「你他媽的——」

「我敢打賭，擊中腹股溝也有效。」

「妳在玩火，女孩。」

「就是要玩火，」她說，閉上右眼瞄準。她將貝瑞塔的前準星對準焦點、後準星模糊。雷切維奇動作一樣。她知道前視鏡才是關鍵。那個黑暗的小區塊。這是有關槍法的詭異事實，可能也是生命的真相——要擊中目標，必須讓它失焦。

「妳在虛張聲勢罷了。妳需要留我活口，莉娜。」他緊盯著槍管。「因為妳需要知道我所知道的。妳不能射殺我。妳很想，但是不能也不行。現在指著我腦袋的槍口不過是空洞的威脅而已。」

她看著他的笑容越來越大。

「妳急切想知道這裡頭的資訊。」他拍了拍太陽穴。「這讓我佔有優勢，因為不管怎樣，妳都不敢扣下——」

她扣動扳機。

——

空氣被壓縮，震耳欲聾的爆炸聲襲來。

一陣熱浪和灼熱的沙粒落在他的臉頰上，使他的牙齒嘎嘎作響、耳膜扭曲。

就是這樣，他想——這個女孩剛剛殺了他，剛剛把他的腦袋轟過髮夾橋，被夏日的烈焰給曬乾。一切都結束了，什麼也沒有留下，*不要走過去，不要蒐集兩百美元*，沒有人會提醒父親禮拜天記得吃藥，或者跟他的妻子解釋發生了什麼，也沒人掩蓋他所有的秘密，比方有個死去的孩子在井底腐爛。他大腦中的神經元發出最後一道訊息，一個隨機的記憶閃逝而過：*一隻兒童鞋*。紅白相間，搭配兩條魔鬼氈——

不，他推開鞋子。

我是個好人。

然後他的膝蓋骨撞在了混凝土上，趕緊伸出雙掌穩住自己，他的耳中響起了鳥類的哀鳴。

隨著莉娜的槍聲震盪，一道奇異的金屬聲傳到了他的耳邊。就像是……一個拍擊聲？他不知道還能怎麼形容。

他濕潺的雙眼抬起，眨掉了焦灼的煙硝，只見莉娜依舊維持僵硬的射擊姿勢從他身邊走過。然後她又開了兩槍，又來兩聲撕裂耳骨的爆炸，像輕點滑鼠兩下一樣快速。

雷再次瑟縮。

他發現莉娜並不是瞄準他——第一槍也不是——因為他聽到了另外兩聲清晰的金屬拍擊聲。他沒法辨別出的聲響。

那是自他身後傳來。

迴聲消退後，仍然跪著的他轉身，馬上看見那個三乘三英尺的**未經檢查**的橋樑標誌在它的柱子上搖搖欲墜，彷彿是被風給吹落。那標誌為在橋的入口處，就在以結構著名的大理石製品的鉤子上方，整整五十碼之外。太遠了，無法看見肯定貫穿牌子的小口徑彈孔。

她射擊這個標誌。

從五十碼之外。

三槍，連續不斷：啪、啪、啪。

當準星再次被放回他身上時，他再次抬頭看向她。他的右耳膜內仍然轟天巨響。在他反射性地快速臥倒前，第一發子彈已經很相當接近自己了。子彈可能從他的右耳垂旁幾英寸處穿過，這隻耳朵的聽力可能將永久損傷。

雷現在關心的不是這些。他還震懾於剛剛的眼目所及，驚嚇地沒法動彈，而他無法理解這個骨架嬌小、洋娃娃般的越南女孩怎麼能在半個足球場之外的地方命中三次目標。是手槍有效射程的兩倍。

「沒錯，」她說。「我知道安全栓在哪裡，混蛋。」

他的腦袋飛速運轉：**哪裡……**

「下一發貫穿你的蛋蛋，雷。這個**空洞的威脅怎麼樣**？」

他恨自己不住瑟縮，就算受過訓練，但十英尺的教條在她突如其來的槍聲下瞬間瓦解。然而，他仍然不得不驚嘆地張大嘴巴。

她到底是在哪裡學會這種槍法的？

——

驚喜：我有一個新的愛好。

親愛的讀者們，我得澄清一下，我對槍枝的熟悉程度一直屬入門等級——我們的父親堅持，但母親很反對兩個雙胞胎女兒熟悉如何射擊和清潔 Ruger 10/22 ——但在坎布莉離奇的自殺和我接踵而至的情緒混亂後，我發現自己迫切需要一個避難所。

有些人尋求耶穌。

我尋求射擊。

我沉浸其中。我賣掉了我的電視，花了九百美元買了一把手槍——一把九毫米貝瑞塔Px4 Storm。我記下了使用方法、我看了 YouTube 教學影片。我加入了當地室內射擊場的會員，平日女性都免費。男孩們，我堅持下來了。

兩個多月下來，我差不多打靶了一萬次。有可能更多。

在櫃檯可以花五十美分購買海報大小的紙製目標物：蹣跚的殭屍、卡特爾刺客挾持著胸部豐滿的人質，還有永遠值得來一張的恰．恰．冰克斯。但我最喜歡的是「五十二人臥倒」。聽起來恰如其分：一包真人大小的撲克牌排列在網格上。我用膠帶把它們貼在二十五英尺之外，拇指移動十五次裝入十七發子彈彈匣，然後慢慢地、有系統地朝每張卡片射發五組，一次一個。從左到右。每次重新追加三張卡。一天兩百六十輪。

每天一組五十二人臥倒。

第一週時我很難準確命中卡牌。但我堅持了下來，找出壞習慣並改正它們。週一到週五我都在拚命射穿卡紙，從左向右、一張卡片五發、三張卡一個彈匣。到了第三週，我很自豪我的彈孔都只聚集在葡萄柚大小的範圍內。現在是第九週，我的彈孔幾乎完全重疊，像是燒焦紙張上的破爛小三葉草。

然而，實彈是空包彈的兩倍——也可能是三倍。我藉射擊塑料空包彈來練習觸發控制，每天在公寓裡我拉上百葉窗，重複練習到指腹起水泡為止。

槍法的關鍵是扣動扳機，但你的身體不會感到爆破。槍聲甚至應該要嚇到射擊手本人才對。否則，你的肌肉會因預期而緊張、你的瑟縮會影響到結果。這就像投籃或者磨練你的高爾夫球揮桿——一切始於好習慣。我每天早上起床後射擊空包彈、坐公車上班、回家路上順便到打靶場實彈射擊成五十二人臥倒，晚上花幾個小時研究坎布莉的死因，然後再來幾百發空包彈，最後疲憊地倒上床。我魂不附體且空腹。週一到週五。重複不懈。

有次我對著下巴發射空包彈。

只是為了研究，親愛的讀者！我保證。

我承認，我很好奇那會是什麼感覺。如果坎布莉在髮夾橋邊時真的想過要自殺，指尖懸在護欄邊緣處時腦袋裡究竟是什麼念頭。（事實證明，感覺就跟扣動扳機時一樣。我猜，人體很清楚什麼是真什麼是假。）

我剛剛稱它為愛好，但老實說：毫無樂趣。我不在乎手藝或運動。選擇了最合適的貝瑞塔之前，我試射了幾發厭惡的格洛克，還有一把我喜歡但買不起的 SIG Sauer。對我來說，射擊是一種死記硬背的動作，就像面對工作時的走道一樣嚴肅。不論是兩點推動紙張或是六點時射擊，感覺都是這樣。

我度過了糟糕的夜晚。

糟糕的幾週。

老實說，這三個月都非常糟糕。

但每一分鐘過去，我都越來越確定這個打電話給我家人的陌生人，這個雷蒙・雷切維奇下士，和坎布莉的死有關。這是遺言所說。就在他自己的語調裡。

不知怎的我就是知道。這個信念日夜都深植我心。這就是我早上起床，喝了一罐黑咖啡後在浴室鏡子旁邊發射空包彈的原因，這樣我就可以假裝是坎布莉看著我的倒影，敦促我持續練習，不要停止扣動扳機。這是我在黑暗中的命脈：我妹妹不是自殺，有人謀殺了她。我用九毫米的孔洞撕裂每張撲克牌，每一次貫穿的瞬間、每一次咔噠聲響起，我都正鞭策自己把那個混蛋幹掉。

為了坎布莉。

我再怎麼強調做某件事的價值都不為過。這件事也不例外。如果沒有這場征戰，我不知道自己會做出什麼。搞不好去抓鬼？畫畫？

即便如此，在火車嘈雜的糟糕夜晚、床單浸滿汗水時我依舊無法入睡，一路開車到蒙大拿是我能做的最糟糕的事情……可能最後發現是我錯了。那個可憐的老雷蒙，那個可能正在外頭填寫超速罰單的人，終究只是一個敬畏上帝的普通人，而不是我已經說服自己的秘密怪物。坎布莉真的開到了遙遠的橋邊，徒留車子空轉，最後跳下了護欄迎向死亡，她的原子重新加入了一個毫無意義的宇宙死星。

某些夜裡我因此感到害怕。請讓我保持清醒。

是的，我可能錯了。

我有我深刻的、鑽石般堅硬的信念，但事實是：直到明天才會真相大白。等到我和他面對面、站在據說是坎布莉跳下橋的地點的時候。

而我不會手無寸鐵地走進那個地方。他太小看我了，尤其是一開始，當我拿一個可笑的過時錄音機的時候——但我肯定不會低估他。如果我想的沒錯，他是一個有能力的警察身兼野蠻的罪犯，那麼我會感謝我的貝瑞塔，感謝每一分鐘手指幾乎磨破流血的練習。

所有的槍聲都不是虛有其表。我現在是個受人尊敬的射手，但卻沒有受過正規訓練。我從來沒有參加過槍戰。我不知道柔術什麼的。《極凍之城》中的莎莉．賽隆還是能打趴我。但悲傷至始你手足無措、兩手空空，需要尋找一個惡魔來對抗。關於這點我很幸運，找到了那個真實的魔鬼。

坎布莉：不管明天如何，我保證我會逮到他。他會掉入我的圈套。我會讓他向全世界承認六月六日那天他對妳做了什麼，還有他的真實身分。

我知道：他不是警察。

他是爬進制服的人類大小的昆蟲。不管他正式的外表顯露些什麼，暗地裡都做出可怕的行為，對於每個鑲有徽章的勇敢男女而言，他是恥辱。他是需要糾正的錯誤。

我會逮到他的，妹妹。

——

她抓住我了。

雷知道他現在的處境非常緊張。午後的烈日下被槍口對準。他的話被錄下來了。他的格洛克、他的泰瑟槍、他的鑰匙，全都在峽谷的底部。他沒法拿到車裡的兌獎機，也拿不到後車箱裡的AR-15。但他還有最後一絲希望：腳踝處藏著的頑強武器。一把短槍管.38 Special五發裝左輪手槍，緊緊地夾在襪子外的皮套裡，已被汗水浸濕。

莉娜不知道。

她退回到二十英尺外，手槍仍對準他。他注意到她的姿勢有點放鬆、手肘彎曲。她的腎上腺素正逐漸消退。畢竟妳的腎上腺素沒辦法一直保持激昂，身體不會允許的。遲早得稍微下降個幾分，坎布莉的亡魂也是如此。

她一點都不特別，雷在腹部發出低吼聲時決定。她不像她妹妹。她不是倖存者。她不是殺手。

她只是一個拿著槍的混血兒。

儘管有那些裝腔作勢、那些強硬言詞，甚至是還有射擊詭計，莉娜依舊萬分絕望。她不知道坎布莉究竟是什麼樣的人。不知道她跌落了什麼樣的困境。不——她絕對不知道他腳踝上的左輪手槍。

否則現在它已經跟其他裝備一起待在峽谷底部了。

雷只需要提起褲管並抓住它。那可能只是一秒鐘的動作。他估計，再過一秒鐘就蹲下，對準目標、開火。莉娜顯然是個厲害的射手，但他只要先開槍就行了。

我只需要一個開場。他看著她。

她又往後退了一步，神情焦慮，暈眩不止。她的雙頰一片蒼白、雙手開始顫抖。突然間的腎上腺素消退就是會這樣。她可能已經謀殺了數十個紙製目標，但真正的目標呢？真實的東西懂得反擊。

「怎麼了？」他問她。

她沒有回答。

「嗯？」他忍不住問。「妳沒有計劃到這一步？」

這位年輕女子沒有說話，而是做了一些出乎意料的事情。她改以右手握住武器，沒了另一手支撐（雷考慮動手抽出 .38 Special，但沒有行動），她的左手放到了鬆散的頭髮上，以食指上捲了一綹髮絲，接著以一種令人畏縮的俐落動作用力扭轉。

就像三個月前他在同一輛車上看到的坎布莉一樣。

她們真的是雙胞胎，他想。

他知道不應該被這舉動激怒——扭轉頭髮是一種常見的神經抽搐，就跟咬指甲一樣——但它仍然以某種奇怪的方式令他覺得自己正以寡敵眾。彷彿六月死去的女孩和現在這個活著的女孩是同一個人，不知怎的聯合起來對抗他。二打一。為了懲罰他的罪過。他想起了死在井裡的那個孩子，喉嚨乾澀地吞嚥下唾沫。

莉娜再次用兩隻手握住貝瑞塔。

雷的 .38 Sepcial 在腳踝處越發沉重。或生或死，將取決於短短幾秒鐘的退縮。他在心裡排練了一下：跪下，拉起右褲管，抽出左輪手槍的方格握把並鬆開，對準她，在她的胸前找到準心，扣動扳機，然後……嗯，就是這樣。要嘛擊中她，要嘛失手。

他的勝算還挺高的。如果你把他和莉娜放在一個射擊場上，她可能有辦法在紙上射擊出密密麻麻的孔洞。但現實生活可不是射擊場。這裡有的是混亂疲憊、腎上腺素、恐懼。汗水濕了手指。陽光照射你的雙眼。憂慮因素，他的父親是這麼說的。

現在他看見了——槍管在顫動。莉娜的前臂開始疲憊。她並非為此而生。這個瘦小的女孩越是維持現在的姿勢，準確度就越容易下降。她很脆弱。

他再次出擊。「妳有部落格，對吧？」她看起來隱約有些驚訝。

「光與音。書呆子。妳評論文本改編的電玩遊戲、關於宇宙飛船的科幻小說、怪誕的恐怖電影。一位零售工人的自白。那就是妳對吧？」

她眨了眨眼。

正中她的下懷，他想。很好。

「別驚訝。」他傻笑。「妳研究過我。我也得研究研究妳。」

他等她再次扭動頭髮，準備趁著她的防備鬆懈時抽出手槍。到時她需要寶貴的時間來改變射擊姿勢並準確還擊。神經抽動很好。讓妳可以被預測。

「妳的朋友不多，對吧？」他持續進攻。「有男朋友嗎？」

她什麼也沒說。

「經常不在公寓嗎？」

安靜。

「搞不好是社交焦慮？」他假裝伸展肩膀，放鬆手臂準備行動。「妳二十四歲。受過大學教育。主修英語。妳在電子用品商店工作，賺取最低工資，晚上獨自對著電腦度過，辛苦撰寫沒人閱讀的部落格。妳妹妹出去體驗了一些東西，看到了白色的沙漠、拉什莫爾山、大沼澤地和玻璃海灘。妳眼紅了是吧？」他研究著她的表情，想像著他的.38 Special即將射穿的血坑。「順帶一句，妳根本不知道坎布莉是怎樣的人。」

他像扔垃圾一樣拋出這句話，等待她的反應。

她完全沒有反應。

好樣的。他繼續：「妳知道嗎？剛到這裡時，我以為妳只是一個從未體驗過一夜情的悲傷、內向的人。真為妳感到難過。在我知道妳帶了一把槍和一個計畫之前，我真的很想幫助妳從悲傷中獲得某種平靜。但是妳提到了……嘿，想來點血淋淋的細節，是吧？」

他給她一些時間回答。她沒有開口。

「對，妳確實想。妳想知道坎布莉的屍體躺在岩石上的模樣。剛剛我沒有分享細節，因為那不太合適。但現在可以說了，老早就可以說了。」他往下盯著槍。「妳妹妹看起來像是**融化**了，莉娜。」

她的下巴在顫抖，雙唇僅是微微抽動——但他注意到了。

「墜落之時，她的速度已經超過了每秒一百英尺。從那個速度減速到零，朝著堅硬的花崗岩撞上去，基本上會讓妳身體的每一個器官都比正常情況重一萬倍。所以即使她外表還是人形……嗯，內部也應該徹底粉碎了。她的器官爆裂漏水。她的大腦液化了。她的骨頭滿布裂縫。她的皮膚下積聚著一大灘棕色血液。」

莉娜雙眼盈滿淚水。她伸手抓向頭髮——但突然又改變了主意，重新用兩隻手握住了武器。

雷的心猛地一跳。行動。

他準備抽出武器，拇指和其他手指期待地揉捏著空氣。他又再次挑釁：「坎布莉的額頭凹陷，跟被踩扁的柚子沒兩樣。她嘴裡爬滿了蟲子。她被炸飛的眼珠子濕漉漉的流著鮮血。蒼蠅紛紛鑽進去產卵。」

莉娜像是被石化般接受了這一切。什麼都不說。什麼都不回應。

她看起來和妳一模一樣，他差點補上這句。

他知道自己正步步進逼，每一句話都留下了印記。有些留下僅淺淺凹痕，但全部加起來殺傷力十足。她快要崩潰了，即將再次陷入困境並扭動髮絲。他準備好了。

妳不知道自己正和誰糾纏不清，他一邊研究她一邊心想。妳這可憐的傻丫頭。因為懂得射擊，就自以為是狼。

.38 Special 是他腳踝上一個請求釋放的腫塊。莉娜再次調整了射擊姿勢，雷的手幾乎就要伸過去了。幾乎。她正努力對抗自己的抽動——努力——但卻抗拒不了本能的反應。她需要再次扭動頭髮。這是她感官上的慰藉，是她的弱點，而今天這足以致命。

我會轟爆妳得意的臉。

只要我雙手還在——

「等等。你還有手銬對吧？」莉娜看著他的腰帶。「把自己銬起來，混蛋。」

——

她很驚訝這警察突然垂頭喪氣的樣子。他低頭看著褲子，然後又抬眼看她。帶著一種詭異、憤怒的懷疑。

好樣的。這大猩猩戴上手銬會讓她感覺好些。他太危險了，即使是在槍口下。她將貝瑞塔的準星拉到他的臉上，試圖掩飾手臂的顫抖。「我說你**自己銬住自己**。慢慢來。」

他的目光更加強烈。恐懼在她的內心深處激盪。

作為回答，她將食指捲入扳機的護圈。他看見了。

然後他的右手——「嘿。慢**點**。」往腰帶移動解開了兩個金屬環。他們發出微弱的叮噹聲，發出電視上出現的那種陳詞濫調的聲音。

「把手銬在背後，」她澄清。「不在前面。」

「我需要跪下，」他說，指了指腳踝。「要繞到背後，我得蹲下來然後——」

「別想。站著做。」他又瞪了她一眼。

「繼續。」她用貝瑞塔指著。

長長吸入一口氣時，雷切維奇一隻手握著銀色的手銬，像是拚命想著要說些什麼。拖延。然後，他不情願地將手銬套上一隻手腕，把胳膊伸向背後，另一隻手腕在看不見的情況下施展不開。

「這樣。高興了嗎？」

「不，」她說。「轉身。」

「什麼？」

「轉身。我才能看到兩隻手都有銬住。」

他翻了個白眼，然後很不情願地轉身，把兩隻手腕放在背後給她看。正如她所料，他好好保障了自己的權利，用左手將手銬握在掌心中。

「你真的覺得這樣有效嗎？」

他殘忍地咧嘴一笑。「值得一試。」

「再試一次。」

「再說一次。」

「再試一次？」

「妳聽起來和她一模一樣。說這句話的方式。」

「現在你可以銬住另一隻手了，雷。」

他側身，這樣她就可以看到他將手銬銬上左手腕。然後他摸索著。「我……在後面我弄不到。我需要妳幫我扣上——」

「你認真，雷？」

一陣停頓後，他眼中虛假的驚喜消失了。又是另一個嘗試過後被丟棄的行為。

那就對了。繼續低估我啊。

「值得一試，」他重複道，這次沒有笑容。他用右手拇指扣上了左手腕上的手銬，接著張開他鼓起的手臂，用棘齒咬緊金屬下緣。

「高興了吧？」

「差不多，」莉娜說，緊握槍枝的手稍微放鬆，讓肌肉得以休息。她的手指上感覺像是被針扎。「對了——所有關於坎布莉屍體的狀況？液化的內臟和炸裂的眼睛是吧，可怕的是呢，我的噩夢比那更恐怖。所以謝謝你了，雷。替我照亮了怪物。」

他笑了。「要求事情時小心一點。」

更多的灰燼在寂靜的風中飄揚在他們之間，漫天飛舞朦朧一片。就像是漂浮在你眼中忽明忽暗的斑點。莉娜反射性地眨了眨眼。

他沒有。他冷冷地凝視著她，肩上的灰燼像末日的雪一樣堆積在上頭。「如果妳開槍把我斃了，那就永遠不會知道她發生了什麼事。」

「我已經知道了。」

「是嗎？」

「你承認了。就在你撒謊的時候。」

「是嗎？到目前為止，唯一拔槍的人就是妳，莉娜。」他瞇著眼看向遠處煙霧繚繞的地方。「如果有人開車經過這裡看到我們，這種情況看起來很像是一名士兵遭受攻擊。」

「還好你鎖了大門。」

他的眼睛瞇成一條縫。「很好。」

對於我們倆來說，她知道他的意思。

重要的不是兩人正在交談，而是周遭只有空氣和噪音。若她稍稍放鬆警惕，雷切維奇就會抓逮住機會用頭撞她，把槍從她手中踢開，然後用他十四碼的靴子碾碎她的頭骨。就算戴上手銬，他也能無情地殺了她。他殺死坎布莉的方式。她想像她妹妹的臉凹陷——像是被踩扁的葡萄柚。

這是真的。全部都是。它真的發生了。

她永遠不會向雷切維奇承認這一點，但是過去幾個星期以來，她一直懷著一個秘密而幼稚的希望：當她到達髮夾橋時，網路上的神話將會化為現實。她會目睹幽靈或聽到耳語。過去和現在之間的面紗在這裡變得很薄，她的妹妹並不會真的消失。也許就在這一秒，坎布莉正在重溫她人生的最後幾個小時，她和莉娜兩人的故事平行展開，彷彿是彼此的倒影。

希望是毒藥。莉娜明白這點。

她呼了口氣，試圖理清思緒。沒有鬼。沒有來自過去的迴聲或來自墳墓的訊息。只有一個有罪的男人正盯著她看。

他皺了皺鼻子。「妳其實沒有真的在寫一本關於她的書。對吧？」

「我有。」

「為什麼？」

她知道自己不必回答，但還是做了，這一次她沒有力氣撒謊：「當別人講述坎布莉的故事時，我感到很困擾。當她死了，就好像她不再是一個人，而是成為了公有財產。她變成了傷心欲絕的孤獨者，從橋上跳了下去。如果有人可以、或者應該講述她的故事……那個人就是我。」

她幾乎要就此打住，但他等著下一句話。

所以她說出了最難的部分：「我媽媽是一個嚴格的天主教徒。她傷心欲絕，因為她相信坎布莉已經下地獄了。因為她犯了……你懂的。」

「我明白。」

「就這樣。」她覺得臉頰通紅。「這就是全部了，我想。我……我只是想向我媽媽證明她的女兒不在地獄。」

「所以妳來到這裡。」

「我來了。」

安靜。

她不喜歡向他敞開心扉。她知道自己只是在提供對方傷害自己的刀刃。但她也有一種奇怪的感覺，他在哀悼。就像他們以某種方式共享了坎布莉一樣。

無論如何，她並沒有告訴他全部的真相。

葬禮結束後，她去奧林匹亞的父母家中替他們送晚飯，發現坎布莉的照片都不見了。有幾面牆壁和架子仍然光禿禿的，徒留下灰塵印下的線條。起初，莉娜認為這些照片是被擺在其他地方或者重新裝裱，但接下來的幾週，它們再也沒有出現過。她的妹妹留下了比擁有、愛和失去這些正常的悲傷情緒更深刻的東西。打從一開始他們就不擁有她。她總是一個跑者，總是眺望著下一座小山，現在她身在比德州或佛羅里達州更要遙遠的地方。更糟糕的是，這是一個非常糟糕的信仰困境。倘若上帝真的存在，他們的女兒則正在地獄中燃燒。要是上帝沒有這樣做，她就是徹底消失在宇宙間了。哪一種比較糟？

那天晚上，她的母親喝了太多酒，緊緊地抓住莉娜的手腕，留下了瘀傷的指印。她瞬著濕潺發亮的眼睛說：**妳是我的女兒，莉娜，我愛妳。**

妳是我的獨生女。

太令人難受了，轉眼間就變成獨生女了。

那一刻，莉娜決定她不僅要抓住殺害妹妹的兇手，更要講述坎布莉的故事。這太重要了，不能由其他人說出口。她要提供父母一個他們可以記住、可以愛女兒的版本的故事。一個沒有從他們的錢包裡偷錢的版本，沒有因為入店行竊而被捕，沒有大麻和雪茄的臭味，沒有在十八歲時把她趕出家門，要她永遠不要回來的版本。也沒有殘酷且突然，確實地離開了他們的版本。

真正的坎布莉就在外面某處。莉娜會找到她的。不惜一切代價。

雷切維奇打量著她。她後悔告訴他這些。

「相信我。」他傻笑。「如果地獄存在，坎布莉就在那裡。」

「繼續啊，我親自送你過去。」

「真可怕的台詞。從電影裡聽來的嗎？」

「我知道你是誰，雷。」

「不，妳不知道。妳深信那點，但那就是妳的致命缺陷，莉娜。看，我不是壞人。就算我是——假設我真的奪走了妳妹妹的性命——我也拯救過其他生命。多虧了，今天有很多人才能繼續呼吸。妳研究過我，知道我的記錄。妳讀過我從河裡救出的那個女人的故事。」

確實。

「我拯救一名受到攻擊的副手，此舉獲得讚賞。」

對，她知道。

「我從燃燒的拖車裡救出孩子們。」

對、對、對。州長甚至頒發給他一枚獎章。在比林斯的某個地方，有一張公園長椅用以紀念英勇的聖雷切維奇，他英勇地衝進了冰毒實驗室的大火中。她真希望那些該死的孩子們在那裡被燒死，這樣他就不用在這邊沾沾自喜了。

「妳可能恨我，但我仍然是好人之一，莉娜。」他站得更直了，在她眼前似乎膨脹了起來。

「夠了嗎？妳不能否認四大於一。仍然有三個人獲得了好處。那三個人現在應該成了蠕蟲的食物，但沒有，多虧了我。多虧我的行為。我拚命工作，生來就是為了做這件事。我保護公眾。更準確地說，我救人。我救了人。願上帝保佑，我會繼續救人。為什麼所有這些生命、過去、現在和未來加起來都比不上妳妹妹？」

一條唾沫掛在他的下巴上。他舔了舔，像蜥蜴一樣。

現在我們到了某個地方，莉娜心想。「你承認了嗎？」

「不，」他說。「我正在保護自己免受人身攻擊。」

「你相信地獄嗎？」

「我相信端點的平衡。」

端點的平衡。彷彿身為一個好人是數學問題一樣。

「好吧，那麼，再來一次人身攻擊：你他媽的謀殺了我妹妹，雷。你必須掩蓋罪行。所以你把她的屍體從橋上扔了下來，偽造成一樁自殺——」

「不對。再一次。」

「你先把她打死——」

「那會留下瘀傷。」

「或者你勒死她。」

「那會留下繩子的痕跡——」

「不一定。如果你把她的頭套在塑膠袋裡，就不會。」

「她死於撞擊。法醫的判斷。」

「好。你趁她還活著的時候，把她抱起來扔下了橋。」莉娜努力控制聲音，保持鎮定。

「**為什麼？**」

「妳還是錯了。」

「那就開導開導我吧，雷。」

「我為什麼要這麼做？」他咬著嘴唇，日光從他的眼中消失了。「妳想要什麼，莉娜。這讓妳變得可被掌控。因為只要妳想要的東西還在我的腦袋裡，就不敢開槍轟了它。」

她發現自己無可辯駁。這激怒了她。

有那麼一刻，她考慮要兌現自己的威脅，射他的蛋蛋。

我準備好這樣做了嗎？

她不確定。她的手已經因煙硝味而發臭。她已經開了三槍。在有結構的射程範圍之外開槍是一件令人不安的事情。現在成真了。這讓她有一種奇怪的自我意識。就像赤腳開車一樣。

他冷笑。「妳以為我會配合嗎？」

他研究過她。研究人是他的工作，他已經認定莉娜是一個遵循規則的人。面對面的衝突令她的臉頰火辣辣的。她自然而然成了被動的一方——別人提供建議時才制定計畫、與人交談的時才開口說話、在絕對必要的時候才會採取行動。而現在她在髮夾橋上，拿著槍，提出要求。

「現在呢，莉娜？」

站在這裡的應該是坎布莉，她知道。**不是我**。

我應該是死掉的那個。

早在莉娜和坎布莉十二歲的時候，就常常在他們叔叔位於俄勒岡州東部的農舍裡度過夏天。農場本身對一個孩子來說非常無聊——電纜是像素化的、羊駝是頑固的混蛋。但在一英里外的路上，鄰居的孩子們在一條小溪上盪起了繩索，有時他們的父親還會用鞣革炸毀樹樁。在夜色漸暗的夜空下，阮氏雙胞胎在路上遇到了一個棕色的形體。

那是一隻白尾鹿，被一輛伐木卡車撞到後被碾到輪胎下面。莉娜的雙眼濕溽，她記得自己看著這隻動物試圖站起來，脊椎被切斷、後腿拉軟跛行。當她試著幫忙支撐前腿時，牠的膝蓋卻像斷了的棍子一樣向後彎曲。牠發出一種怪異的耳語聲，像是貓在咕嚕叫。十二年來，莉娜從未感到如此無能為力。她沒辦法觸摸受苦的動物。她不能就這樣走開。她什麼都做不了，她恨自己。她只是站著盯著看，哭到嗓子都疼了。

這時，十二歲的坎布莉悄悄地將背包取下（從那時開始，她就喜歡隨身背一個包包），一隻手掌撫在母鹿的肋骨上，感受牠呼吸的輕柔起伏。

她用另一隻手割斷了牠的喉嚨。

站在這裡的應該是她。莉娜擦了擦雙眼。在這座橋上，面對一個戴著徽章和身穿制服的雙面人殺手。

不是我。

「妳不……」雷切維奇盯著錄音機。「妳不需要把那台狗屎上的錄音帶翻面嗎？」

她忘了。錄音帶可以錄九十分鐘。她努力回想——現在已經過多久了？七十？八十？剩下的時間不多了。但幫錄音帶翻面時會讓自己暴露在危險中，會讓雷切維奇有機可趁

「妳不得了。」他審視著她。「妳在一家電子用品店工作，這就是妳最好的表現嗎？數位麥克風大概是四十美元吧——」

「練習彈藥很貴。」

「妳應該待在家裡，莉娜。我的工作得學會從羊群中選出狼，妳就是徹頭徹尾的羊。」

他上下打量她。「這有靈性方面的解釋嗎？妳認為是坎布莉的鬼魂派妳來抓我？妳是夢到她還是怎樣？」

莉娜，快走。她把妹妹的聲音逐出腦袋。

拜託，快走——

「妳是想證明自己和她一樣堅強嗎？」

「不。坎布莉一直是堅強的那個，這點我接受。」她知道雷切維奇正在引導談話，即使在槍口下也支配著她。她咬著嘴唇，這句話不由自主地像是血珠自一條被劃破的血管滲出：「有時我會以為我和妹妹是同一個人，只是被切成了兩半。從最根本的生物角度來看，這就是雙胞胎兄弟姐妹。我們的形狀不相同、不完整。我從書本中獲得智慧，她的智謀來自街頭——」

他輕蔑地哼了一聲。

她看著他的眼睛。「瑞克有道德感，對嗎？」

「坎布莉肯定沒有。」

「什麼？」

「妳聽到了。」

「這話什麼意思？」

「妳懂的。在她對佛羅里達州的男友做了那件事之後。」

她不語。

「妳……知道那件事吧？」

她搖頭。

「真的嗎？」他翻了個白眼。「妳妹妹修好擋風玻璃後就把車開走了。就這樣把可憐的布雷克留在麥爾茲堡附近的一個加油站，口袋裡只有幾美元。她偷走了一切。他們共享的物資，保險箱裡的錢，他的拖車——」

不是，她想說。

不對，反過來才對。布雷克拋棄了她。他離開她。他是糟糕男（#17）。

「她還偷了他的手槍，」雷切維奇說。「一把.25小口徑布朗寧——」

「他們採訪了布雷克？」

「對，是的。」

「那就是他撒謊。是他偷走了——」

「我很好奇妳會如何解讀這部分，莉娜。如果你妹妹在六月六日帶著布雷克的槍，那她何不用它來保護自己？在我追趕她的時候？」

她沒有槍。這就是原因。

沒有任何記錄顯示她的車裡有一把0.25口徑的布朗寧，也沒有她的KA-BAR刀。

她在佛羅里達被搶劫。事情就是這樣。

莉娜為此做好了計畫。雷切維奇下士準備失去一切了。他當然會撒謊。她本來想無視、挑戰他今天所說的大部分內容。這段對話就是個錯誤。她不應該讓自己的牆壁瓦解，哪怕是一英寸也不行。他會無所不用其極惹怒她，讓她失去平衡、讓她的反應遲鈍——

他猛地往左看了一眼。他看到了什麼。

莉娜順著他的視線往後退了一步，以防這是另一個詭計，讓他保持在她的視線範圍內掃視了髮夾橋附近的山丘，但什麼也沒看到。只是薄薄的有毒煙霧。現在厚多了。松樹在薄霧中變成了帶刺的影子。

從他身上移開視線令她緊張了起來。她回頭看了他一眼。

他點了點頭。「看見了嗎？」

「看什麼？」

「那裡。」

她又瞇了瞇眼。只是幾英畝的濃煙。

「解開我的手銬，」他說。「我指給妳看。」

他在耍弄我。

「你真幽默。」

「妳妹妹也是這麼想的。」他咧嘴一笑，一口髒牙。

再一次，她幾乎就地開槍斃了他。她的手指摸到了貝瑞塔的扳機，她的內臟像一團蜈蚣一樣蠕動。她看到紅色，當坎布莉切開母鹿的喉嚨時，溫暖的紅血像剎車油一樣沾染了她的手，她想當著他的面尖叫：你看到了什麼，雷？停止神秘兮兮的廢話？到底看到了什麼鬼？

又是那得意的，令人毛骨悚然的微笑。「越來越近了。」

她又看了看，在樹林中尋找那條沿銀溪蜿蜒的小路，也許在半英里外。骯髒的空氣中出現了黑色的小點。逐漸清晰。

一輛接近的車輛。

第十一章

「這是一條封閉道路，」她低聲說。他誇張地聳了聳肩。「我有看到你鎖門——」又是聳肩。

「你打給別人了嗎？」她上下打量他，在他的棕色制服中尋找對講機、麥克風，以及任何她可能錯過的東西。「那是你的後援來了嗎？」

「我說過了。卡車司機利用這條路向北走捷徑，在不經過岩漿泉的情況下到達 I-90。這是違法的，但可以節省大約一個小時——」

「你打電話給別人了嗎？」

「我沒有打給任何人。」

「剛剛你在車裡講對講機——」

「如果我真打電話給某人，」他冷冷地說，「妳會聽到警報聲。」

她重新調整位置，這樣就可以同時看到雷切維奇和接近的車輛。她讓貝瑞塔對準大個子，但手臂仍然在顫抖。她的身軀很疲憊。如果是在練習場對著五十二人臥倒開火，她的子彈們將無情地從卡牌上消失。她甚至不確定現在是否能擊中那個標誌。

雷切維奇笑了起來，彷彿窺探到了她的內心，且很喜歡他所看到的一切。那是一種刺耳的電鋸聲，源自他的腹部深處。她從來沒有聽過這個男人的笑聲，覺得笑得有夠醜陋。

「這傢伙……他會從我們身邊駛過。他會看到一切——」

「閉嘴。」

「誰看起來更像壞人呢？」

她不能讓自己顯得緊張，因為那樣只會逗他高興。但這個嚴重的問題正在快速逼近。雷切維奇說的完全正確：對於一個旁觀者而言，看起來像侵略者的肯定是她，是她拿著槍指著一名穿制服的警察。

媽的。她沒有預料到會這樣。這條路應該被封鎖和關閉。與人隔絕是計畫，是假設，也是她為什麼不只是在星巴克和這個兇手喝咖啡的原因——

「他會看到妳的槍的，」他低聲說。

「所以呢？」她強迫自己自信地聳了聳肩。「他會報警的。你的伙伴會出現。我們都去警局，然後我會說出一切。這對我有幫助。」

「就這麼辦？」

「真相會大白的。」

「妳確定？」他說。「妳一直在錄音，是的，但妳真正學到了什麼？聽啊。從頭到尾聽一遍。妳用槍指著一個警察，所以第一步就是妳被逮捕。妳覺得現在有足夠的證據證明我殺了妳妹妹嗎？」

「你承認追逐她。被錄下來了。」

「錄音會消失。」

「你確實那麼說了。」

她好奇他有多少專業的人脈。若她自己真被捕了，他真的能讓錄音消失嗎？在這一點上，他的職業生涯真的能經受住所有額外的審查嗎？這似乎是不可能的。難以置信。世界可不是這樣運轉的。

「如果我的伙伴朝妳開槍怎麼辦？」雷切維奇猜想。「妳拿著槍。」

「之後就知道了。」她看著車子越來越近，那是一輛紅色的十八輪車，她現在可以分辨出來了。它在朦朧的空氣中衝上坡。擋風玻璃上的陽光猛烈地閃爍著。

一分鐘的路程。可能少一些。

「是嗎？」他舔了舔嘴唇，在她和迎面而來的卡車之間掃視。「我不認為妳真的想要外在的干擾，莉娜。不比我想要。因為妳來這裡是為了解決一個在晚上折磨妳的謎團。而目前還沒有解決。」

「而且你還沒殺了我。」

他笑了。

我們倆都有未完成的任務，不是嗎？

「這是交易，」雷切維奇說。「我會告訴妳坎布莉到底怎麼了。她是怎麼死的。我到底看到了什麼。拜託，只要妳把槍藏起來，讓那人以為我只是因為交通違規攔下妳，然後他就只會繼續開下去。」

莉娜什麼也沒說。三十秒。

「我的手銬會露餡。我車裡有一把備用鑰匙，如果妳幫我把它們取下來，」他說。「我就站在這裡假裝是在寫罰單——」

「繼續啊，雷。」

「有更好的計畫嗎？」

她沒有。

她瞥了一眼仍在運轉的錄音機，想知道目前為止她真正紀錄到了什麼。雷切維奇對坎布莉最後時刻的描述有多少是真實的，甚至是可靠的。他攔下她。她跑了。他追上去。她躲開了，先是以大膽的時速八十，然後巧妙地繞到一條小路上。可惜被一道閃電破壞了計畫。

她為什麼要跑？他為什麼要追她？之後發生了什麼？

所有問題。都在她的腦海裡燃燒。

髮夾橋是莉娜的對照實驗。她不確定自己是否已經準備好讓外界的變數進來。即使雷切維奇的職業生涯將一落千丈，他也能守口如瓶。錄音檔可能會消失。真相仍然沒有大白。

而她已經離得那麼近了。我必須知道。

我必須確切知道妳發生了什麼事，坎布莉。

「嘀噠。做出選擇，莉娜。」

「我在想。」

「想快一點。他要看到妳的槍了。」卡車到達髮夾橋對面的坡道，噴出一團黑色的廢氣。一百碼之外了——距離目睹對峙只有幾秒鐘的路程。這甚至還不是最壞的可能性。

這傢伙可能是雷切維奇的同夥，她知道。來這裡殺了她。

她無法擺脫這種想法。這一新的發展的使她感到困擾，就在這一刻，一個旁觀者會在一座封閉的橋樑上的廢棄道路上蹣跚前行，完美地破壞了她的陷阱。隨著時間的流逝，雷切維奇的聲音在她的耳邊融化成毒藥，輕聲低語：「妳達到妳的目的了嗎，莉娜？坎布莉的鬼魂能安息嗎？」

他這麼說只是為了讓我放下槍。

*所以當他在卡車上的孿生兄弟開始射擊時，我更容易成為目標。*她想像著一個鏡像的雷切維奇——大哥瑞克，好端端活著，身體健康——現在在卡車漆黑的駕駛室裡向他們駛來。同屬警察般堅定的眼神。同樣鼓起的玩具兵似手臂和平頭。槍架上放著一支步槍，等著被舉起來向她開火。在槍戰的剪刀石頭布對決中，步槍勝過了手槍。無庸置疑。

不知何故，事情似乎就是如此。一切都有了結果。

她又動了動，重重地點了點頭。「站在這裡。不要動。」

「妳在幹什麼？」

「我說過**不要動**，雷。」

她在他身後徘徊，將貝瑞塔瞄準他的脖子。她的手指緊扣在扳機上。她的心在她的脖子上砰砰直跳。她將雷切維奇定位在自己和這個新來者之間。

戴手銬的人體盾牌。

她靠在警察笨重的肩膀上，看著卡車接近橋的最後一段，盡可能少地露出她的臉。如果這傢伙是雷切維奇的盟友，他從駕駛座朝莉娜開槍需要先射穿雷切維奇。只要他不是金牌狙擊手，就不會引來大麻煩。

對吧？

「聰明的女孩，」雷切維奇低聲說。

「住口。」

「相信我，莉娜，我希望他是我的後盾。」

卡車放慢了速度，現在以步行的速度空轉。擋風玻璃染成了黑色。沒有看到裡面的司機。但他肯定看到見了他們。莉娜試圖想像這個陌生人透過玻璃瞇著眼睛看著他們，動機不明，這時空氣中發出了最後一聲尖叫，卡車停了下來。

就在三十英尺外。在橋的對面車道上。

世界懸在刀刃上。只有微弱的灰風和卡車引擎的柴油咆哮聲。就像籠中的動物。

她將貝瑞塔緊貼在雷後頸曬黑的皮膚上，小心翼翼地不讓自己暴露在外。就像一個惡棍在電影中劫持人質，就在好人一槍打爆他們的大腦之前不久。**現在我真的看起來像個壞人**，她意識到。

「很好，莉娜。我覺得他被嚇到了。」

「別說了。」

「要不然是啥？妳要處決我嗎？在他面前？」

她擦了擦額頭上的汗水。接下來是什麼？

很難思考。煙霧和陽光灼傷了她的眼睛。她口乾舌燥。她再次重新定位，露出更少的自己，她的扳機手指緊緊地蜷縮著——現在距離殺死雷切維奇可能還有四分之一盎司的壓力。她屏住呼吸研究那輛大卡車，等待槍聲打破寂靜。為了某事，為了任何事情發生，來緩解這個暫停的時刻。

又是一陣煙熏風。橋似乎在腳下搖晃。

貨車靜靜地停下。另一陣排氣聲傳來。

「白痴，」雷切維奇喃喃道。

「你說什麼？」

「我說他是個小丑屁他媽的**白痴**，竟然停在不穩固的橋上。」他生氣地嘆氣。「我們最後都會掉到谷底。」

當然，莉娜想。今天還會有什麼麻煩？髮夾橋建於三十年代。一九八八年關閉。鏽跡斑斑，油漆像乾燥的皮膚一樣裂開，被嚴冬和無情的太陽鞭打。她直到現在才想到停放多輛汽車在上面可能很危險，等於是懸掛在兩百英尺高的空中。

一切，暫停。

沉重的沉默一直持續著。她閱讀了車身上的模版印刷：響尾蛇。這個詞有些熟悉。它在她的腦海中掠過，勾起了一段回憶。另一個時間，另一個地方，一個前世，也許是被髮夾橋的棱鏡折射出來的。

響尾蛇——

尖銳的，玻璃般的尖叫聲。

她猛地一顫，差點拉開貝瑞塔的扳機，把雷切維奇的喉嚨給炸飛。是卡車的車窗滾落，慢慢地滾到一半。黑暗中，一張臉透過玻璃凝視著他們。從三十英尺之外，她只看得出司機是個老人——至少不是雷切維奇的雙胞胎。邋遢的白髮、通紅的臉頰。奇怪的是一個黑色的眼罩。

「你們還好吧？」他喊道。另一個驚喜：他說話了，帶著濃重的愛爾蘭口音。

雷切維奇喊道，「我被攻擊——」

「閉嘴。」她把槍管刺進他的脖子。

獨眼卡車司機嚇得愣住了。他已經瞥見了莉娜手中的槍。他明白了。他現在正在理解他偶然發現的事情的嚴重性：現場有人質，和一個警察——

「離開你的卡車，」莉娜命令道。

卡車的門吱吱作響地打開了，老人聽從了命令，順著腳踏欄杆滑下，笨拙地站了起來。他又胖又矮，穿著T恤和工裝短褲。蒼白如棉花棒的腿。在這個距離，她有信心可以命中他。必要的話。

不過，他的愛爾蘭口音嚇壞了她，就像一隻突出的裂鰭蝸牛。這是在美國鄉村，她最不想見到的卡車司機。

首先，要專心。

「舉起手來，」莉娜喊道。「拉起你的襯衫。」他服從地將襯衫往上拉，露出鬆弛的白肉。「現在轉身。」

他照做。後背也沒有槍。「你的駕駛室裡有槍嗎？」

他茫然地搖搖頭，帽子掉了下來。

雷切維奇抱怨道：「我一直阻止這些傢伙。我保證他的駕駛室裡有一把霰彈槍——」

莉娜沒理他。「你在這裡做什麼？」

「火勢——」卡車司機指了指，他的聲音被另一股風聲淹沒了。「什麼？」

「我說，火正在 **I-90** 上蔓延。如果是這樣，這條路將成為疏散路線。他們派我打開第二道門，清空通往 **200** 號高速公路的道路。」

我們經過的大門。

該死的野火。儘管如此，莉娜還是無法相信這一點。

沒有理由相信他的話。但是自從他們到達後，地平線明顯變暗了，煙霧像油膩的棕色油漆一樣將天空捲起。空氣嚐起來像煤渣。

至少這個肥胖小個子手無寸鐵。這讓她感覺好些。

她瞇著眼睛看著陰暗的駕駛室。「你……卡車上有對講機吧？」

他點了點頭。

「撥打緊急專線。」她試圖解釋，但嘴裡的話就像花生醬一樣厚重：「這個警察——他很危險。他在六月六日謀殺了我妹妹，並把她的死亡偽裝成自殺。我需要你立即打電話給當局，讓蒙大拿州的所有警察都出來，因為我可以證明這一點。」

「妳可以嗎？」雷切維奇低聲說。

戴著眼罩的老者依舊盯著莉娜，一副麻木不仁的樣子。他的手仍然舉到一半。肚子還暴露在外。

真希望他把襯衫塞回去。

「報警，」她重複道。「現在。」

他聽令點點頭，轉身爬上卡車的踏板，溜進了雜亂的車內。紅色的車門連著乾鉸鏈在他身後搖晃。

當他拿起手持聽筒時，她聽到他微弱的聲音：「緊急一號，緊急一號。我有，呃，一名警官被槍指著——」

警官被槍指著。這話說得實在不好。

門輕輕地關上了，其餘的話語都被擋住了。

雷切維奇低聲咒罵，寬大的肩膀垮了下來。他一定是終於明白了，他很快就得向上級解釋這整個混亂。但首先，莉娜知道，她會被逮捕。當局會拿走她的槍，很好，錄音機也一樣，沒關係。就像雷切維奇說的，物品可以消失——她也有一個計畫。她並不天真。

不過，她還是很擔心。

我有足夠的證據嗎？我是否足夠了解——

金屬的咔噠聲讓她跳了起來。恐懼在她的胸中擴散。

她回頭看了看汽車。在她卡羅拉的引擎蓋上，錄音帶已經轉到了盡頭，需要更換了。

太遠了，搆不到。

雷切維奇也發現了。「好了，莉娜。」

他做出一個令人吃驚的動作，轉身面對她。她知道應該要退後一步以保護自己免受頭撞或反擊，但表現出軟弱的樣子卻更糟糕。她站穩腳跟，將貝瑞塔的槍管對准他的前額。僅僅相隔幾英寸。

「我會告訴妳實話，」他說，瞥了一眼錄音機。「現在不會留有記錄了。」

不要後退，莉娜。別給他多一寸的空間。

她沒有。

「我要說的……妳可以跟岩漿泉警局的每個人重複一遍，但沒人會相信妳的。」他笑了。「妳可以尖叫，把它寫在妳的書呆子部落格上。就這麼做吧。他們會以為妳在撒謊，或者妳瘋了，就像妳的精神分裂症妹妹一樣——」

「說吧，雷。」

他舔了舔嘴唇。他太享受這一切了。似乎沒有什麼能讓雷切維奇長期感到不安。她想將貝瑞塔的槍管刺入他的眼窩並扭動，對著他大聲尖叫，命令他停止玩弄她，停止幸災樂禍。拜託就直接告訴她。再一次她的思緒回到昨晚的夢境，回到坎布莉那令人沮喪的胡說八道，回到她含淚催促的方式：快走吧。莉娜，走——

不是我愛妳，姐姐。

不是我會一直在妳身邊。

基本上呢？她從墳墓裡傳來的訊息歸結為：不要管我。

這令她一陣作嘔，心臟緊縮在胸口。而髮夾橋上的情況又發生了變化，在她舉槍正對雷切維奇下士等待他的下一句話時，情況變得更加複雜，變得更加黑暗和深沉。

昨晚，她還沒來得及回應坎布莉就醒了——反正她也不知道自己會對雙胞胎的鬼魂說些什麼，不管是真實的還是想像的——但現在她知道了。

妳到底要把我帶往何處，妹妹？

第十二章
坎布莉的故事

不要停下來，坎布莉。

無論做了什麼，都不要停下來。

她的車速指針衝破九十，卡羅拉的懸吊系統和車道上的裂縫相碰撞。樹木從她的左右兩側掠過。她的油箱裡有一個滴答作響的時鐘。她害怕檢查儀表板上的數位鐘，但還是這麼做了。時間是八點四十四分。

還有十六分鐘可活。

前方的紅色尾燈又離開視線了，但她知道並沒有消失。前方某處有個目擊者。她只需要在汽油耗盡之前趕上即可。

警察追上了。他的 Charger 與她並行，怎麼樣都擺脫不掉。透過窗戶，她可以清楚地看見黑衣人的身影。格洛克仍握在他的指節中，靠在他的方向盤上。現在兩人之間距離不到十英尺，他可以毫無阻礙射擊了。但他沒有動手。為什麼？

他也看到了車尾燈，她猜想。

一個無辜的旁觀者足以改變整場遊戲。他正在疑慮這個遙遠的目擊者聽到槍聲的可能性。再過一兩秒鐘他可能就會下定決心，四分之一英里處之外，槍聲聽起來只會像是雷鳴，無論如何都要開槍斃了她。

所以？

就這樣。

做出選擇，坎布莉。

她決定不再等待，向左猛轉方向盤，直接從雷切維奇側邊猛衝而過。猛然看到這一幕，他驚慌失措地緊急踩下煞車，發出一陣尖銳的磨擦聲響。儘管如此，她還是差一點點撞上了Charger的前面板。

她半希望自己就這麼撞上去來個同歸於盡。這是自殺，但是毀了這個混蛋的夜晚有相當大的吸引力。

現在她已經時速八十猛衝在迎面而來的車道上，迫使他必須跟上。在這個車道雷切維奇無法從左側朝她開槍，不得不以左手持槍從右側發動攻擊。至少，這能使他不那麼順手。作戰計畫不斷改變，感覺糟透了。

又來一個路凸——底盤又一次撞擊車道轟然巨響——她再次瞥見了那紅色車尾燈。光團更大、更近了一些。但還不夠近。

「來吧，」她低聲說，踩著油門。「來吧。」

雷切維奇一定也在改變策略，因為他在後頭轉了個彎。槍已經不在他手裡了。他雙手握住方向盤，全神貫注地開車。他的遠光燈現在在她的右側擺動，射穿了道路的中心線，她才意識到他們倆是如何不要命地狂飆，潛在的車禍該會多麼致命。自從她發現那四團奇怪的火堆之後，過去一個小時世界竟有了如此巨大的變化。

那四堆儀式性的石塊金字塔，自裂縫中閃耀出籠罩其中的火焰。詭異的夢幻時刻於焉展開。

當 Charger 像獵食者一樣逼近時，急速飆漲的焦慮感揮之不去。可怕的念頭在她的胃裡如砲彈一般沉重。她想像今天早些時候那巡警就是個家暴者，被午後的陽光曬得灼燙，一邊意興闌珊地將人體大卸八塊，投餵入每個小熔爐中。兩腳不同爐，前臂又是另一爐。他是先抽乾體內的血嗎？他肯定得先讓溫度高到足以燒裂骨頭。搞不好他是把頸靜脈割斷拉出，倒掛屍體讓血液一滴滴流進個錫桶裡——

車燈灼傷了她的眼睛。Charger 在她右側靠近。更近了。

專注，坎布莉。他緊盯著妳。

她辦不到。她的思緒憤怒地不斷翻騰。此刻，她看到了雷切維奇下士用鋼鋸斷開被害人喉頭時，氣喘吁吁地發出咕噥聲，動作到一半停下來抹去額頭上的汗水。或者他更喜歡用砍的？斧頭劈開股骨那雷鳴般的斷裂聲——

專注——專注——專注。

徒手將那些再也流不出一滴血的乾枯塊狀部分和關節骨餵養進石爐，直到什麼也不剩——

坎布莉。

她用力吞嚥。

再不集中注意力，妳會死在這裡。

警車和她並行。遠處一道閃電陡然照亮了裡面的人。他的帽子、他的耳朵、他的寬肩。半自動步槍的槍管像乘客一樣待在座位上。但令人難以置信的是，他偌大的指關節仍然緊扣在方向盤上，全神貫注地開車。這是他拔出手槍送出致命一擊的機會，為何沒有這麼做？

現在是八點四十六分。十四分鐘。

前方的汽車尾燈再次出現。一閃而逝的紅光帶來希望，但又消失在下一個彎道之後。她的心在顫動。她拉近了一些距離。更近了。他們之間現在應該是兩百碼？彎道過後她就有答案了。她正在努力追上。

這意味著雷切維奇不能開槍。肯定會有風險。在這樣一個涼爽的夏夜，前方毫無防備的男人、女人或家庭車窗可能沒關。距離如此之近，槍聲可能無法完全融入雷鳴之中。這個神經病警察不能讓一個手下亡魂增加至兩個、三個或者更多。他不得不放下槍火。對此坎布莉挺是雀躍——感覺就像一場勝利。

沒錯，雷切維奇越來越絕望，他的槍枝庫毫無用武之地，因為她已經靠近了匿名救命恩人的車尾燈。

也就是說，他只剩下一個選擇——

不。

她不想考慮這點。她把那念頭拋到腦後。拒絕面對。她想好好享受這一刻，享受這種瘋狂的情勢逆轉，因為雷切維奇意識到自己沒法射殺她。某種意義看來，她已經成功逃脫了。她已經進入了文明的聽覺範圍內。

但他還有一種可能的攻擊。

不不不。

她明白這一點，且沒法忽視它。她的腹部糾結如絞索，胸口一股強烈的胃灼熱感，她終於、終於接受這事實：坎布莉，他要把妳撞離車道。

就是現在。

這是他唯一剩下的選擇。

巡邏車內，她看到警察的姿勢有了變化。他的左肘猛地抬起，不到一秒的瞬間那輛巡邏車直衝向她，如一記兩噸重的右勾拳。

坎布莉猛踩剎車。純粹的本能反應。

她的世界飛速倒退，安全帶又一次緊緊勒在肩膀上，**Charger** 在她面前急轉彎，輪胎因摩擦地面砂礫傳來刺穿耳膜的驚叫。時速高達七十歲的兩輛車刮起一團灰煙，飛速帶來一曲詭異的舞步。眨眼之間，她的遠光燈照亮了他的車門，上頭寫有**高速公路巡邏隊**的白色字樣，白得像日光一樣清晰。雷切維奇繼續疾馳，後保險槓在她的前面板不遠處忽悠擺盪，坎布莉的胃緊縮成一顆球——但車輛沒有受到任何傷害。兩車之間只有幾英吋的縫隙。

雷切維奇不斷向左。左邊。太遠——

她意識到，他以為她會撞上來。她的卡羅拉本應撞擊上巡邏車後面板，並因為連帶的動力如魚尾般左右擺動。但是她即時踩了剎車。而他一直向左滑行的同時，已經來不及再次轉向——

她伸長脖子緊跟著他。沒錯，你這個混蛋！

他的車不停扭動，時速八十、令人眼花撩亂的擺動，且不斷撞擊著礫石路肩。他的車頭燈再次對著她閃爍，只不過這一次方向相反。他已脫離道路，懸架和崎嶇不平的土地上劇烈相撞。當他的保險槓刮過岩石時，橙色的火花併裂閃動。車燈照亮了捲起的塵土和橡膠刮起的煙霧。

坎布莉感覺自己的車搖晃不止，隨後完全停止。

前方三十英尺處的 Charger 飛離路面，同樣飽受了驚嚇。此刻正面對她。

她撐不住了。她笑了，喉嚨一陣費力的痙攣。她的車窗仍然敞開，雷切維奇也一樣。她知道他能聽到自己的笑聲。這樣更好。

她很快地回神並加速，被一股全新的向作用力反彈回座位上。駛經停在原地的警車時她縮在門後，準備好迎接槍聲。一陣痛苦的沉默。她的車衝過那團塵埃雲霧時，碎裂的小石頭在擋風玻璃上敲擊出斷斷續續的嘎嘎聲，她瑟縮了一下。

沒有槍聲。什麼都沒有。

她冒險回望一眼。Charger 仍然逆向卡在草叢裡。這次沒有閃電照亮黑暗的內部。搞不好他的安全氣囊爆開了，也可能他受傷了。這給了坎布莉另一種邪惡的快感——真希望他的額頭被劃破或者腦震盪，不小心咬到舌頭自盡也說不定。

下一瞬間，她已經遠遠超過了他。一直朝著黑夜疾馳而去。

她再次朝窗外、對著吹動樹葉的冷空氣大喊。首先又是一句他媽的，但吼到一半她改口大叫狗雜種，後面跟著一連串混亂的淫穢內容。這是一曲狂野、歡快的聖歌，頌揚著多活一秒的喜悅。頌揚躲避了死神、頌揚活著。

另一道閃電劃過天空，紫羅蘭色的光束點亮了雲朵，如此近距離和驚人的力量引人驚嘆。彷彿演唱會的泛光燈一般，這是她目睹過最令人讚嘆的風暴，樹木被染綠、岩石被洗白，大地生機勃勃，陰影飛馳。她從未有如此活在當下的感覺。她能感覺到她牙間的電流正迎接下一道閃光。我們都是星塵，對吧？

飛出車道的警車消失在她的後照鏡中。走了，走了，不見了。她神經緊繃加速開往下一個轉彎處，準備迎來不可避免的轟天雷鳴。但就跟槍響一樣，它永遠不會到來。耳邊傳來的只有引擎的轟鳴和風的呼嘯。只有風暴的無聲狂怒。

前方——紅色車尾燈又出現了。

「感謝上帝，」她低喃。「哦，謝謝你，主，謝謝你，耶穌。」

她飛速追趕遠方的車輛。轉過一個又一個曲折彎道，黑暗中她將距離拉得更近了。眼下唯一的目標。

「謝謝你，聖靈。」

她能感謝的神聖角色已經無剩無幾了。她沒有宗教信仰，無論如何她沒法承認。然而在無聲的閃電下，被一個開著道奇Charger的暗黑人影追趕，如此癲狂的飆速著實令人振奮。救世主就在前方了。

她用拳頭猛捶喇叭。

前面的車還是太遠了，聽不見。誘使雷切維奇失手打轉時又落後了一小段。她檢查後照鏡。

警察的車頭燈在後頭發出刺目眩光，重新加入了這歡快的追逐戰。

「他媽的。」但她早知道躲不掉。就像夢魘中的追蹤者一樣，雷切維奇栽了一回，但不會就此出局。她回頭看了看遠處的尾燈，一次又一次地重複用指關節猛敲喇叭。卡羅拉的喇叭聲一直都很微弱。她試著開關遠光燈使之閃爍，但沒有得到任何反應。

她還是落後太多了，只好開始嘗試一些自己不太情願的動作：完全關閉車頭燈。關閉，打開。再關閉，再打開。迎面而來的道路瀝青在她面前一片漆黑，一個心跳的恐怖瞬間便消失得無影無蹤。

關掉。打開。關掉。打開。她更用力地猛拉排檔桿，在奔馳的黑夜中飄忽游移，發現雷切維奇的車頭燈迅速掃上了她的車尾。

前方，剎車燈閃爍。一個回應。

他們看到了。

「太好了，」她嘶啞低吼。

尾燈更亮了，就像一對紅色燈籠在黑暗閃亮。駕駛正向右靠在路肩上。

「對對對——」

她發現自己也本能地踩下剎車，放慢速度在這個陌生人旁邊停車。但雷切維奇就在她身後一分鐘車程外，迅速朝他們逼近。

前方車輛的剎車發出嗚咽聲，完全停了下來。

坎布莉知道她一秒鐘都不能浪費。她需要說服這個目擊者讓她上車帶她離開。在雷切維奇的車頭燈追上之前。在他開槍之前。否則她的所作所為只是將第二個被害人帶入兇手的十字準星之中。更精確地說，是第三個被害人？又一組身體部位將被分配到那幾團小火堆中。

她踩下剎車停在他身後。

她解開安全帶推開門。當她踏入外頭足以刺痛肌膚的寂靜中，踩在開裂的道路上，一股奇異的感覺油然而生，彷彿像是在泳池中無重力狀態幾小時後倏地上岸。在她身後的黑暗中，雷切維奇車頂的燈條重新亮起，發出藍色和紅色的光芒——當然了，他又扮演起警察的角色。他的燈光伴隨著一聲哀嚎，幽靈般的警笛正在呻吟。

她恍然大悟，垂下肩膀氣喘吁吁地闖入卡車的駕駛室，雷切維奇下士就在他們兩人身後不到三十秒處，如此情勢下也享有極大優勢。畢竟……若你看到有人逃離警車，會假定誰是壞人？

你會幫誰？

現在，司機看到了雷切維奇車頂的燈。他想知道朝他衝過來的是不是一個逃跑的罪犯。他可能已經把手放在排檔桿上準備加速離開了。

她跑得更快了。奮力擺動胳膊。快到了。她想大聲喊叫，但肺裡一絲空氣也沒有。

坎布莉，妳看起來像個壞人。

「幫幫我！」她用盡全力尖叫。

她的喊叫被警笛聲蓋過。她簡直不敢相信這一切。這一切荒誕可惡又癲狂。就像來的不是時候的壯觀閃電一樣，這個黑暗的男人擁有某種未知的力量，無論她做出什麼樣的選擇，坎布莉．阮都注定要在今晚死去。幾分鐘之內她已經畫好了骷髏卡。沒有什麼能改變她的命運。

這就是為什麼塔羅牌、占卜板和通靈讀物總是令她恐懼的原因。從有記憶起，坎布莉就一直非常害怕得知注定死亡的命運。不是害怕死亡本身，而是害怕知道它何時發生——這有道理。她一生都在漂流。為什麼不該害怕無法逃脫的事情呢？

——

關於這點，親愛的讀者們，我得警告一下：當坎布莉在晚上八點四十八分下車後，她已知的行動記錄便不再完整。我在髮夾橋上記錄的證詞變得不可靠。到目前為止，雷切維奇下士針對六月六日事件的描述已經非常詳細。你只需要和我一起繼續看下去。

請相信我。

——

當坎布莉走近卡車的駕駛室，瞇著眼睛看到裡面司機的黑色身影時，雷切維奇的強光籠罩了她身後的世界，在混凝土上追蹤著她奔跑的影子，打亮了卡車的側邊。車身上布滿了鉚釘，印有以下將揭曉的文字：

響尾蛇。

第十三章 莉娜

「接下來發生了什麼，雷？」

「我還在她身後追趕，沒有看到發生的事。」

「你沒看到發生了什麼嗎？」

他舔了舔嘴唇。「我們需要回到起點。關於六月六號之前發生的事情。妳想要真相是吧？恭喜。這就是真相。」

她注視著仍然停在髮夾橋對面車道上的卡車，司機還在車裡用他的對講機撥打緊急專線。

雷切維奇顫抖著吸了氣，低聲說：「坎布莉是我的女朋友。」

「你說什麼？」

他重複道：「她是我的女朋友。」

「呃，哇。不。」

「是的。」

「再說一次。」

「我和她有染。」他苦笑。

「我老婆變胖了，妳知道嗎？」

「你撒謊。」

「我之前撒謊。現在可沒有。我誤導了她死亡的調查方向。我隱瞞了和坎布莉的情感關係，因為我有一段婚姻和一份事業需要保護。」

情感關係。這句話直擊莉娜的腸胃，沉重得像翻騰的蛆蟲。蠕動、顫抖的厭惡感。

「仔細想想。拜託聽我說完，仔細想想我說的話。想想坎布莉旅途中失去的所有時間，從她在佛羅里達搶劫布萊雷一直到六月她死在這座橋上。中間有四個月沒有紀錄。她過著游牧生活，偷竊、用現金支付，並且向所有人隱姓埋名。這段時間一個人會做些什麼？」

「她畫話。她讀書。她抽菸。她享受孤獨。」

「四個月？」

「她在旅行。」

「不，莉娜，她只旅行到三月。我向妳保證：四月、五月、六月，她在大霍華德縣地區徘徊。黑湖。響尾蛇峽谷。岩漿泉。調查沒有得出結論，因為我銷毀了證據。」

我銷毀了證據。說得真隨意。

她簡直不敢相信。他一定是在撒謊。她感覺自己開始慌了，舌頭在嘴裡變得黏稠。她拒絕思考。

「莉娜，我何必要撒謊？」

這些新的訊息全都說不通。

沒錯，坎布莉的卡羅拉極簡又孤陋，但在莉娜的整個童年時期，她的臥室也是如此。她的毛絨玩具全被忽略了。她的芭比娃娃面目全非。坎布莉沒有收藏任何物品。她蒐集景象和聲音。

她強迫自己開口。「你……你承認了，你毀掉證據。」

他點了點頭。「任何將她與我以及這個地區聯繫起來的事物。收據、她的刀、她偷來的槍、我在她掀蓋手機裡的號碼。她的——」他住口。

她的畫。她的心臟因憤怒而緊縮。

不過，這沒有任何意義。還有一個大問題：「所以，她是怎麼死的？」

「我說了。她跳下——」

「**你放屁**，雷。我妹妹不可能和你說話。她天殺的肯定不是你的女朋友。」

「我會證明的，莉娜。」

「是嗎？很好啊。」

「我可以。」他扭動被銬住的手腕，將手指伸進後兜。「現在，我給妳看一張我和坎布莉在黑湖釣魚的照片，是她前一天拍的——」

「我應該要相信你的錢包裡留有一個**死去女人**的照片？」

「我只剩這些了。」

他的聲音顫抖，聽起來像是心碎。這是這一整天她看到的最厲害的表演。她遲疑了。萬一他說的是真話呢？他真的是坎布莉那堆可怕傢伙之一，被利用完就被拋棄嗎？難以置信。她無法想像。

戴著手銬的警察仍在努力從袋裡拿出照片。他的手指在背後摸索著，然後一個錢包掉在水泥地上，發出乾癟的碰撞聲。

他回頭看著她，幾乎帶著歉意。「我愛過她。」

我愛過她。

她的胃不住翻騰，噁心感襲上。

「我們的悲傷不一樣，莉娜，但請知道我也失去了她。」雷切維奇咽了咽口水。「我很抱歉沒有老實說出她自殺前我們倆的關係。」

我愛過她。這句話在她腦海裡迴盪，可怕的迴聲：**我何必撒謊**？

錢包落在他腳邊的道路上。它就在那裡。就在**那裡**。伸手去拿嗎？她忍住不那麼做，提醒自己這很有可能是另一樁邪惡伎倆。

他會逮住她分心的時刻，將貝瑞塔從她手中打落，用他的靴子踩爛她的頭骨——

「後退兩步，」她命令道。「給我空間。」

他照做。

貝瑞塔持續對準警察，手指扣在扳機上，莉娜迅速跪下撿起錢包。那個瞬間過去了；

他沒有攻擊。她單手打開皮夾。一張骯髒的穿孔卡片掉出，還有一些零散的收據。

他看著。「在後面。最後一張照片。」

又出現了一個問題：她不能單手翻開那些密密麻麻的卡片。她必須將貝瑞塔握在她慣用手中瞄準雷切維奇。此舉不容改變。她不能放鬆警戒。

她不會的。

又是那個迴聲：**我何必撒謊？**

然後，莉娜．阮感覺到了兩個變化，就像她頭骨內兩聲雷鳴齊響。

第一：他們的位置在過去的三十秒內逐漸有了變化。雷切維奇現在站在她左邊五步遠的地方。自從他將錢包扔在地上以來，就一直躡手躡腳地移動。那不是盲目漫無目的、而是經過深思熟慮的行動，就跟下棋一樣謹慎行進。他正慢慢遠離她，彷彿正期待著瞬發的閃電。

第二：終於，雷切維奇的答案，讓她脊背發涼。

他想分散我的注意力。

她現在背對不動的**響尾蛇**卡車。這是必須，因為雷切維奇微妙的位置改變已經誘使她遠離卡車——**他讓我分心了**——現在她看不見卡車漆黑的駕駛艙，也不敢轉身，因為那可能會破壞當前唯一的優勢。

他在分散我的注意力。她知道他女朋友的故事是一個詭計，並在這一刻認出了隱藏在她脖子後面的槍。

他媽的想讓我分心。

她一口氣憋在胸口，盯著雷切維奇。她左手握著對方的錢包，右手握著貝瑞塔。不敢吐氣。不敢移動。

他在分散我的注意力，他卡車上的伙伴才有辦法朝我開槍。

第十四章 坎布莉的故事

「幫幫我！」

坎布莉不知道卡車裡的陌生人有沒有聽到她的聲音，她幾乎已經到車旁了，心臟在喉嚨裡砰砰跳動。

在她身後，雷切維奇猛踩剎車。

現在這個當下，追趕在後的 Charger 滑行至岩石路面停下，砂礫和輪胎震盪出高頻尖叫。警笛還在哀嚎、紅藍燈條依舊投射出狂野的影子。她知道警車裡副駕駛座上放著那把萬惡的步槍，準備被抬起並瞄準她的背部。

她奔向車輛。

一個跳躍她撞上腳踏圍欄，就著一道劃破天空的閃電抓住了銀色把手。靠著發疼的二頭肌撐起身子，她爬到駕駛座窗邊瞇著雙眼望向內部。裡頭一片漆黑。沒有司機。她不住拍打骯髒的玻璃。

「幫幫我。我需要幫助。」一陣急促的拍打，同時又不能帶有威脅性。她身後傳來一聲尖銳的金屬拍擊聲。是雷切維奇，他開門下車了。他的靴子快步踩在路面上。

見鬼。她用拳頭猛烈敲擊車窗。「坎布莉，」警察大喊。「住手——」

儘管已經下車，他的聲音聽起來還是低沉得相當怪異，她知道原因——他傾身進去抓那把步槍。

沒時間了，她拉了拉門把。沒鎖！她一把將門拉開，差點在踏板上失去平衡。裡頭漆黑地徹底。還是沒看到司機。

「哈囉？」

沒有回應。更糟的是，她的夜視能力受到警燈的影響。但她知道不能待在這裡，不能就這樣掛在駕駛艙外面，否則雷切維奇會用半自動步槍幹掉她，幾乎可以肯定他會在車上舉槍瞄準，就在這一秒。

她衝進去。

裡面悶熱地足以令人窒息。她用手掌抓住濕漉漉的皮革座套，一股濃濃的更衣室氣味竄進鼻腔，聞起來就和陳舊的汗水和襪子一樣。不止這些，還有股她沒法辨認的清甜又腐爛的味道。那是種活生生的、沉重的、動物的氣息。她眨了眨眼，揉了揉眼睛，瘋狂地喘著氣。

是的，車裡沒人。沒有司機。太黑了，什麼都看不見。

司機去哪兒了？

她知道這不可能的。他到底去哪兒了？他不可能憑空消失。卡車並不是自動駕駛。她的思緒飛回到那個在西伯利亞洞穴中耐心等待的死神。

有人告訴我妳會來這裡。

外面，雷切維奇下士的警笛聲嘎然而止。突如其來的寂靜戰勝了一切。她能聽到自己加速的心跳聲。她的耳膜充血。

太癲狂了現在，她摸索著點火器——沒有鑰匙在上頭晃來晃去。卡車的行車燈亮著，儀表板螢幕也是亮的，方向盤的輪廓後方散發出淡橙色的光芒。一樣啊，這怎麼可能。不久前一個男人還在這裡的，還坐在這個仍然溫暖的座位上，一邊駕駛一邊呼吸一邊冒汗。怎麼就憑空消失了？

妳在狂歡節做什麼？

駕駛座的車門砰一聲在身後關上嚇了她一跳。只是風。

真希望再有一道閃電照亮駕駛室。黑暗中她感到手無寸鐵。空氣中瀰漫著那股氣味，潮濕的霉味，就像一條狗毯。

對講機，她想到了。卡車司機都有無線對講機吧？

對，他們有。

座位上覆蓋著鬆脆的紙。報紙？雜誌？

實在太暗了，依舊什麼都看不見，但當她的視網膜逐漸適應後，發現到卡車的儀表板上有一團腫塊。在方向盤的右側幾英尺處。不會發光也沒有可見細節的黑色形體。對講機？

她伸手。

伸長的手指觸到了冰涼的表面。那物體布滿了微小的凸點，感覺像是柔軟的皮革——比駕駛室潮濕的硬皮內飾要柔軟得多。形狀也不太對勁。

似乎沒有明確的邊緣或稜角。相反地，她的手指勾勒出平滑的緩坡。是曲線。幾乎可以用線圈形容。

雷切維奇的聲音被擋在門外。

坎布莉謹慎地以指尖不斷探索，尋找按鍵、旋鈕或是螺旋塑膠線圈上的天線，試圖找出任何可辨識的東西，但卻只摸到了更光滑的弧形表面。現在她可以為了一道閃電出賣自己的靈魂。她的食指停在物體的最高處，再沿著隆起的邊緣一路摸索。她感覺到一連串微小的顛簸，像是光潔無毛肌膚下的骨頭。脊椎骨。

太小，太長了，不會是無毛的貓或狗。

外面，雷切維奇再次大吼，這次聲音更大了，但依舊模糊不清——

這時，坎布莉聽到了，駕駛艙裡的這個物體發出了低沉的喘息聲，聲音來源就在離她的臉僅僅幾英寸的地方。她的雙頰感覺到了這陣喘息。微風吹起她的髮絲，彷彿一股氣流從被刺破的輪胎中溢出。這聽起來不像是嘶嘶聲。一開始不像。

是一條蛇。

她全身凍結，指尖貼在冰涼的鱗片上。

妳正在摸的是一條他媽的巨蛇。

它在儀表板上發動攻擊，猛烈的鞭笞抽打。她感覺揮動的空氣刺痛了雙頰，忍不住尖叫著向後退坐上真皮座椅。不小心把不明的飲料灑上了儀表板，出於所有動物的恐懼本能，她飛快倒退、倒退、倒退，神經被腎上腺素點燃，一直到後背猛烈撞上了駕駛座的門。

朝向雷切維奇。

電光石火之間，外面的警察和他的黑色步槍被徹底遺忘了。她的整個世界只剩下這條黑暗中距離她的臉只有幾英寸的蛇，這條該死荒謬的蛇，以及困惑牠怎麼會被帶進這裡，進入這輛廢棄的卡車駕駛艙。病態的夢魘。一切的一切都像是幻覺。惡劣的致幻蘑菇。她再次尖叫。對著牠發誓。牠有毒嗎？她被咬了嗎？應該沒有。她摸了摸臉頰。沒有血。

但是，確實，這是一條巨大到不合理的蛇，盤繞在這位卡車司機的儀表板上不停對她發出嘶嘶聲。牠肯定住在這裡。當牠調整姿勢時她聽到了鱗片的乾燥摩擦聲。牠肯定足足有十或十二英尺長，可能是球蟒或紅尾蚺或者森蚺，在這個卡車司機的儀表板上盤成一團黑色的線圈，活脫脫像個裝飾品。她幾乎就要訕笑這恐怖至極的畫面。幾秒鐘前她還在盲目地觸摸，雙手在牠的鱗片上游移。騷擾牠。

路上傳來腳步聲。雷切維奇動作很快。他又喊了一聲，語音透出絕望。

坎布莉也很絕望，因為她在一輛沒有鑰匙的卡車裡和一條該死的蟒蛇待在一起。這情況沒有比較好。她得離開才行。車門外通向的是雷切維奇以及立即的死亡。於是她爬向乘客座的門、越過球形的排檔桿和那堆鬆脆的紙張。

嘶嘶聲越發猛烈了。巨蛇再次從左側向她襲來。

她撞上乘客座旁的門拚命摸索把手，用力拉開讓車門如自由落體般迅速敞開。她跌入寒冷的夜晚，卻踩空了本該在腳底下的護欄，雙手和膝蓋直接撞在滿是泥濘的路肩上。

腳步聲變了。雷切維奇改用跑的。在卡車的另一邊。

快走!快走!快走!

她站起身後退。在警燈的映襯下卡車是個高大的黑色長方體。路邊的杜松林茂密繁盛。松樹交錯糾結，有的像人一樣高大，有的足以參天。現在她可以拋棄卡羅拉直接逃走，現在是個不錯的開始，讓自己的生命消失在低矮的樹叢中。

她聽到一聲金屬匡噹響，是雷切維奇打開卡車司機側的車門。他不知道她已經在外面了。這將浪費掉他寶貴的時間。更重要的是，巨蛇搞不好會狠咬他一口。是的，她領先了。

太慢了，你這混蛋。

她轉身逃離卡車，拔足衝刺，卻滑了一跤。

她的腳下有個奇異的塑料表面，像池塘表層的冰一樣光滑。滑溜、發出刺耳摩擦聲。她扭傷了腳踝，一瘸一拐，感到困惑且失去了平衡。

終於，她期待的閃電光束降臨。

一陣光亮顯示路肩地面上鋪著一張濕滑的布料。她直接踏了上去。這張皺巴巴的灰色防水布約有一個房間的大小。而且，六英尺外，就在她的左側——一棵看似矮樹的根本不是一棵樹。

是一個男人。

他回過身來時表情也是一樣驚訝。在迷離的閃光中他看起來像個太空人。只有黑暗再次降臨，她的視網膜看清眼前的景象後，細節才一一浮現，她才終於理解自己目睹了什麼。陌生人從頭到腳都被塑料罩住了。像雨衣，有光澤但沒有顏色。那塑料皺皺巴巴地黏在他身上。他手上戴著藍色手術用手套，腳上穿著塑料短靴。全身上下曝露在外的只有他的臉——且只是因為他正好在閃電劃破的那一刻調整呼吸面罩。

手術袍，她設法思考。像外科醫生一樣。

現在，她又再次游移在盲目的漆黑中，看不清對方是何人。但她能聽到他的聲音。他正逐漸靠近，距離不到六英尺，隨著他的移動，塑料彎折和摩擦皮膚發出的吱吱嘎嘎聲響越來越大——

塑料男子。

她發出嘶啞的尖叫。突如間，今晚所有的恐怖，追捕的警察、四堆儀式性的石造金字塔、甚至是卡車上的巨蟒全都消失無蹤。她的胃部成了一灘水，在她頭暈目眩向後踉蹌的同時，世界也跟著高速飛轉。她應該跑才對——她現在應該要選擇一個方向猛衝過去，但她的登山靴在光滑的塑料上失去了摩擦力，她的膝蓋已經癱軟成泥。

塑料男子走近時，那一連串嘎吱作響、起皺的聲音在黑暗中越來越近，快速卻不急不徐。

第十五章
莉娜

坎布莉，每天晚上，妳都死在我的夢裡。

每一次都不盡相同。有時妳是被某人用塑料物體緊緊勒死。有時妳是被槍殺。有時妳會被堵住嘴、被強姦、然後被扔下橋，就像垃圾一樣。有時更光怪陸離——妳是被一把憤而揮下的鏟子斬首，或者妳的內臟被掏出，像是閃閃發光的黑蛇一般從妳的肚子蜿蜒而出。

我知道這些死亡方式，大部分都是不可能的——只是過度活躍的思緒作祟罷了。但我被這些念頭緊緊糾纏。我沉陷其中。就算沒有別的好處，我也希望明天能藉由雷切維奇下士所說的一切，用真實的恐懼取代想像中的懼怕。

別再想這些了，人們總這麼說。停下來，莉娜。

好像我可以關掉它？

他們說，不要記住壞事。記住好的。不要沉迷於自己製造的噩夢，閃閃發光的腸子和壓抑的尖叫，或者驗傷結果沒有顯示的強暴跡象。在雙胞胎手足被輾壓成一塊煎餅之前，專注在和她共享的快樂回憶吧。但我總是往壞處想，且還有一個更慘的事實：我根本沒有那麼多有關坎布莉的回憶。

好的回憶？壞的記憶？實在沒有多少。親愛的讀者們，這裡我還得坦白一件傷心的事實：我和雙胞胎妹妹從未親近過。

有夠慘，對吧？

雙胞胎應該是形影不離的。

我知道這很糟。但我們實在很不一樣。也可能我們太像了——就像兩塊磁鐵的負極——一起住在奧林匹亞同個屋簷下十八年都在互相排斥。社交方面，我們活躍於不同的圈子——我在遊戲俱樂部玩魔法風雲會卡牌；而她到處飄移，用的是移動廁所，或者在工程車的油箱中小便。

忘掉壞事吧，莉娜。記住美好。

我只需要像個待在上了鎖的房子窗後的陌生人一般朝他們微笑，因為沒有人明白根本沒有所謂的美好。可能有吧，但無論是什麼，都跟罕見的難得素[3]一樣稀缺。對我來說，我妹妹是個陌生人，一個我非常希望能認識的陌生人。現在我永遠沒有機會了。

那不是很可憐嗎？我是個悲傷的雙胞胎姐姐，一路開車到蒙大拿州冒著生命危險調查妹妹的謀殺案，而從來沒有人知道我幾乎不認識她。除了零星的文字訊息外，我們已經一年多沒有說過話了。

---

3 虛構的物質，字面解釋為很難獲得或極度罕有的化學元素。

如果她的鬼魂現在能看到我，可能會忍不住皺起鼻子。**鼠臉，妳幹嘛這麼在意？**

我走了。讓我走吧。

我猜是因為害怕。實在很難放開一個你一知半解的人。她是性格和觀察的積累，彷彿是我腦中用過的複寫紙。她喜歡經典搖滾，最喜歡的節日是萬聖節。她總想在每樣東西上放香菜。她討厭待在室內。小時候她會跑到我們家後方的樹林——有時一待就是整個下午，惹得爸媽生氣——然後帶著滿罐的蛞蝓、蜈蚣和束帶蛇，被叮得滿頭包髒兮兮的回家。

我記得她以前是如何在捉迷藏中佔據主導地位。即使是在室內，她也能在我們到處找時像影子一樣從一個房間溜進另一個房間。當她終於無聊到自己跑出來後，便會實事求是地這麼解釋：**我脫掉鞋子，只穿襪子走路，這樣你們就聽不到我的腳步聲了**。

呃，是這樣沒錯吧？

然而，諷刺的是，我對妹妹最生動的記憶竟是她跳下橋的一幕。

那是幾年前的夏天。高中的時候。發生在艾倫斯堡的早晨，於峽谷聽完音樂會之後。這是我們為數不多的幾次社交活動之一。她和她的朋友，包括她的男朋友——我猜是糟糕男#10或#11。我不記得他的名字了，只記得他二十八歲，我們十八歲。留著光頭，嗓門大到像在咆哮。你可能有在《條子》的某一集中看過他。

「你必須揑緊屁股。」他說。

有座黑色的鐵路棧橋橫跨赫姆斯的亞基馬河。錯綜復雜的木架高三十英尺，幾乎只有髮夾橋的一小部分。下面的河流足夠深，可以潛水。

「抓緊，」他重複道。「這是科學。」

我妹妹像個皮膚黝黑的攀岩者一樣攀附在橋的邊緣，她的雙手緊握，小腿繃緊，光裸的腳趾甲高懸於藍色的水面上。「為什麼？」她問。

「這是我從童子軍那裡學到的。看，妳從高處落下碰到水，感覺就像直接降落在消防水帶上，這就是為什麼妳必須緊握屁股的原因。」

「我不明白。」

「這很簡單。」

「可以講詳細一點嗎？」

「這是科學，坎布莉。」他生氣了。「這方面我可是被表揚了功勳徽章，行嗎？妳必須緊抓屁股，那些經加壓好幾加侖的水才不會在妳的屁眼裡爆炸，只是他媽的會濺起來噴得——」

「我懂了。」

她對他感到厭煩了，轉而越過桁架看著我。

我又熱又不舒服。耳邊傳來微弱的嗡嗡聲、廉價的菸草害得喉嚨一陣灼燒感。我和她那個可怕傢伙＃11，還有其他一些人坐在油膩膩的鐵路枕木上。我不會和她一起跳。不可能。這是坎布莉的主意。有那麼一瞬間，我怕她又會取笑我。我和她的朋友們合不來。一直都是。未來也一樣。

但她對我微笑。「覺得我會死嗎？」

「緊抓好屁股就不會。」她的男朋友說。

但她是在問我，是在等我的回答，而我不知道該說什麼。我們之間的黑色鐵道枕木就像一條沾滿粘膩焦油的檯面，她正傾身以指尖和弓著的腳趾緊扣邊緣。即使是在記憶中——她也是一個活生生的無解之謎。

我們之間的黑木上有粉筆畫上的幾種不同版本的鮑伯龍，夾雜在散亂的啤酒罐之間。

她又往後了一點。遠離我，越過虛空。

她的問題在空中徘徊：**覺得我會死嗎，姐？**

我決定不回答她。我不會回答。我不知道答案，我很想這麼說。**妳是一個不得不從一座完美的橋上跳下滿是蚊子的河流的人**。我們都醉了，都脫水了。沒有人願意冒著死亡風險跳到水裡，也沒有人有換洗的衣服。她應該也沒有。

但已經來到這裡了，她需要跳下。不僅如此，她還決定要嘗試抓住一個只突出橋樑框架幾英寸的桁架。我們下方十英尺，水面上方二十英尺。她就像一個空中飛人藝術家。只因為她做得到，或者她很好奇自己做不做得到。我記得當時心裡這麼想：**我恨她。我討厭她的衝動。她魯莽的好奇心。**

妳覺得我會死嗎，莉娜？

不，我不會回答她的。

她把肩膀向後轉，靠著緊抓的指尖以一隻手懸掛在枕木上，另一隻手臂自由擺動。她問了我另一個問題，顯得同樣愚蠢：「妳相信有來世嗎？」

「就像天堂和地獄一樣？」

「任何事物。」

「像鬼一樣？」

「任何事物。」

我沒有思考便脫口而出。「相信。」

她懸在藍色的水面上，若有所思地點點頭，彷彿下面有什麼東西在呼喚她。她回頭看著我，撥開劉海露出憂鬱的笑容。

「我不相信。」

我很驚訝。我見過我妹妹皺眉哭泣，但從未見過這種表情。

然後她放手了。

她從橋的邊緣滑下，雙手揮舞著，她的身體和聲音以及她所有的謎團一瞬間消失無蹤，我伸長脖子看著她穿過棧橋，向下俯衝時她發出了耀眼光芒。

「捏緊妳的屁股——」

感覺她好像在空中飛行了整整一秒鐘，但我知道才三十英尺不會這樣。半空中，我看到她伸手去抓那根突出的桁架，但伸長的手指沒能碰到。

我並沒有完全支持她。

她的手腕在落下的過程中痛苦地撞上木頭。到現在我仍然可以聽見那聲響，簡直像是老爺鐘鐘擺發出的滴答聲。

然後她不見了。她以兇猛的力道衝破河面，綠白色的噴泉濺在了橋樑底部，灑出了點點水花。我幾乎沒法透過木頭結構間的空隙看到蔓延的漣漪，只知道她按照可怕傢伙＃11的指示讓雙腳先碰觸水面，而我永遠不會問她屁股感覺如何。

當我們等待她的頭探出水面時，我真切感到孤單。她的朋友對我無話可說。我也對他們無話可說。我是一個不那麼有趣的坎布莉的副本，我們來這裡只因為音樂會門票有團購優惠價。我僅是待在那裡，用手指撫摸著坎布莉的鮑伯龍粉筆畫，拇指不小心弄糊了它的眼睛。

有人扔下一個啤酒罐，撞擊到了她試圖抓住的桁架。

坎布莉的漣漪消失了，被水流帶走了。

她的男朋友從我身邊爬過，瞇著眼睛，往旁邊又扔下另一個啤酒罐。現在每個人都擠在靠近邊緣的地方。他是第一個出聲的人，但每個人其實都準備開口。

「她……」

我也改變了姿勢，看著水面的動靜時胸口燃起一陣恐懼。我等著她黑色髮絲的蹤影。她的手臂、腿部，任何生命的跡象……。

「她不見了。」

解決她，手寫的字跡。

淺藍色墨水寫在筆記本紙張上，紙張被擱在豪華的Quadratec CB音響上，這音響安裝在卡車儀表板中，是特別訂製且經過特殊改造的。無線電總共有九十六個頻道，其中六個是緊急專線，還有兩個是專門聯繫警局。

第二張紙條貼在高一點的位置：

莉娜．阮。髮夾橋。沒有武器

對講機及儀表板上方，一隻雌性哥倫比亞紅尾蟒沐浴在明亮的陽光中休息。現在牠盤旋成一個足球大小的團塊，但整個伸長後大約有十一英尺。牠的鱗片從蒼白的泥土色慢慢轉變為乾涸的血色，宛若拋光般帶有光澤。牠的雙眼沒有眼瞼，一眨也不眨。

儀表板上布滿了棕色和粉筆般的白色條狀痕跡，快餐餐巾沒辦法完全擦去蟒蛇的糞便。雜物箱下面堆滿了麵包屑和滿地的漢堡包裝紙，裝炸物的杯子已經堆了兩英尺深，其中還有一大疊老舊的《花花公子》和《好色客》雜誌。

中控台下方有個飲料瓶——（**天然甜味的甜茶，絕非人工香料！**）——擱在杯架上，喝到一半的玻璃瓶頸被陽光照亮。瓶子邊緣上有一個男人下唇的污跡。

再過去幾英寸，一盒二十發的雷明登特快.30-30口徑溫徹斯特彈藥，靠放在駕駛座椅上的安全帶扣環處。盒子的紙板蓋子被打開，露出其中的金色底漆。裡頭少了七個。

離這個盒子不遠的地方，在一方陰影之中蜷縮著車內的唯一乘客。棲息在滿堆色情刊物和爬行動物糞便中的人正彎著腰跪躲在踏板旁，右肘靠在方向盤上以保持穩定的射擊姿勢。他拿的步槍是一把溫徹斯特槓桿式牛仔卡賓槍，有著藍鋼槍管和一個拋光的胡桃木槍托，上面刻有一九六九年約翰·韋恩的電影《真正的勇氣》的全體演員和一線工作人員的簽名。槍被安放在駕駛員側窗的一角，就在車窗和框架之間最薄的對角線彎曲處，因此只有最後一英寸的槍管暴露在陽光下。

步槍的鐵製瞄準具對準了莉娜·阮的脊椎，受命令像捕狗員般摘取她的性命。她現在站在三十英尺外的橋樑北向車道，就在雷切維奇下士身旁。她沒有看到卡車上的槍手。她的手槍握在右手，對準雷。她的注意力在她左邊的某樣東西上。

雷用來轉移她注意力的東西，好像是個錢包。

當莉娜檢查它時，雷又偷偷地往後退了一步，讓他和她之間多了五英尺的距離。有足夠的空間可以躲過攻擊。

他偷偷地轉身面對卡車。

開槍，雷無聲地說道。

槍手鬆開了步槍的保險裝置，在他的視線中，莉娜銳利地瞥了雷一眼。她不可能聽到咔噠聲。或許她有看到他的嘴唇在動。或者注意到他已經移動了。她有發現嗎？她低頭看了看眼手中的皮夾（這到底是一種怎樣的轉移注意力的方式?），然後膽怯地向後退了一步。步槍的準星跟隨著她，穩穩地重新回到她的背上。

雷紅著臉，憤怒地再次作出嘴型：開槍。開槍。

槍手扣動扳機。

但莉娜又往後退了一步。他的槍跟隨著她又一個搖擺不定的半步，她將雷的錢包扔到地上。

再一步。準星在她身後晃動。

終於她停下腳步了，暫停了一下後她的腳像鳥一樣抬起，漂浮的死亡之針對準了她的脊椎。她是他的囊中物了。少女歪著頭，彷彿在努力傾聽遠處傳來的聲音。太慢了，太遲了，她腦海中的耳語聲警告她身後越來越大的危險。

手指仍放在扳機上，扣下去、扣下去……。

馬上開槍——

然後女孩猛地轉身，忽而直面溫徹斯特的槍口——以及槍後的眼睛。她的黑色手槍跟著旋轉進入視線內，她抬起另隻手緊握著它，舉起瞄準。整個動作只用了不到半秒的時間，等到他意識到這一點，她的子彈已經刮起一道煙硝。

駕駛員側窗上布滿了裂痕——脆弱的玻璃遭受撞擊的痕跡；空氣被劃破扭曲的瞬間；鉛撞擊金屬的轟鳴聲。槍聲在微秒後傳來，一聲清脆的砰砰響追尋著音速障礙。此時男人反射性地低下頭，半蹲著，半趴在門後。

溫徹斯特掉在了他的腿上，他的雙手頓時遲鈍地難以移動。手槍的迴聲變小了。一切發生得太快了。他的屁股現在被乾脆的快餐殘渣所覆蓋，他抬起頭眨了眨眼，看著窗戶上被鑽出的新洞。就著白色天空的水晶星形狀。根據它在玻窗上的位置，她只差一兩英寸就擊中目標了。相隔三十英尺的距離，以轉瞬的速度射擊子彈。

當他扛起步槍站起身來還擊時，他開口說出了自己也驚訝的話：「她到底是從哪裡學會這樣射擊的？」

第十六章
坎布莉的故事

「逮到她。現在把她——」

坎布莉在黑暗中認出了雷切維奇下士急切的聲音，就在腦袋附近但彷彿又離得很遠。巨大的手指夾住她的氣管用力擠壓。塑料男子已經以驚人的速度拉近了距離。

她試圖尖叫，但喉嚨已經被掐住了。他戴著手套的食指和拇指緊緊地掐著，冰涼的塑料緊貼在她肌膚之上。猛烈的壓力將血液擠進了她的大腦，令她的思緒游離不定。

聲音在她周圍響起：「你抓到她了？」

「對。」

「你確定？」

「我說我逮到她了，雷－雷。」第二個聲音直接從坎布莉的右耳後面傳來，被面罩給阻隔了幾分貝。那聲音低沉、溫暖和滋潤。她聞到一股像是茶香的甜味。「她嚇到我了。你本可以警告我她離得太近了——」

當他說這句話時又更用力勒緊了喉嚨，痛苦地向上扭曲她的下巴使之錯位。她的鼻竇在她的臉後腫脹，幾乎就要爆炸了。她的眼睛因淚水刺痛。她的胸膛因壓力而膨脹。她的肋骨併發出瘋狂的尖叫聲。

「小心。」雷切維奇的聲音多了分警惕。「小心點。你要弄傷她的皮膚了——」

「老天，雷-雷——」

「不能留下指紋，也不能有瘀傷。絕不能留下證據。如果你擰碎了她的氣管，那絕對是吃不完兜著走。只要穩定的、間接的施力就好。輕而易舉。好嗎？」

塑料男子的緊掐的手沒有放鬆，但抓握她下巴的蠻力減輕了一點。她的手肘像鳥的雙翼一樣痛苦地朝上扭曲——她甚至沒印象他是怎麼做到的。

無論這場摔角比賽究竟是怎麼回事，他以前都做過。他們以前做過。這整個晚上是一場接一場的可怕災難，但對這兩個爭執的人來說，此舉是例行公事。最終證實了那最本能的懷疑：我被謀殺了。現在。

一個穿得像保險套，說話像 Lucky Charm 玉米片上那個矮妖精的人。

噩夢確實會成真，但絕不是如你期望的那樣。男人把她往後一拽，像是把她壓上了一張躺椅上。她瘋狂地踢著地面尋找支撐力。但只踩到幾碼滑溜的、令人氣餒的塑料。就像踩在浴缸內的斜坡面一樣。

就是這樣，坎布莉。

這就是妳的結局。

在這裡，在蒙大拿州霍華德縣一條荒涼的道路旁。被一個壞警察和一個胖卡車司機謀殺了。被一個男人從頭到腳裹在薩蘭裹屍布中勒死，他那雙皺巴巴的木乃伊雙手掐住她的喉嚨。無論如何，她奮力掙扎過了。她的鞋跟磨損了塑料。嘎吱作響，嘎吱作響。

他溫暖的聲音在她耳邊響起。「嘿。妳知道蟒蛇是如何悶死兔子嗎？」

我他媽的不在乎，如果可以的話，她會這麼說。

已經二十、三十秒過去了。她卡在胸口的呼吸在燃燒。她逐漸喪失意識了。這時她大腦中的氧氣減少了，她的思緒變得模糊不清。血細胞枯萎，變成了深藍色。

「對不起。我希望妳可以回答一下。」塑料人抽了抽鼻子，用力吸著鼻涕。「看，蟒蛇有一整排粉紅色的彎曲利齒呢。牠用這幾十個小鉤子抓住兔子，同時間盤旋的線圈越繞越緊、越繞越緊——」

她發現他左臂的力道減弱了。她蠕動、扭曲、轉動。她可以用左肩抵住他的手。不過慢慢來。一次移動艱難的一英吋，她快沒有——

「那線圈慢慢地收緊，變成了絞索。不是硬擠壓——只是逐漸恆定的壓力。就像一個堅定的握手。這隻兔子甚至可能在襲擊之前就已經深吸一口氣。搞不好牠認為自己會沒事，牠可以等待，直到呼氣為止。」

幾乎……。

坎布莉扭得更厲害了。但令她恐懼的是，她周圍出現了一種新的、強大的黑暗，正在上升並吞噬著她的思想，她的牙齒裡有一種腐爛的味道。河水。綠藻的氣味。

「你看，她一呼氣，她的胸膛就收縮了一點，蟒蛇抓得更緊了，她的肺再也不會完全膨脹了。在那種溫和、持續的擠壓下，每一次呼吸都變微弱了一點——」

她不停地扭動著手臂想恢復自由，一寸一寸地折磨著自己，超越了自己逐漸消失的思緒，好像又回到了鐵路橋下的亞基馬河中，被深深地困在玻璃般的水面之下，她的肺因恐懼而膨脹。在厚厚的冷水毯子下翻騰和揮舞，沒有人來幫忙。

「幾十次呼吸之後……再幾次兔子的肺便再也無法擴張。」

坎布莉的肌肉變成了果凍。癱軟到一瘸一拐。

當她滑入河流的黑暗中時，他的腐爛聲音在她耳邊響起，下沉，下沉：「妳不是第一個，也不是最後一個。妳對蟒蛇來說沒什麼特別的，不過是滿足了牠的需要，你走後牠直接就把妳給忘了。」

莉娜，她在跳下去的時候想。

莉娜會記得我的。

她會跟著我進來。

她即刻就要陷進去了。

第十七章 莉娜

我落入水中，有那麼一瞬間，水面感覺就像堅實的瀝青。我發誓昆蟲撞上擋風玻璃也是這個樣子。空氣從我的胸口湧出。我的小腿和膝蓋瞬間淤青。

我不記得自己有決定跟上她。

但我已經做了。

我記得這次墜落，那糟糕男#11和其他所有人消失在我身後，在渦輪發動機的賽車轟鳴聲中消失了。天空、棧橋和水瘋狂地重新排列，令人迷失了方向。

著陸後，我知道我做錯了一切，側身撞上了河邊。當然了，我絕對、百分百沒有緊抓我的屁股。

我不知道下一秒將身處何方。我仍在旋轉，已經減速進入了冰冷的水中，被一團泡泡包裹其中。我的牙疼、我的耳朵裡嗡嗡作響。我睜開眼睛卻只被遙遠的陽光刺穿雙目。我痠疼的手指在身側游移，在一片暗黑中感受妹妹的存在。但是落了空。

在我身邊，在這黑暗中探索，感受我妹妹的存在。卻發現什麼都沒有。

但至少我知道天空在哪裡——我確定了自己的方向——然後我等著其他人粉碎那閃閃

發光的表面，一腳重重踩在我身上，折斷我的脖子。此時我需要更多冰冷安靜的時刻才能意識到我是唯一一個人，身邊完全沒有坎布莉的朋友——甚至她的男朋友也不在——從橋上跳下來跟著妹妹跳下的。只有我。

我是唯一一個跳的。

我一個人裹在厚厚的寒冷毯子下。我的肺在燃燒壓力。撞擊時我已經失去了呼吸。我知道自己應該奮力向上穿過層層溫暖的水，打破陽光點點並在再次潛水之前浮出水面吸一兩口空氣。但我不會。我不能。

我是個糟糕的泳者。我游得很草率。我沒法潛水超過幾英尺深。所以這一刻，現在這十英尺左右的深度，我從這個棧橋上跳下三十英尺而獲得的，是我唯一找到妹妹的機會。不會再更深了。她快沒氣了，無論她在哪裡，在河底的黑暗中。

不知怎的，我已經下定了決心：如果我妹妹淹死在這裡——嗯，我也是。

我發現了粗糙的樹根。黏糊糊的外來植物糾纏著我的手指。我把它們掃走，但繼續尋找更多糾結的物體。我的肺著火了，我的大腦在尖叫著氧氣，甚至我自己的身體——在這愚蠢的絕望中——也催促著我張開嘴，試著吸入一口黑水。

我得誠實說。我不太記得衝破水面後的尋找過程，那是一座冰庫。

我只知道我找到了她。

我們一起衝出水面。我狂野地倒吸一口涼氣，令人窒息的綠水，灼熱的陽光照在我的眼裡。我不記得日光竟如此明亮。我抱著妹妹，分不清她是不是有意識的，還是已經死透。

為了努力使我們的頭都保持在水面之上，我向後靠開始一段蹣跚的仰泳。我看不到岸邊，只見到廣闊的藍色天空和我們從橋上跳下來之前那焦油黑色骨架，被水花濺得模糊。我計算著自己的呼吸。我的胸口猛烈跳動，受傷的胳膊和腿部在每次踢腿和抽筋時漸漸沒了力氣。我能量耗盡。我正在消退。我們正在下沉。

坎布莉的頭靠在我的肩膀上，拍打而上的水淹蓋了她的臉，我不敢看她。很怕她已經死了，如果我能呼吸，我會道歉，因為我失敗了，沒能阻止她跳下來，我們都在海浪的牽引下消失了蹤影——

岩石地面擦傷了我的背部。

我們上岸了。

我把她抱上冰冷的岸邊，濕漉漉的沙。我咳出水，吐出草和樹枝，其他人開始出現——她的男朋友和朋友們沿著鐵軌走了很長一段路——直到現在他們才推擠著加入我們，詢問我們是否一切都好，一個由胳膊、腿和肩膀組成的森林在我們上方擋住了陽光。

坎布莉就在我身邊，趴在沙灘上，太可怕了。#11那傢伙正把她拉直，我害怕看到她的臉。哦，天哪，如果她昏迷了，我們都不會心肺復甦術。

她的眼睛睜得大大的。

她在他的懷裡，但她正越過他的肩膀看著我。

完美的清晰意識。她的眼神裡透著一股可怕的恐懼，就像她遇到了死神，見證了自己在黑水中的結局。

很難形容，但我覺得無形中，自己已經失去她了。

一條鮮紅的細流順著她的眉心流過，滴在了她的睫毛上。她眨了眨眼。直到現在我才明白，我聽到的撞擊聲不是她手腕撞到橫樑上的聲音。

我希望我沒有反對她。

我們都沒有說話，只是坐著顫抖，其他人和我們說話時，伴隨的是疲憊的沉默。其他人拍拍我們的背、不斷稱讚、開玩笑。有人又將一罐啤酒推到我的臉頰上。不久之後我們離開河流，傍晚和她的朋友們分道揚鑣。大多數我再也沒有見過。我透過 Facebook 知道其中一個去年去世了。吸食某物過量的結果。

後來我和坎布莉也沒有再談論這件事。我們分別開兩輛車回家，到了下週，她就搬了出去。

砰一聲關上的門和扔出行李箱的颳起一陣風暴。我不認為她再次參觀了亞基馬河或那座木製鐵路橋。老實說，我不知道她是否知道跟著跳下去的人是我，名符其實把我拖下水。我想她可能以為是她的男友。他肯定愛死了這個誤會。誰知道有沒有其他人告訴過她呢?因為我從來沒有這樣做過。

我不是為了吹牛而分享這個。我只需要寫下來，因為很有可能當你讀到這篇文章時，我已經活不下去了。

我告訴我自己。我喜歡這段記憶，我一直都很喜歡，並且當人們敦促我記住好的回憶時緊守著這份過往記憶。不是出於虛榮，只是因為，在這樣一個小小的方面，在一些可怕的時刻，我們不完整的姐妹關係感覺上完滿有意義。她需要幫助的時候，我在那裡。

我希望她知道是我。

不是她的狗屁男朋友，早就被遺忘了。

我愛她。我仍然愛她。她對我來說可能是個陌生人，但是對於我們之間的所有未知空間，現在和永遠，如果她需要我，我會毫不猶豫地跟著她。

所以明天我會再次跳進那黑水裡。

而這一次，無論發生什麼，我都知道我阻止不了她了。上帝，我多麼希望我能。祝髮夾橋鬼故事明天就會變成真的，我會發現空間和時間在那裡變薄，我可以從現在滑到過去，回到雷切維奇殺死她的那一刻。我會拉一根宇宙線來改變她的命運。我會修補它，這樣她就不會在那座橋上停下來，事情發展可能再也不同。我心中永遠的賽車女郎，在高速公路上狂飆從白沙一路飛馳到大沼澤地，奔跑的女孩帶著記事本和她從未停止過的智慧。我願意與她的心跳同步。我希望我可以。

也許當我在那座橋上面對她的殺手時，能夠釐清發生在她身上的事。也許我會更了解她是誰。真正的她。也許我會睡得更好。也許夢魘會結束，我將不再看到塑料袋和嘶啞的尖叫聲，以及解體於我臥室天花板上的腸子。

如果我沒有成功的話……。

報復不嫌晚。

我會報仇的。

——

她懷疑自己匆忙瞄準的那一槍擊中目標了。駕駛室內的槍手。她看到半開的窗戶變得不透明，有裂縫。步槍槍管向上擺動，落回裡面。

安靜。

她的貝瑞塔劃過開闊的土地，像雷聲一樣翻騰。黃銅敲響了混凝土。她放下錢包，改正射擊姿勢，將她的瞄準具重新對準了卡車司機側的車門。老人已經躲開了視線。他蹲了下來，或者他被擊中了。她希望自己能打到他，但她知道自己的運氣並不好。今天不行。

她的思緒飛速運轉。貝瑞塔的瞄準具在她手中晃動。這兩人謀殺了我妹妹。一個有著愚蠢口音的獨眼卡車司機和一個腐敗的高速公路巡警。

她已經準備好抓住殺害坎布莉的兇手。但不是坎布莉的殺手們。儘管她的所有戰略制定都做出了一個她一直認知的關鍵假設，但直到今天早些時候，她從未考慮過在髮夾橋上面對多個敵人的可能性。她可以用槍指著一個男人。但不是兩個。當然不是卡車裡這個拿著步槍的陌生人和雷切維奇。

雷切維奇，她想起來時便感到一陣恐懼。她已經忘記了這個人，一直給了他等待的機會。

她向左轉，瞄準戴著手銬的警察。她擔心他已經蓄勢待發，準備抓住她擰爛她手中的貝瑞塔，但沒有——他跌倒在路面上。他在背後扭動著被銬著的雙手。把它們滑到腳踝處，在他高筒的靴子下方。

「嘿！」她大喊，不知道還能說什麼。「住手。」

她的槍聲在遠處仍然劈啪作響。在這奇怪的時間點感到社交尷尬。

在水泥地上，雷切維奇不停地扭動著他的雙手。有點可憐，像一隻四腳朝天的烏龜。

他把頭向後仰向卡車，喊道：「開槍打死她。」

莉娜本能地瞄準了他。一瞬間，她的神經因極度恐慌而嗡嗡作響，她幾乎要射殺雷切維奇了。就在這裡。

射擊他的腹部。

他的聲音提高了，嘴唇上掛著一串唾液：「開槍——射——她——射——她——」

卡車，她的心在尖叫。

該死的卡車和該死的男人拿著該死的步槍。

空氣變得如糖漿般厚重。當莉娜轉身面對卡車時，腎上腺素彷彿陷入了流沙之中。是的——那個男人的步槍又回到了門上，就在窗角和她新的彈孔之間。槍管直指她。一道火光交錯，莉娜在震耳欲聾的大砲轟炸下讓自己撲倒在混凝土上。空氣被強烈擾動，呼嘯聲近得嚇人，隨著他的高口徑子彈來來去去，她的頭頂發出嗚嗚聲。她趴在路上，轉身瞄準，再次開火。

一次糟糕的射擊。她甚至不確定自己有沒有擊中卡車。

步槍擺動，重新定位。她看不到蹲在裡面的男人，只看見他再次瞄準時，黑影在裡頭閃動，隱約見到幾英寸的頭皮暴露在外。子彈的餘波肯定是把損壞的窗戶炸飛了；安全玻璃在閃閃發光的藍白色玻璃雨中從門上傾瀉而下。不論躲在黑暗巢穴中的他握著什麼樣的武器，肯定都很龐大。足以引發轟天巨響。而他準備再次開火。

我暴露了。

她需要掩護。她需要躲在堅硬的物體後。

二十英尺後，在她的左邊是坎布莉的卡羅拉。就是它了。

她爬了起來。

雷切維奇出聲：「她在跑。」

她先是雙手扶地爬行——貝瑞塔的槍管用力擦過地面，在砂礫上留下刮痕——然後她爬起做出助跑姿勢向前衝去。**上車。沒有時間停下來——**

卡車司機又開了一槍。再一次，她感覺到子彈擊中了她的左側，子彈撕裂了空氣，混凝土碎片如雨點般落在她身上。當步槍的子彈在空中轟鳴時，她跌跌撞撞地穿過塵埃薄霧，眼裡積滿了塵土。奔跑途中她將頭扭向左邊查看雷切維奇。他也準備起身。半蹲的他拉起一條褲腿，不住大喊：「射她，**就射她！**」

她奮力抬腿狂奔，掌心切割著空氣。**不要停。**

她妹妹的藍色車輛近在眼前了。莉娜踮起腳尖身子後傾，最後五英尺以滑行竄過，最後背部重重著地，刮擦過粗糙的表面。她的尾骨大部分都被牛仔褲覆蓋住了。她的右肘像被奶酪刨絲器刮過一樣傷痕累累。

她哭喊出聲，沒有停止滑行。

一發步槍子彈擊中了卡羅拉——車牌框架爆裂了——她滑過它，膝蓋撞在了橋的護欄上。安全躲到車後了。她做到了。

後頭的泥濘塵霧散了開來。她的心砰砰直跳。這一切似乎都不真實。最後整整二十秒鐘，射擊和被射擊的本能警報簡直像是作夢。她發現自己的右手空無一物。

不對，貝瑞塔現在在她的左手上。她不記得自己有換手，但肯定是有的。撞上欄杆的膝蓋骨陣陣作痛。皮開肉綻的手肘刺痛不已。她感到鮮血順著袖子往下流，在布料底下又熱又黏稠。而她眼中的陽光是那麼詭異、不自然的橙色。野火的煙霧使空氣變暗，宛如是場奇怪的夢境，太陽看起來像某個外星球上一顆垂死的恆星。

專注。她的大腦正被一百萬個引力牽著走。一百萬個感官細節，所有致使分心的因素。她翻了個身，爬到卡羅拉前四分之一面板處，背對著金屬將自己掩護在引擎體後面。這裡是所有汽車中密度最高、最堅固的部分。

橋樑另一側的步槍再次開火。卡羅拉被子彈擊中時發出了金屬撞擊聲。她感到骨頭裡一陣震盪。

她差點把貝瑞塔放在膝蓋之間。

好樣的。

她擦去眼角的灰塵。她的手指在顫抖，試著集中思緒。

好，莉娜。思考。

卡車司機正從橋樑對面駕駛艙內的狙擊手巢穴中開火，但若沒有重新定位便無法擊中她。她被坎布莉的汽車車體縱向保護著。她費了一番工夫才躲到這，肘部嚴重撕裂，需要縫針，但是，沒錯，她暫時安全了。

他的雷霆武器——在射程上明顯勝過她的貝瑞塔 Px4。火力、準確性和音量也更突出。幾乎樣樣都更勝一籌。

專注。坎布莉會怎麼做？

她凝視著卡羅拉的引擎蓋。側身，露出一隻眼睛。她看不到陰暗車內的卡車司機。但她注意到了一些事——更多的動作——步槍的槍管在門板上移動。瞄準。準備再次開火。

於是莉娜先發制人。

她把貝瑞塔舉到溫暖的引擎蓋上，對著應該是那混蛋臉部的位置發出一連串聲響。她不確定。她稍微一瞥就驚慌地猛開槍。她毫無信心地快速扣扳機，並在心裡倒數——還剩十二發、十一、十、九、八——她知道她這動作只是將無害的子彈射過他的頭頂，穿過一扇窗，再從另一扇窗射出，給他蹲伏在後頭等待的機會。儘管如此，她還是抱著一絲希望，或許會有反彈的子彈擊中他，搞不好他會蠢到探頭偷看，一發子彈直接命中額頭。

遠方一個聲音大喊，在呼嘯的空氣中顯得微弱，她認出了那愚蠢的妖精口音，心臟因尷尬而下沉：「她在浪費她的彈藥。」

但她還是忍不住猛烈地開了一槍（現在剩下七發，看在他媽的份上），擊中了卡車的燈籠形後照鏡，讓清脆的碎片灑落路面。差遠了。一位尷尬的小姐。這等於多少張射擊用卡牌了？在射擊場，她永遠、永遠不會像這樣失手。

「看看她……」卡車司機的聲音裡充滿了惡劣的笑聲。「以為還有新的彈匣嗎？」

她停止射擊，躲到引擎蓋後面。

雷切維奇沒有回答這個問題。但答案是肯定的。她帶了第二個十七發貝瑞塔彈匣到髮夾橋，但彈匣不在腰帶的皮套裡，而她的牛仔褲口袋太小，所以她把它放在了錢包裡。而她的錢包現在在橋的中央，二十英尺之外，第一顆子彈從她頭上飛過後，她的錢包就掉在了那裡。

她被困在卡羅拉的引擎後面。超過一半的子彈已經不見了。*該死*。

她想一拳揍向混凝土。

「蠢婊子。」駕駛室裡傳來一聲輕笑。「一定是她的第一次槍戰。」

她恨他。不管這個男人是誰，她都恨透了他。她也討厭自己屈服於壓力，浪費了寶貴的彈藥。這純粹應證了他們的假設、表明自己就是他們認為的受驚嚇的業餘槍手。她絕對不只這樣。她必須更強。

一個酸澀的念頭讓她的臉頰通紅：*坎布莉會怎麼想？*

她會告訴我要更堅強，要聰明一點。

更努力地戰鬥吧，鼠臉。

另一發步槍子彈轟擊卡羅拉的引擎體。莉娜躲在它後面，瞥見了周圍的動靜。雷切維奇已經移動了。他現在正站在他黑色的Charger面前，左方視野很清晰。沒有掩護，光天化日之下他就像一個受了驚嚇的士兵。在這個超現實的一瞬，他們對視。

他的眼裡沒有任何情緒，也沒有緊迫感。只是帶著絕望的茫然空白，像是剛剛乞求她趕快離開一樣。那是多久以前的事了。感覺真詭異——有點像斯德哥爾摩症候群——但看到雷切維奇下士讓她鬆了一口氣。有種熟悉感。也許是因為他被手銬銬住且手無寸鐵，因此較沒有威脅感。但她幾乎很高興見到他，就像跟一位老朋友打招呼一樣。

然後，雷切維奇將兩隻戴著手銬的手握在一起，雙手之間那粗短的形狀讓她立刻認出了那是一把緊湊型左輪手槍。他的眼神依舊空白，冰冷。

她心想：*哦，拜託——*

武器咆哮出聲，卡羅拉的側視鏡在莉娜的肩膀上方爆炸，玻璃和塑料灑滿她一身。她再次暴露在外，現在縱向位在車身旁邊。她俯下身子，用指關節將槍指向雷切維奇雙手，還擊了兩次。沒有觸發控制，沒有瞄準畫面，全憑反射動作。

Charger的擋風玻璃上出現了一團海星般的裂縫，在雷切維奇右側。他躲在車後面。視線範圍之外。

他會回來的。

還有五發。

她靠在車上，一個瘋狂的聲音在她腦海中響起：

不妙。

她被壓制在一輛汽車邊，一側被一把高毀滅性步槍束縛，另一側被一名拿著左輪手槍的警察制伏。

她被逼退在九十度的火藥交叉點直角中。她知道卡羅拉無法同時從兩個角度保護她。他們很快就會發現了。她靠在車身滾燙的金屬上，腳踝向內收，肩膀平坦，但這還不夠。

他們從兩個方向包夾，莉娜。

簡單的幾何學。她毫無遮蔽。雷切維奇會再次從她左邊的Charger後面跳出來，在她沒有保護的一側，再次向她開槍。

這不妙。

太糟糕了。

她的右肘在車上嘎吱作響，傷口裡滿是碎石。鮮血在她的指間流淌，像番茄醬一樣鮮紅。火藥的煙硝味撲鼻。更多細節、更多干擾。她督促自己：**像坎布莉一樣，在她的車裡像漫遊者一樣生活。專注於重要的事情。拋下一切。**

她發現自己心不在焉地用食指捲繞幾縷頭髮，劇烈地拉動著。她自己都不敢相信。拉頭髮，即使是現在？

即使在槍戰中？

步槍再次轟鳴。卡羅拉顫抖著，引擎機油濺到了路面上。那個方向有一小段時間沒射來新的子彈了——他可能一直在重新裝彈。如果是這樣，這意味著他的步槍可以射擊五次。但這也讓人分心，因為危險不是在橋對面紮營的那個胖混蛋。危險的是雷切維奇。在她的左邊。

她重新瞄准他的巡邏車，等待他重新出現。鹹鹹的汗水刺痛了她的眼睛。貝瑞塔在她手中嘎嘎作響，她的視線轉向。她沒法將前後瞄準具放在一起。她無法集中注意力。

這賭注不妙，她知道。他有掩護。她沒有。他會朝她完全沒有防護罩的身體開槍。她的目標是他裸露的臉。她的五十二人臥倒中有半張這種牌。

不要失手。

她的食指爬到扳機上扣到一半。剩下最後一毫米時，她的肌肉因射擊而抽搐。射擊場的伙計們稱這為**分段式射擊**。

「雷－雷。」橋對面，熟悉的愛爾蘭口音在加壓的空氣中響起，在蒙大拿州如此陌生：「哦。雷－雷。」

在他的車後面，雷切維奇的聲音近得驚人。

「什麼？」

「你有看到她嗎？」

「有。我看到那個小婊子了。」

他們同心協力。聽到他們交流令人不寒而慄。他們不在乎她有沒有聽到。他們的人數占上風，且還包圍了她。

「我有……」雷切維奇的聲音變成低吟的咆哮。「我剛明確地朝她開槍。」

她緊盯目標等待。她別無選擇。移動到其他任何地方都是找死。卡車司機的步槍再次轟鳴，但莉娜試圖忽略它。她知道這是另一種干擾，只是在抑制火力。他打算在雷切維奇開槍時將她壓制住。

她瞥了他一眼，一個模糊的身影，他凝視著巡邏車的尾燈。她再次開槍，太晚了。又浪費一發。

剩下四發，妳這個白痴。

她緊盯目標，用力咬著舌頭。眨了眨眼，又流了一滴汗。

你輸了。

「她在浪費她的彈藥，」雷切維奇吼道。「她在搞死自己。」

她想回喊——才不是那樣，混蛋——但這是在浪費呼吸。他逮住她了。這是一場失敗的戰鬥，他對抗被迫縱向倚靠在車邊的她。他心知肚明。

「她知道自己被釘住了，」警察低聲說。「她無處可逃。無處可躲。她是我的囊中物了。她完全暴露在我的眼下，一點掩護都沒有。我們之間空無一物——」

莉娜抓住卡羅拉的車門打開——擋在兩人之間。

「哦，該死的——」

她低著頭。現在打開的副駕門擋住了雷切維奇的左輪手槍。引擎組則抵擋了卡車司機的步槍。安全的一角。

卡車司機喊道：「什麼？發生什麼事了，雷－雷？」

「沒什麼。沒事。」

「她用門擋住你了嗎?」

「我說沒事。」

她笑得熱血沸騰,蜷縮在卡羅拉的救命副駕門後,差點不小心把它關上。她用一隻手掌扶在藍色油漆上撐著,膝蓋下滑好更快蹲下並還以顏色。

她仍然在戰鬥中,受到兩方的保護讓她像一隻壁蝨一般躲藏在掩體之間。右手拿著的貝瑞塔彈藥耗儘後明顯變輕了。她的處境仍然很艱險——仍然處在被槍殺的絕境之中,還有四發——但見鬼了,她正在適應這點,覺得自己資源豐沛,證明自己足以攻入對方弱點。斯巴達式、鬥志昂揚的坎布莉同意嗎?希望如此。

幹得好,鼠臉。繼續下去。

「嘿。」警察突然對他的伙伴喊了個刺耳的問題:「掩護和躲藏有什麼區別?」

詭異的沉默。

卡車司機回答說:「我不知道,雷-雷。什麼?」莉娜的血都涼了。

掩護與躲藏。這激起了射擊場的另一個回憶。某段文字。她在哪裡看到的?海報?對。洗手間旁邊的一張卡通海報——就在飲水機的左邊——寫有這道謎題,還配有兩列各種普通物體的圖案。**掩護物**是巨石、水泥、磚塊。**躲藏**是灌木、牆壁、家具之類的東西……」

「嚇嚇婊子——」

……還有車門。

上了漆的金屬在離她臉幾英寸的地方爆開。彈片劃破了她的臉頰，刺痛了她的眼睛，砸在了她的門牙上。

她震驚地尖叫出聲，一巴掌摀住自己的臉，重重地摔倒在路上。雷切維奇又開了一槍——第二發貫穿車門，將把手打碎成塑膠碎片。

他的槍聲迴盪。清脆的雷聲。

莉娜保持不動，臉頰貼在混凝土上。牙齒中的血有銅的味道。

「她尖叫了！」卡車司機咯咯地笑了。「我聽到了。聽起來和坎布莉一模一樣——」

她在被刺穿的門下屏住呼吸蜷縮成胎兒貌。還活著嗎？對。她的舌頭上有鬆脆的豐田油漆碎片。

她的臉頰變得溫暖，十幾個小紙片被鮮血浸透。窗戶在她上方解體，藍白色的碎片灑落她身上。沒錯，門是躲藏，不是掩護。雷切維奇的子彈直接穿透了它，彷彿穿透一張紙。

白癡，她心想。**白癡，白癡**。

我應該多注意海報的。

她意識到雙手空無一物。一陣恐慌中她丟下了貝瑞塔。

駕駛室裡傳來豬叫般的笑聲。「我發現……我喜歡那種尖叫——」

莉娜的手槍在她左邊的混凝土上，但她用麻木的、流血的手指抓住它時不小心扣動了扳機，它從側面朝卡羅拉開了火。**剩下三發。剩三發了，妳這該死的笨蛋**。「雷—雷。你打中她了嗎？」

「說不清。」

「那就再一發吧。低一點。」

「好的。」他的聲音專注——他又再次瞄準了門。莉娜的腹部因恐懼而起伏不定。她已經盡可能壓低在混凝土上。沒有移動的空間。無處可逃。她所能做的就是閉上眼睛，摀住臉，等死。

在她可怕的、逐漸減少的幾秒鐘內，她試圖想像坎布莉的臉，把它烙印在自己的腦海中。她辦不到。她的思緒成了一灘水。她試圖抓住什麼，任何事物都好，但卻只有壞的。打鬥、塑料、熱氣騰騰的腸子。有著融化面孔的芭比娃娃。十二歲的坎布莉用刀劃過母鹿的皮毛，濺出一抹熱血。昨晚夢中深沉的痛苦，被推開、被責罵和拒絕離開墳墓：快走吧，莉娜。快走。

走吧——

雷切維奇的左輪手槍再次發出轟鳴聲，第三個彈孔猛烈地刺穿了她頭頂的藍色油漆。迴聲逐漸消退時她屏住呼吸——等待撕裂骨頭的痛苦、等待離開、等待明亮的死亡隧道，但這些全都沒有發生。

迴聲消失了。

還活著嗎？是的。他的第三顆子彈在她頭上發出嘶嘶聲。她走運了。她指節發白緊握貝瑞塔，一邊聆聽，一邊眨掉眼角的汗水。

「你找到她了嗎？」

「不知道。希望。」雷切維奇明顯假笑。她看不到他的臉，但知道那是她今天一小時前見過的那種惡毒的笑容。

她真的快搞死自己。

她屏住呼吸，心在喉嚨裡砰砰直跳，莉娜做出了一個絕望的誓言：她要殺了他。她要殺了他們倆。忘了什麼繩之以法吧。忘了錄音紀錄吧。忘了寫書吧。今天不是要建立一起刑事案件，也不是要採取什麼適當的方式，是要殺死那些奪走坎布莉性命的人。

而現在他們贏了。

雷切維奇喊道：「還活著嗎，莉娜？」她沒有回答。

「妳千里迢迢來找真相。所以妳怎麼看？值得嗎？我給了妳一個離開的機會，莉娜。妳應該識相點的。」

她不會的。即使是現在。

他語調一沉。「妳是妳妹妹剩下的產物，妳知道的。」

她什麼也沒說。

「所以，當我們今天殺了妳後，莉娜，她就像是真的走了。被抹去了。」

他在激怒我，她知道。試圖讓我回嘴。

「妳應該知道的，莉娜。」他壓低了聲音：「我幹了她。」

她不會上鉤。

「她愛我的屌，莉娜。」她還是什麼也沒說。

她等著。他們也是。建立起雙重的沉默。

一道影子從橋上飛掠而過，是禿鷹飛越頭頂，它黑色的翅膀在陽光的照耀滿是坑洞。牠的振翅聲聽起來像是嘆息。

等等，莉娜。屏住呼吸。

等待，並迫使他們採取行動。

「你他媽本可以警告我她有槍的，雷－雷，」卡車司機終於突然喊道。「我就不會把車停這麼近——」

雷切維奇聽起來像是在防守。「我不知道她帶了一把。」

「你沒有搜身？」

「這只是一次見面。」

「你想知道為什麼你是那個不及格的學院候選人嗎？」

卡車司機的話很惡毒。很可惡。

她喜歡聽男人們爭吵。她控制著呼吸，吸氣吐氣，等待著。她不敢動——即使是最輕的玻璃嘎吱聲也會把暴露出她的位置。她緊抓貝瑞塔，身上沾滿了自己的血，然後將準星對準車門。如果她裝死，就能強迫雷切維奇靠近以確認結果，然後便可以用子彈突擊的臉嚇死他。

卡車司機又說：「她可能在裝死。引誘你靠近，給你驚喜。」

「我知道。」

看在老天的份上。她無話可說。

「小心點，雷−雷。」

雷−雷。她討厭這個男人稱呼雷切維奇那種像是在唱歌的綽號。裡頭沒有任何感情或幽默成分。那是嘲諷——純粹是諷刺和氰化物。

她聽到一聲乾巴巴的咔噠聲。然後另一聲。再一聲。她的耳膜還因槍聲變得像脆弱，過了一會兒才認出是路面上輕微的腳步聲。雷切維奇的靴子。

他來了。

這是她的機會。她用手肘撐起一個更好的射擊姿勢，玻璃碎片粒在她身下嘎吱作響。她的心砰砰直跳，眼中閃過一抹鮮豔的色彩。她聽著警察的靴子越來越近。每一個聲音似乎都被放大了。

風的嘆息。耳邊傳來淡淡的響動。

他的腳步改變了方向。向右移動。她知道——他沒有直接靠近敞開的門，而是從右邊包圍了她。

她調整姿勢，背部碰到破裂的門。瞄準目標。

「穿過妳的火線槍戰。」

他的聲音跟著腳步移動。卡車上的狙擊手正在做自己的工作，讓雷切維奇移動將莉娜鎖在原地。如螯一般夾攻。這不公平，但槍戰本來就不公平。決鬥是電影裡的場面。槍戰關乎優勢，關乎對你有利的機會，以及骯髒和聰明的戰鬥。

他的腳步因為期待而放慢了，現在正繞著卡羅拉的車頭轉，左輪手槍瞄準時避開了車頭燈。一次轉動一些角度，一寸一寸地清理潛在威脅。

莉娜蹲在前輪旁邊舉起貝瑞塔，在她預估警察的臉出現的地方畫了一個搖晃的範圍。她將目標準確地對準那裡，在那片不起眼的煙霧繚繞的天空中，用食指扣動扳機，專注聽取他的腳步。彎曲皮革的吱吱聲。鞋底觸地的咔噠聲。

現在這麼近。

卡車司機喊道：「雷－雷，她死了嗎？」

他沒有回答。又一陣腳步聲。他在十英尺外嗎？八？

「雷－雷？」

她緊鎖目標，等待著。

汗水滴進了她的眼眶。她眨了眨眼。「雷－雷。嘿。跟我說話。」

一個小小的安慰：雷切維奇和她一樣覺得卡車裡的老人很煩。捕食者和獵物在汽車的兩端僅相距一英尺，越來越近，舉起槍，僵硬地扣扳機，距離立即死亡只是頃刻間的事，而遙遠的那個混蛋不懂得閉嘴——

雷曬傷的臉進入了莉娜的視線。

六尺外。

就在卡羅拉的引擎蓋上。她的視線正好落在他汗流浹背的額頭上，就在他發現她時震驚的兩眼之間——**死亡中心**，這槍不會錯——當他把槍指回她身上時，她已經扣動了扳機。

什麼事也沒發生。

沒有反衝力，沒有噪音。什麼都沒有。貝瑞塔在她的手中突然靜止了——

卡彈。

她的心因白熱化的恐慌而尖叫——**卡彈、卡彈、卡彈**——混凝土碎屑在她右邊幾英寸處從路上爆炸。這麼近，她感到左輪手槍的爆炸使她的牙齒嘎嘎作響。

大個子蜷縮在卡羅拉的格柵後面，腎上腺素狂噴。這麼近，她可以聽到他喘息的聲音，聞到他汗水的味道。「天哪。」

她不停地往後退，後退，把布滿彈孔的門關上，但無處可逃。她被釘在妹妹的小型車後面。槍在她手中毫無用處。

她認出了雷切維奇的嘶啞笑聲，近得驚人。「差點被她抓住。」

「什麼？」

「我猜她卡彈了——」

是的，貝瑞塔 Px4 卡彈且滑鎖在莉娜的手中。她知道發生了什麼：一個愚蠢的業餘錯誤。她違反了射擊的基本規則。當她手指扣在扳機上抓住武器時，不小心將它發射了出去，彈頭已畫過地面。中斷循環。她看見了裡頭閃亮的黃銅彈殼。一次提取失敗，射擊場的安全官稱此為失敗。**他們非常挑剔**。

她拉動手槍的滑套——牢牢地卡住了。

「沒有機會了。」她聽見雷切維奇舔著嘴唇，蹲在車前。他的聲音很鎮靜，很有教養。「她在車輛的前門後面。你正要射擊 0.30-30 口徑大男孩，對吧？」

「是的。」

「前門。不是後面的。」

「好的。」

莉娜明白了。哦，來吧。

她用手肘和膝蓋向後爬得更遠，滑鎖式貝瑞塔在她手中發出咔噠聲，另一顆大口徑子彈從她身後的乘客車門爆炸，猛烈地撞開。它留下了一個隕石坑，使雷切維奇的三個豌豆大小的洞相形見絀。

她咬牙切齒地罵道。

卡羅拉變成了瑞士奶酪，她失去了保護。只有鋼製引擎才能可靠地阻止子彈。這就是雷切維奇移動到那邊的原因——為了銷毀遮蔽物。

「我射中了嗎？」

「她動了。」

「現在在哪？」

「後門。」

她往後爬得更遠了，就像一隻奔跑的動物，在卡羅拉的後備箱前停下來，因為沒有別的地方可去。她蜷縮成胎兒的姿勢，摀住臉，等待著。她知道它來了。有那麼一瞬間，什麼都沒有發生。

然後它確實發生了：在她身後又傳來了一次震耳欲聾的爆炸，另一個彈坑從後排乘客車門炸開。玻璃粒從窗戶上飛落。不管這支步槍是什麼，它在它所接觸到的所有東西上都炸開一個龐大不合邏輯的洞。就像內戰時期的大砲開火一樣。

一種夢幻般的黃色物質在她周圍飄蕩下來。雪？灰？

不是。是被抹去的座椅泡沫。

她用雙手握住貝瑞塔，在超現實的暴風雪下對抗武器的卡彈，用她血淋淋的手指拉動著滑梯，但它一動不動。九毫米長的黃銅在機械裝置的齒內被砸碎，這是一種邪惡的金屬堵塞物。

媽的，媽的，媽的。

「無處藏身。」雷切維奇的聲音中帶著那種腐臭的假笑。「她現在在後備箱後面。」

她知道他是對的。她沒有空間了。被困在一輛有孔的汽車後面。用一把卡住的手槍掙扎著，在她手中無用且滑溜溜的。

她又扯了扯頭髮，用力擰頭皮，就像拉地毯一樣。一切都變得如此之快。十五分鐘前，她讓雷切維奇戴上手銬，獨自一人站在槍管下。

她知道他用無線電通知了某個人。她是多麼的傲慢，相信她一個人可以應付。她本應該帶上幫手但卻帶了槍。從一開始她就認為雷蒙·雷切維奇下士是個異類，一個單獨行動的流氓警察。連環殺手總是孤獨的，對吧？

她在夢中想起了坎布莉，心碎又挑釁。拒絕讓她進來，拒絕說我愛妳，也不解釋任何事情。

對不起，坎布莉。

與手中卡住的手槍搏鬥，她感覺到死期將至了——一波滾燙的淚水自她的眼中湧出——她為此痛恨自己。在一輛滿是血跡和燒焦火藥味的爆破汽車後面爬行時，連滾帶爬地哭泣完全是大錯特錯。這是一場槍戰。在槍戰中沒有哭泣。

我搞砸了，**妹妹**。

我低估了他，我很抱歉。

就是這樣。謀殺她妹妹的混蛋也會殺了她，就在同一座橋上。這一切都是因為她竟敢膽向一名執法人員發起槍戰，最重要的是，這是他確實接受過訓練的技巧。而現在她被釘住、被包圍、幾乎沒有彈藥，甚至無法發射剩下的三槍，槍手的枯火刺穿了汽車脆弱的金屬，在她眼前腐蝕了它——

然後她僵住了。

這代表……

突如一陣無聲的霹靂醒悟：這代表我的子彈也可以。

她想像著那個自鳴得意的混蛋在他的車廂裡，蹲在自己門後遮蔽物後面。她再擰一下貝瑞塔，用力、**用力**、用緊繃的手指和水汪汪的眼睛使勁——隨著喘著粗氣的釋放，機械裝置終於打開了。

一個壓扁的彈殼掉在她的腿上。

她將槍的滑套向前推，在上了油的彈簧中歸位，可以了。準備開火。

沒錯。

她呼出一口熱氣騰騰、顫抖的呼吸，橋的另一端，卡車駕駛室裡傳來相應的固定螺栓咔噠聲。卡車司機彷彿和她異口同聲地喊道：「準備開火。」

「她在後備箱後面。」

「明白了。」她想像那個獨眼男人用那把毀滅性的步槍再次瞄準，將瞄準鏡對準卡羅拉的引擎。他骯髒的指甲爬過扳機，按了下去。

雷切維奇喘著粗氣：「讓她開腸破肚吧。」

莉娜有個主意。一個壞的主意。她一動不動地坐著，背對著金屬車輛等待，噪音、陽光和堅韌不拔的不安都消失了，昨晚的夢又恢復了清晰。

坎布莉甚至拒絕看她。當她終於看向自己的時候，她的眼中透著刺骨的心碎。她冷冷地側耳低語：走吧。

她等著。

莉娜，走吧。

還沒有。請離開。

儘管如此，她等著。沒有第二次機會。她的時間必須準確。她妹妹的眼裡噙滿淚水，坎布莉張開手掌推了她一下，她的聲音因沮喪而扭曲。

快走。快沒時間——

現在。

她向左轉身，翻滾離卡羅拉進入空曠的空間，子彈穿過後車箱，撕裂了她妹妹折疊的衣服和裡面的帳篷，並從她半秒前蹲在身後的面板炸開——她撞上混凝土時指關節舉起貝瑞塔，直直地穿過髮夾橋的車道，瞄準卡車的駕駛室。這一次，莉娜沒有透過卡車破碎的車窗瞄準步槍桿的閃光和幾英寸的頭皮。

她的目標更低了。

低一點。直接瞄準車門，正對著紅色油漆上的肯沃斯標誌。正是她判斷人類會蹲在那裡的位置。

她開了三槍。

它們像三聲心跳一樣出現，就像週二下午在射擊場對著五十二人臥倒開槍一樣：破裂。破裂。破裂。

三個銀色的洞孔留在紅色油漆的門上。正是她瞄準的地方。

她的第三槍感覺不一樣——如果你在靶場上花足夠的時間，妳的肌肉可以識別出滑動鎖空時減少的後坐力——她知道就是這樣。她辦到了。

但她僵在原地，貝瑞塔依舊銳利地瞄準那輛卡車上的一個懸停時刻，對準車門上密密麻麻的孔洞。

安靜。世界似乎都屏住了呼吸。

她等著男人的步槍重新出現在門上。為了下一個火燙的子彈爆裂。

她等著。

等著。

她清楚感覺到右方的雷切維奇。

她意識到她現在很脆弱，她應該趕緊拿回掉在地上的錢包重新裝彈，然後重新開始。但奇怪的是，她感覺到雷切維奇也在等著她，大口大口地喘著氣。一種意識感逐漸在空中凝聚。她抗拒。她不敢相信。

我擊中他了。

——

日光照進卡車門上的三個孔，就在他眼前。

老人向後倒去，牛仔步槍歪歪斜斜地落在他的腿上。他在突如其來的寂靜中眨了眨眼，空氣中仍然瀰漫著焦粉和濃煙。他意識到自己被一種他無法辨認的溫暖液體濺到，濕透了他的頭髮。液體滴在他的臉頰後慢慢冷卻。

他傻傻地盯著那三個洞。

然後，帶著冰冷的恐懼，他轉動脖子檢查周圍的駕駛室內部——試圖找出三顆子彈的路徑，如果有的話——更多的液體順著他的眉毛流下，黏在他的睫毛上。它很黏。體溫。

血，他意識到。**我的頭骨被炸開了。**

他掙扎著尖叫。他一直想知道為什麼當他用塑料把女人悶死時，她們會尖叫。附近沒有人會聽到。這是在浪費剩餘的氧氣。

令他困惑的是一種奇怪而無助的動物本能，就像為什麼在性交時會呻吟一樣。現在他的胸膛內傳來一聲慘叫，他終於明白了。它啃咬著他的肋骨，快要炸裂了。

我要死了。哦，天哪，我快死了。

他試圖專注直線思考。他用線條、矢量、角度來思考。他曾經是一名A^+的幾何學生。他從未像其他司機那樣使用谷歌地圖或Waze。不，先生，給他一張地圖和一個圖形計算器，他就會像信鴿一樣找到去加利福尼亞尤里卡的路。而現在，重構三顆子彈的路徑，就是他處理震驚的方式。就像電腦重新開機一樣。

第一顆子彈？它進入門把手正下方，刺穿了一張折疊的地圖，然後掠過他骨盆上方的腹部。他的白色T恤被鮮血浸透。確切地說，它並沒有痛，比較像是一種不舒服的、類似疝氣的緊繃感。但這並不致命。那是一顆紫心勳章。

更多溫熱的血順著他的額頭流下，流進了他的眼睛。眨也眨不完。那驚恐的尖叫再次在他的胸膛裡翻騰。

我要死了。那個婊子透過車門殺了我，哦，天哪，我快死了。

不要尖叫。第二顆子彈？

我的大腦成了流淌的蛋黃，從我的頭骨漏出來。

第二顆子彈——他試圖集中注意力。那條九毫米長的子彈一定是劃破了方向盤，從他的腋窩下經過，然後在儀錶盤上發出嘶嘶聲，大概和其他顆一樣從窗外飛了出去。這顆子彈沒有打中他。一個小小的解脫。

還有第三發子彈。

殺了我的那個……

三號子彈自門板上六英寸處衝到他的左邊，從駕駛座椅上撕裂了一塊棉質物體。然後它的路徑來到杯架前，撞倒了他的甜茶瓶。玻璃刀片閃爍著光芒。被太陽曬得暖暖的茶水滴在座位上黏糊糊的。

等待。

茶？

他的舌頭舔過上唇。嚐一下。

我被甜茶潑了一身。不是血。謝天謝地，從他臉上流下來的不是血液、腦脊液和顱骨碎片。他沒事。

當然，他的臀部仍然陣痛。鮮血在他的襯衫肚皮處上蔓延，在陽光的照耀下呈現出一片鮮紅。但若沒有膿毒症，這是不會致命的，而且他認識一位獸醫，他在六月份為他的眼睛開了一些優質的止痛藥。不，莉娜的三顆子彈穿過門並沒有他擔心的一半那麼可怕。他倒下了，但沒有死去，他仍然把他的溫徹斯特抱在腿上，是的，即使在他的駕駛室裡不動，他仍然參與這場戰鬥。

他扭動著身體，感覺到胯部上方一陣刺痛。在車裡的地面上他無法看到門外。但聲音傳了進來。如果莉娜走近他的卡車，可能會想拿他的步槍朝雷-雷開火，他會聽到她的腳步聲。他當然不適合跑步或躲避或適當的槍戰。他的屁股無法移動了，他只能待在原位，待在這個他每天要度過十六個小時的飽經日曬的窩裡。

這並沒有困擾他，他的思緒邊緣徘徊著別的東西。他害怕自己錯過了什麼。忘了什麼。

第二顆子彈去哪兒了？

沒關係，反正沒有擊中。就像在他臉上炸開一瓶甜茶的那顆子彈一樣，以及她從窗戶射出的五六槍，全都無害地從他頭上飛過。

比其他顆還要低，他心裡喃喃自語。

跑到了某個地方。

很好。他再次看了看，另一道刺痛令他瑟縮，回溯子彈擊穿門的軌跡，穿過方向盤，繞過他的肩膀，接著飛過他的 Quadratec CB 無線電上方，直接進入——

他愣住了。

凱蒂。

牠並沒有捲縮成牠熟悉的球狀。牠的姿勢很奇怪，弓著。牠的脖子向後翹起，下巴角度詭異，露出粉紅色的牙齦和針狀牙齒。一道鮮血從儀表板上流下。凱蒂和他——他們一起行經了數千英里的高速公路，從科羅拉多州的白色山峰到路易斯安那州悶熱的濕地。有時，牠待在他的肩膀上，就像一條又冷又濕的圍巾。牠一起經歷了三輛卡車、離婚、前列腺癌診斷和他兒子的自殺。下週將是凱蒂的二十三歲生日。

現在，終於，席歐・雷切維奇大聲尖叫。

第十八章

莉娜聽到了卡車駕駛艙裡的迴聲，超現實的像警笛一樣升起的哀鳴。這擊中了她的腹部——粗暴的後果。槍枝子彈的暴力，看著它在世界上撕裂痛苦和貫穿不可替代的孔洞。紙質目標並不會尖叫。

有那麼一瞬間，她對卡車裡那個被她開槍打死的男人產生了強烈的同情，這個男人一直想殺她。

片刻之前。

她將這情緒嚥下。

手中的貝瑞塔被滑鎖卡住。空蕩蕩、輕得像是塑料玩具。雷切維奇下士仍然全副武裝蹲在一輛車的距離之外。當他權衡下一步行動時，她聽到了他的呼吸聲，柔和而耐心的喘息聲。戰鬥還在繼續。她打傷了她的一個襲擊者，也許是致命的，但她已經用盡了最後的彈藥來做到這一點。槍戰沒有半點功績。

她用一根顫抖的手指纏繞著頭髮，用力拉扯。

男人的尖叫聲愈演愈烈，就像莉娜試圖思考時的偏頭痛一樣。強迫她的思緒逆流而上：**我手無寸鐵。我需要重新裝彈。或者我死了。**

「爸爸！」雷切維奇喊道。「爸，你被打了嗎？」

卡車上的混蛋是雷的**父親**。別管了，又分心了，跟她當前的問題毫無關係。

「說點什麼，爸爸。拜託——」

但卡車司機的叫喊聲已經逐漸減弱，留下一個奇怪的真空狀態。

「爸爸？」他的聲音變硬了。「我會解決她的。我保證。」

冰冷的恐懼在她的腸胃中攫住，一股被困動物的恐慌。

她敦促自己集中注意力，忽略外在干擾。我的第二個彈匣。它在哪裡？

在她的錢包裡。

我的錢包呢？

在橋的中央。她把它掉到哪裡去了。

光天化日之下。

「媽的——」

從這裡她可以看到二十英尺遠嗎？三十？她靠著卡羅拉滿是灰塵的保險槓站穩了身子，考慮著跑去找她的錢包。她能否拉開距離，抓住彈匣將其裝入貝瑞塔，然後立刻還擊——這一切都得在雷．切維奇開槍之前完成？不，沒有機會。

更糟糕的是，他們之間只有一輛車的距離，沉默替每一個腳步聲都安裝了麥克風。他會聽到她的第一步。她不會半途而廢。她會死於背後的子彈。

「我會殺了那個小婊子，爸爸。我保證——」

她握著空手槍，從顫抖的牙齒中吐出一口氣。壞主意在她腦海中閃過，一個又一個無望的死胡同。搶我的錢包？開槍。待在這？開槍。躲在車底下？開槍。

她讓自己陷入了困境。她不知道還有什麼可做的。她不停地用手指夾著頭髮，又回到那個可怕的無意識習慣，扭動頭皮傳來無法忍受的疼痛。當這些想法變得更加絕望時，她的眼睛裡充滿了刺痛的淚水。

指控雷切維奇？開槍。

把空槍扔到他臉上？開槍。

她在食指上又打了一個結。扭得更厲害、更用力了。

祈求原諒？被嘲笑，然後開槍——

她的頭髮被扯下頭皮，一陣尖銳而劈啪響的撕裂感。一股新鮮的暖意湧來。

她大吃一驚，身體令人作嘔的感覺分崩離析。她所有的感官立即都活了起來，整個世界頓時變得厚重而朦朧。疼痛感從她破碎的手肘傳來。

在她右邊，卡羅拉旁邊，她聽到了一聲輕柔的、堅韌的咔噠聲。又是另一聲。接近的腳步聲。他來了。

他明天可能會殺了我。

我知道。我可不是笨蛋。如果他這樣做，我需要直接記錄下有關坎布莉的事。在這裏。

在俄勒岡州的一個夏天，我和坎布莉十二歲時，我們遇到被卡車撞傷的白尾鹿。牠的腿肢離破碎。牠的眼睛盯著我們，喉嚨裡發出低沉的聲音，像是貓在咕嚕咕嚕叫。如果你有去我們的學校，那你已經聽過下一個部分一千遍了：我飽受了驚嚇，我看著年輕的坎布莉．阮不發一語跪下，抽出一把蝴蝶刀割開了母鹿的喉嚨。

這一切都是真的。她做到了。

但只是因為我要求她這樣做。

當她拒絕時，我求她。我保證我不會說的。我不能站著再聽到咕嚕聲或看到那些可怕的彎曲的傷腿，且我知道到農舍還有幾英里，一個成年人得花幾個小時才能到達那裡，我太懦弱了，沒法自己動手。

所以最後，坎布莉做了。

我在旁邊看著。

然後她在一條小溪裡洗了手，我們什麼也沒說，步行走完剩下的路程。開始下冰雹了。我們倆走在高速公路的對面，我記得自己邊走邊抽泣。在猛烈的風暴之下，我知道結束動物的痛苦還不夠。我需要責備一個人，而你不能責怪一頭鹿。

我們回到家後，我不只違背了諾言。我還跟父母說都是坎布莉，是十二歲的坎布莉謀殺了無緣無故發呆的動物。我給他們看她的秘密折疊刀上面的血，事實證明未滿十八歲持刀不合法。他們相信我。不是她。直到今天，他們仍然相信我的版本。

坎布莉・阮。殺鹿人。

我是她成為密道頓中學唯一一個七年級學生的原因，而她有自己的心理治療師，相處融洽。我很樂意成為和瘋子妹妹待在一起的受害者，所以我不斷地用新的細節和血污複述這個故事。到了十月，她失去了大部分朋友——他們的父母都不允許她進入他們的家中。有人在她的置物櫃裡裝滿了一罐紅色油漆。隨著她的成長，坎布莉不辜負她的聲譽並繼續表演，馬桶和海綿的特技是亮點。但直到高中，心理學家才終於盯上她：分裂型人格障礙。直到今天我都不知道那是天生的，還是我推了她一把。

心理治療師羅傑斯也是醉漢。對不起，但他是。他穿著紅色毛衣來了，臉頰通紅，像個屎面先生。我記得偷聽過諮商的片段，還有最揮之不去的是坎布莉痛苦、懇求的聲音，但被一扇門堵住了：

妳不聽。

妳不聽我的。

現在我很好奇，我是否遵守了對妹妹十二年前的承諾，也許我們成年後會變成一種功能性的關係。

也許坎布莉不覺得有必要每隔幾個月就痛苦地將自己從無法接觸的世界連根拔起，因此像個游牧民族一樣生活在她的豐田汽車內，儀表板上有海玻璃，後車箱裡有個帳篷。也許那一刻就翻動了第一張靈應牌，我失去了唯一的機會，失去了她。也許是我把她推到了蒙大拿那座橋上。

也許妹妹死了是我的錯。或許。

我永遠不會知道。

就這樣，我將這些寫下來，傾倒出我的腦袋。我無法描述在螢幕上看到這些文字是多麼令人欣慰，單擊一下發布在光和音，從而成為歷史。如果我明天死了，這不會和我一起死去。

我已經放下了。

可能吧，如果明天出了差錯，在雷切維奇下士準備除掉我之前，這會給我一些最後的安慰。

——

他帶著他的.38手槍躡手躡腳地前進。

一步一步小心翼翼。玻璃碎片在他的靴子下嘎吱作響，就像蛋殼一樣——他知道這無所謂。每一個聲音、每一個腳步聲，都在寂靜中被放大了。

她肯定聽到他來了。如果她動了，他也會聽到她的聲音。

他什麼也沒聽到。

無論如何她能去哪裡？她蜷縮在卡羅拉的後車箱後面，無處可逃。且就算還有彈藥也沒剩多少了。若她有備用彈匣就會重新裝彈，那麼他也會聽到聲音。

再一次，他什麼也沒聽到。只是陽光普照的寂靜。

當他越來越接近時，視線保持在焦點上。他輕輕地把乘客門推到一邊。它在彎曲的鉸鏈上咔噠一聲合上了。

另一個清脆作響的聲音。一聲接一聲。

「堅持住，爸，」他對卡車喊道。「我來解決她了。」

沒有回覆。

他拿著左輪手槍，瞄準具傾斜，處於教科書所說的「高」位置。他的慣用手在上，支撐肘在下。他的支撐側腳呈九十度。中軸回鎖射擊法，術語如此。殘酷又務實地用來對付莉娜那種老式的等腰射擊姿勢，建立在槍戰不會發生在射擊場的激進觀念之上。現實生活中的射擊場景是突然的、令人痛苦的和不可預測的，槍手必須能夠在近距離（未瞄準）和遠程（瞄準）射擊之間保持武器從徒手攻擊到流暢過渡。這有一種詩意，看著槍手旋轉他們的身體以有效地應對威脅。

是的，自鳴得意的小莉娜可能有能耐在紙上射擊出緊密的孔洞，但她已經知道，她的排練技巧並沒有轉化為現實生活中的汗水和恐懼。她已經錯過了很多槍、意外故障，並在掩護後頭中了彈。她即將接受她的最後一課。

他朝她走近，繞過豐田的後備箱向左走去，以利刃的姿態舉起武器。焦點對準。他以完美的焦距一寸一寸地掃過了車輛後擋板外的敵對空間，就像切餡餅一樣，逐漸揭露出……。

空蕩一片混凝土。

她走了。

他眨了眨眼。*什麼？*

只留下了一雙鞋。脫下後整齊地擺在一邊。

他的大腦正努力處理這個問題。就跟三個月前一樣難解，當時坎布莉似乎是突然消失在黑暗高速公路彎道後面的夜色中，彷彿人間蒸發一般。她可能去了哪裡？而為什麼要脫掉鞋子——

有什麼東西壓在了他的脖子後面。一小圈熱金屬。

「放下槍，雷。」

天啊，他驚嘆。

她們真的是雙胞胎。

——

莉娜換手訓練她剛搶過來的左輪手槍，然後她用槍指著他走向她的錢包。在那裡，她迅速跪下抓起備用彈匣，重新裝上她的貝瑞塔。

他悶悶不樂地看著。「等等。妳已經空了嗎？」

她笑了笑，用拇指指著滑梯。十七枚新的空心彈，裝彈完畢。她已經掌握了這個竅門。

「來吧。」她把他的左輪手槍塞進她的後兜裡。「我們去看看爸爸是否還活著。」

他嘆了口氣，彷彿受到打擊。

當他們接近卡車時，她讓他走在前面，要是陰涼的駕駛室裡的老人還活著，便會舉起他步槍再次射擊，他將被迫在他兒子周圍開槍。

他的兒子，雷切維奇。她仍然在琢磨它。

「你在學院選拔中不及格？」她揶揄道。「我以為你是超級警察。」

他什麼也沒說。

「是哪樣不行？伏地挺身？記不住無線電號碼？」

沒有答案。

「除非有一個測試是讓你不被一個只有你一半大小的女人打敗和解除武裝？因為我覺得你他媽的搞砸這項，雷－雷。」

雷－雷。他父親可恨的嘲諷。

儘管如此，雷切維奇仍然悶悶不樂地保持安靜，沒有回答任何東西，他們在煙霧繚繞的空氣中默默地走著。她意識到自己已經沒有勇氣再逗他了。她沒有對一個剛剛失去父親的人這麼殘忍的能量。她知道失去是什麼感覺。有那麼一瞬間，莉娜忘記了過去十分鐘的汗水和恐懼，感覺自己像個侵略者。像個壞人。

我不是壞人。我只是想為我妹妹討回公道。對吧？

一陣風從橋上掠過，讓她皮膚上的汗水變得冰涼。她顫抖著。她突然想到，第一個在這場槍戰中開槍的是她，不是對方。這不是自衛。不完全是。不管真相如何，她都需要確保兒子和父親的安全，才能得到她要的答案。她從他們的嘴裡聽出了真相，這些病態的混蛋將坎布莉勒死，然後將她的屍體從髮夾橋上扔下，偽裝成自殺。

對嘛？

她知道。她只需要聽到他們親口說出。就快了。

他們到達了卡車邊。她對雷切維奇下令：「站在這裡。」

他做到了，恐懼地盯著半人馬高大的卡車。在紅色門上打出的三個洞。他用顫抖的聲音喊道：「爸爸？」

「閉嘴。」她舉著貝瑞塔走近。裡面的慘叫聲早已沉寂，但這並不意味著老人死了。他可能在埋伏中等待。如果他還活著，她決定要試著和他講道理。如果他死了，她會再三確認。不管發生什麼事，那裡都有一把毀滅性的步槍，她不能讓雷切維奇拿到。

她擦去眼角的沙礫。她的臉頰又痛又癢，彈片像蟲咬一樣埋在她的肌膚裡。她傷可見骨的肘部也在陣痛。但她不能失去專注。

現在不行。不能在她如此接近真相的時候。

她爬上了卡車光滑的銀色踏板。它很滑，被太陽烤得灼熱，透過她的襪子燒傷了她的腳。

「爸爸，」雷切維奇沙啞地說，「她正朝門走來，現在……」

她猛地回頭瞪了他一眼，他已經說完一句話：「……所以求求你了，爸爸，不要射殺她。」

她打量著他，神情相當不確定。戴著手銬的警察沒有對上她的目光，沮喪地盯著馬路。他的下巴在顫抖。他眨了眨眼，一滴落下的淚珠在陽光下閃爍在半空中。真是些有說服力的表演。只是表演。

請不要射殺她沒有任何意義，她知道。但至於她現在上門了？那肯定意味著什麼。

她坐在駕駛室的踏板上保持身體後傾，伸出另一隻手去拉門把。那是個薄的、拋光的門鎖。她用沾滿鮮血的指尖輕撫它然後慢慢地把它們包覆。她屏住呼吸，腹部緊縮成一團，準備迎接另一聲雷鳴般的槍響從內部的黑暗中爆炸，將塗漆的金屬從裡到外綻放。她準備在一次噩夢般的爆炸中失去兩三根手指。

一切都沒有發生。

把手咔嚓一聲。她拉開搖擺不定的門。堅硬，吱吱作響的框架，一些剩餘的安全玻璃碎片撞到了路上。她躲在後面，她的襪子在滑軌上搖搖欲墜。她本想對裡面的男人說點什麼，但還是決定不說。雷切維奇已經說得夠多了。

她吸了一口氣。

然後她往駕駛室裡看了一眼，那是一種鳥兒般的啄食動作，然後瞥見了一個倒在地板上的人。

低頭一看。還有血。大量的血。

她向後傾身，呼出一口氣。

「他死了嗎？」雷切維奇在下面低聲說道。

她不理他，把貝瑞塔交換到左手，再往內窺探一次，動作放得更慢了。她的食指勾住扳機，準備開火，這時駕駛室的陰影內部旋轉進入視野。正如雷所擔心的那樣，裡面的人確實看起來已經死了。他的白色T恤——寫有I Believe in Bigfoot——沾滿了鮮血，鮮豔的赤紅色。他顯然被她擊中了。他靠在棍子上，低著頭，對著膝蓋。她可以看到他眼罩的棕色帶子不舒服地嵌入他的灰髮中。槍煙仍然在空氣中瀰漫。氣味一下子撲面而來。惡臭、細菌、乾汗、屁味，這是一個六十多歲的男人在一個地方呆了幾天不洗澡的必然結果。

她用嘴呼吸。她看到他一直在向她射擊的步槍。設計復古，但保養得一塵不染擱在他的腿上，槍管朝下。在她觸手可及的範圍內。

拿走，莉娜。

她開始往裡靠，但又停下了。感覺就像一個陷阱。

她正背對著外面的雷切維奇。如果老人裝死怎麼辦？他可以活過來抓住她的手腕，將貝瑞塔甩開，而她離得太近，沒有逃脫並再次朝他開槍的空間——

從膝蓋上拿起步槍。把握機會。

她沒有這麼做。感覺不對勁。她已經有兩支槍了。

為什麼要為第三把她不知道如何操作的槍枝冒險殺死自己？

那就把它從橋上扔下去。不，不值得冒險。

坐在那裡也有風險。在一個可能沒有死的人的腿上。

她試圖權衡同樣糟糕的選擇。她的胃咕嚕咕嚕叫了起來。她瞇著眼睛看著男人血淋淋的襯衫，但不知道致命的彈孔落在哪裡。胸部？大概是吧，還是胃或臀部？

「嘿。」她意識到雷切維奇正在向她的左邊移動。「遠離我的側邊，雷－雷」

他愣住了。被逮個正著。

她指了指前輪側邊。

「回去那裡。不准動。」

「他死了嗎？」

她沒有回答。她不知道。當她站在卡車的門邊調整自己的方向以便能看到他們兩個時，她的皮膚起了雞皮疙瘩。她不敢將目光從裡面血淋淋的老人身上移開，同樣也不敢將目光從雷切維奇身上移開。即使被戴上手銬，他也近在咫尺。他可以瞬間將她的腳踝從腳踏欄杆上掃下來，讓她摔倒在混凝土上，在她開槍之前踩在她的氣管上。像雷切維奇這樣的人，有多少種徒手殺人的方式？

保持警戒，莉娜。更多干擾了。他第三次問：「他死了嗎？」

「是的。」

「你確定嗎?」

「是的，」她撒謊，密切注視著老人的屍體。

「我能見他嗎?拜託?」

不知何故這感覺是個錯誤。莉娜搖了搖頭。

世界搖擺不定。有那麼一瞬間，她覺得噁心。所有感官上的恐懼一下子都回來了——被槍殺的驚慌失措、濃濃的火藥味、爆炸的雷聲、血腥的銅味、子彈在頭頂飛過時發出奇怪的嗚咽聲、駕駛室裡的死人、她親手透過一扇門殺死的陌生人。

「他……」她大聲說，好像必須證明此話是合理的。「他對我開槍。」

「是妳先的，」雷切維奇低聲說。「我們是正當防衛——」

「屁話少說。你們中的一個人勒死了我妹妹後用塑料包裹住，這樣就不會留下任何皮膚細胞、頭髮或纖維。你讓她窒息，小心翼翼不在皮膚上留下瘀傷或痕跡，她眼睛裡也沒有破裂的血管——」

「莉娜，妳沒在聽。」

「現在告訴我。是他還是你?」

「都不是。」

「你在撒謊。」

「坎布莉跳下這座橋。」警察說話的時候走得更近了。太近了。「我想告訴妳真相，莉娜。妳一直問，期待著不同的答案——」

在儀表板上，她注意到一隻棕色的髒襪子盤成一個結。她花了幾秒鐘才意識到那實際上是什麼。胃酸爬上了她的喉嚨，她搖搖頭，感覺到岌岌可危的局勢正逐漸脫離掌控。

「不、不、不。你們兩個混蛋殺了我妹妹，假裝——」

「我們抓不到她。」

一個突兀的停止。

「什麼……你說什麼？」她強忍著破碎不堪的心緒，強迫自己振作。「什麼叫你抓不到坎布莉？」

雷切維奇又邁出了一步。他現在近到足以構成威脅了，只要他願意，隨時可以用被銬住的手抓住莉娜的腳踝。

他沒有。他看著她死去空洞的雙眼。「莉娜。她逃走了。」

第十九章
坎布莉的故事

坎布莉還沒有失去知覺——還沒有。她只是在假裝，讓四肢軟弱無力地癱軟在塑料人的懷裡，只是一種伎倆。

他買帳了。他的嘴唇在她的耳邊移動。「已經走了？」

我的刀。就在右邊的口袋裡，一股微小的壓力壓在她的大腿上，掠過了她的思緒。它就在那裡。幾英寸遠。現在，當塑料人稍微鬆開手檢查她的脈搏時，她終於可以握住它了。

在看不見的情況下，她的手指緊握著口袋裡抽出的 KA-BAR 的把手。她用拇指指甲撥開三英寸長的刀片，手掌緊握成拳。

「嗯。」他氣喘吁吁，顯得很失望。「妳知道嗎，孩子，我以為妳能堅持久一點——」

越過肩膀，她朝他的臉捅了一刀。

刀片穿過軟組織，感覺就像刺穿果凍一樣。比她預期的還要容易。她沒看到它是從哪裡刺入的，但距離所猜測的也相去不遠。起初塑料人幾乎沒有反應，只是透過塑料用鼻子猛吸一口氣，像是在打噴嚏一樣。

然後他鬆手。

坎布莉向前猛衝，手掌拍打在光滑的防水布上。她也放手了——把刀留在身後男人的臉上。她站直了身體、鞋子打滑，認出了卡車高大的影子。夜晚的空氣冷得驚人，刺痛了她生硬的喉嚨。她眨眨眼尋找雷切維奇和他的紅藍警示燈，但眼前只有一片黑暗。

她轉過身，回頭看著塑料人。

他沒有動。他默默地站著，雙手舉到臉上。他不敢碰。一道閃電打亮了 KA-BAR 突出在他的呼吸面罩外的握柄，刀片刺穿了他的顴骨和眼球之間。他的眼皮猛地張開又合上，彷彿是要眨掉一粒沙子，刀柄也跟著上下晃動。

他觸碰它，用指尖輕拍它。以一種深刻而恐怖的敬畏感感受這個新的發展。

「哦，」他說。「哦，哇。」

她嚐到了平反的滋味，接著是恐懼。他沒有死。差遠了。他是一隻受傷的動物，被自己的鮮血嚇壞了。再過一會兒他就會被激怒。她從他身邊退開、退開、再退開，直到她的後背撞上了卡車冰冷的金屬面板。

「哦。」黑暗中塑料發出起皺的聲響。她看不見他。

在她身後：「爸？」

她的心哽在喉嚨裡——那是雷切維奇的聲音——但那是非第一手、一種帶電的聲音。它來自一個無線電裝置。也就是說警察不在附近。

「爸，我要迴轉嗎？」收音機又發出唧唧聲。「我在橋上——」

塑料人現在瘋狂地跺著腳。雙手緊握呼出痛苦的嘶嘶作響。沒有另一道閃電她無法看到細節，但她知道他正在將刀拔出眼眶。心急之下她考慮攻擊他。現在。衝上前去好好對付他，用她的全部重量將雙掌用力壓下突出的刀片，讓利刃直接貫穿他的大腦——

這是妳的機會，她的憤怒催促著。妳的一次機會。現在。

與他戰鬥，坎布莉。

但來不及了。他尖叫著，指關節離開臉部。刀子飛了出來，落在了某處的防水布上。他憤怒地哼了一聲。

「爸爸。我來了——」

塑料人在黑暗中隱形向她撲過來。但是坎布莉感覺到了空氣中的波動，並躲過了他呼嘯而至的手臂。下一步她扭動腳踝滑行到卡車下方，匍匐著爬向另一邊。

「妳這婊子。」他在她身後四肢著地摔倒。「你他媽的婊子——」

她以手肘和膝蓋上在巨大的輪胎之間掙扎移動，一邊還得推開懸垂的鏈條。她看不到塑料人，但可以聽到他在身後喘著粗氣疾奔而過，伸出一隻皺巴巴的手想抓住她的腳踝。

「逮到——」

但她即時逃離他的掌心。他太慢了。她太快了。

她為跑步而生。坎布莉一直是一個急速的惡魔，不可觸碰、不可捉摸，總是領先眾人之前，總能夠在派對開始和警察出現之前優雅地退出。她已經在卡車的另一邊翻了個筋斗，在雙腳踢起的碎石噴濺下向左一個轉身。

現在可以看到她的卡羅拉了——它就在那裡，被另一道閃電照亮——當塑料人在她身後咆哮時，她怒火中燒衝刺。

「操！」

對講機裡：「爸。她做了什麼？」

「她……哦，真他媽的。我的眼睛看不見——」

「什麼？」

「她捅我眼睛。」

很好，回到車旁時她心想。她把半開的門拉開跌進駕駛座上。回到家了。她轉動鑰匙，引擎出聲後過了幾秒鐘才轉動。油箱甫開始運作。

現在離州際公路已經不遠了。妳可以的，坎布莉。不要看時鐘。

時間是八點五十八分。

她調整檔次。妳會到達某個燈火通明的地方的，然後妳可以報警。真正的警察。那兩個混蛋將會被燒——

「她在她的車裡——」

「等等。你的眼睛怎麼了？」

坎布莉踩下油門，引擎轟鳴。令人振奮的聲音，她總是與自由聯繫在一起。卡羅拉向前疾馳，從十八輪卡車旁邊呼嘯而過。她打開前燈照亮空蕩蕩的道路，並掃描著那個半盲的混蛋，希望在她從他身邊經過時輾一下他。可惜運氣不夠好。他們的聲音消失在一陣空氣中：「她逃走了——」

一切都在她身後消失。響尾蛇卡車、塑料人、他們爭吵的聲音、她氣管上令人窒息的壓力、駕駛室裡汗水和蛇屎的霉味。這一切發生在眼前，最後消失無蹤。

她的車速表達到六十、七十、八十。道路彎彎曲曲。夜風穿進她的窗戶，吹散了她的頭髮。她顫抖著笑著，咯咯地笑得像喉嚨裡卡著石頭。

混蛋的陷阱失敗了。她目睹了一些她不應該看到的東西，她已經擺脫了他們的控制，很快全世界都會知情。她要讓他們出名。他們會被逮捕、吊起來、被判刑。也許胖子需要一把加寬的電椅。

現在這條路像絲帶一樣蜿蜒曲折，變成了一個斜坡。行經州際公路前的最後一片山腳然後她就自由了。她檢查後視鏡裡是否追趕在後的車頭燈。沒有。另一道閃電證實了這一點。她獨自一人。

前方又是直線車道。更冷的空氣讓她眼角的淚水飛濺起來。她忍不住哭了、笑了、尖叫了，一次又一次，因為每一次都是全新的呼吸：爸爸媽媽和莉娜，她心疼地想著。我們會再見的。等我回到華盛頓後，我保證，我會再見到你們所有人，我們是一家人。

——

抱歉。我應該停一下。

是我一廂情願。事實是，我不知道此時她在想什麼。

在寫這篇文章時，我應該堅守事實才對。

但我喜歡想像我妹妹在安全的情況下開車時，會溫情想著我們。她將如何與爸爸媽媽和好。也許她會買一套公寓，不再勉強糊口度日，上夜間設計課程。也許——我希望——坎布莉開車時甚至會想起我：我也想妳，鼠臉。對不起，我們從來不說話。對不起，我們是陌生人。

我希望能和妳一起度過不同的時光。

也有可能，在六月那個寒冷的夜晚，我根本就沒有進入過她的心緒。我無法證明。根據雷切維奇下士的說法，我只知道我妹妹躲過了塑料人的攻擊，繼續向北行駛，駛向州際公路。也就是說……。

——

坎布莉前方道路急劇曲折。一座橋映入眼簾。

它陡然出現，從黑暗中拔地而出，敗壞、醜陋的輪廓。豎立的橫梁立在蜘蛛狀的分形中，用螺栓固定在岩石之上。一個鏽跡斑斑的標誌出現在坎布莉的遠光燈前，卡羅拉疾馳而過時她瞥見了掠過的黑色噴漆：

您行經的所有道路都通向這裡。

第二十章

莉娜

「我妹妹到底發生什麼事?」

席歐・雷切維奇僵直地坐著，溫徹斯特槍管放在他的腿上。他低著頭，呼吸冰冷，只是聽著不作聲。他知道，根據莉娜的音量和語氣，這問題是針對雷-雷。

傾聽就是一切。

眼睛?太高估雙眼了。大多數蟒蛇白天的視力幾乎都沒有用處，而是依靠對氣味和振動的超自然意識。席歐明白這一點。黑暗是他最好的時刻，當他披著畫家的防水布，像一件掛在汽車旅館壁櫥裡的外套一樣站立時。視覺將被其他感官給取代。小房間變成了令人陶醉的觸覺積累。女人溫柔的呼吸聲。她錢包的叮噹聲。她從床鋪到浴室水槽的腳步聲輕快地沒有意識到她正在與她的殺手分享氧氣。

差不多就是這樣。

雷-雷肯定猶豫了，因為莉娜的聲音提高了:「說話，雷。」

她的呼吸急促顫抖。莉娜不是錢包裡裝著海洛因針的笨蛋。莉娜是個鬥士，和她妹妹一樣是個鬥志旺盛的小亞洲人，她的腎上腺素仍因槍戰處於高水平狀態。在她的世界裡，她在爭鬥中倖存下來。但席歐裝死也獲得了一些喘息的空間，現在他伺機尋找反擊的機會。她將因為沒有確認殺戮結果而鑄下大錯。

妳沒有幹這事的直覺，他想。不像坎布莉。

妳只是她的影子。

他聞到了女孩的汗味。她洗髮精中的青蘋果氣息。還有一些微風和花香的味道，可能是除臭劑。

她們總是香氣逼人。

終於，雷－雷說話了。「他是……他不是個好人。」

「你爸爸？」

「我知道他不是個好人。」

為你自己說話，雷－雷。這就像是在聽自己的悼詞。

「他，呃……他殺人。」

沒有廢話。

「不只是人。他針對女性。」

哦，是不是更糟了？好樣的性別平等。

「他會帶走她們……呃……」雷－雷的聲音因不適而顫抖。「離開馬路。他在公路上徘徊，從奇卡戈到奧斯汀再到曼菲斯，就像一個在十八輪卡車裡游蕩的惡魔。他願意幫助被困的女孩、搭便車的人、需要搭車回家的醉酒孩子。如果他們不上車，他就會設法找出他們那天晚上過夜的地方。他稱那些人是他的流浪者。任何年輕的、受過折磨的、住在車裡的、擺脫艱難過去的女人……那些人在沒人目擊的情況下彈指間就能消失。」

不要在自家後院拉屎。我教過你。

「我記得五六歲的時候，有次我和哥哥在玩任天堂，他從他的工作室走進來，披著這件大雨衣。從頭到腳，就像裝在屍袋裡的屍體。我們倆嚇壞了。我問他在做什麼，他毫不猶豫地透過呼吸器露出鱷魚般的巨大微笑，並用傻乎乎的聲音說：**為什麼，兒子，我是塑料人！**」

席歐幾乎不記得這件事了。但是雷－雷記得，他心中一陣暖意。

「就像一個超級英雄，」雷－雷說。「就像克拉克．肯特消失在電話亭裡一樣。對我來說這很正常，有時爸爸會因為扮演塑料人而消失。」

他的語氣變得陰沉，就像太陽穿過雲層。「我和哥哥後來才知道它的嚴重程度，那時我們才十八歲。我們每個人的應對方式都不一樣。就像我告訴妳的那樣，他舉起莫斯伯格自盡。與此同時，我即將到米蘇拉唸書，這是我畢生的夢想。我剛剛失去了雙胞胎兄弟，而我的父親——我唯一倖存的家人——是一個變態殺手。我該怎麼辦？」

席歐感覺到了動靜。三尺外，少女正在門邊調整姿勢。她專注於外面的雷－雷，而不是這具倒地的屍體。

這段時間挺不錯的。

他睜開完好的那隻眼睛，用鼻子呼吸。慢慢地，他的右手爬到溫徹斯特磨光的胡桃木槍托上。一個令人安心的熟悉形狀，上頭黏著紅血和冰茶。他在心裡預演了他的攻擊：他將抬起頭，舉起步槍，把女孩的肺射穿。一切都在微秒之中，在她來得及將手槍對準他之前。要不是因為一個問題，他現在就可以做到。

一個大問題。

子彈沒有上膛。他需要先轉動步槍的槓桿動作來循環一個新的 .30-30 子彈，這會有不小的聲響。莉娜會聽見。

吃屎。竟然忘了這件事。

「我向父親提出了一項交易，」雷－雷繼續說道。「若他承諾永遠不會再這麼做，我就幫他掩蓋他一切。」

「他又做了一次，不是嗎？」

妳打賭我做到了。

「他故態復萌了，沒錯。」

「可憐的傢伙。」

當他們說話時，席歐動作緩慢且持續地施加壓力準備他的步槍。以毫米為單位打開剪刀式鉗口，盡可能安靜地轉動武器。

然後他會砰一聲射殺她。

「十七年，」雷－雷繼續說。「我已經清理了我父親的爛攤子十七年。他需要的一切。無時無刻。我讓屍體消失，我燒毀證據、掩埋車輛、錯誤歸檔的記錄。在我的整個職業生涯中，他一直是我醜陋的秘密，而我一直是他的藍衣守護天使。」

我的藍衣守護天使。席歐記得這番話——一字不差——一天早上他們在倒水泥的時候。是父親節那天。這種話是捏造不出來的。腹部之下，他感覺溫徹斯特的鉸鏈機制越來越打開，發射彈簧的張力正在醞釀。

「但是，」雷－雷補上這句，彷彿這很重要，「我只做了清理工作。只有善後。我從來沒有……妳懂的。」

這是真的。對於他的小兒子來說，這行為肯定令他震驚萬分，他崇拜藍衣男孩，自從他第一次用塑料手銬逮捕他的兄弟時，就夢想成為一名警察——長大了卻發現自己得捍衛錯誤的那方。生活很快就找上門了，對吧？

步槍已完全打開，推彈出了一個用過的 0.30-30 彈匣，席歐默默地把它引到手掌中。不能被她聽到它落在地板上的聲音。

「你沒有試圖阻止他？」莉娜問道。

「我——我一直試圖阻止他，」雷－雷結結巴巴地說。「我威脅說要舉發我們倆。很多次。但他總說我是在虛張聲勢，因為他知道我和他一樣忠誠。我將會失去更多。」

這風險很大。

席歐調整了他雙手的力道，慢慢分幾次將槓桿關閉，施予緩慢而穩定的壓力，像關閉保險庫一樣將新的一輪子彈密封到溫徹斯特的膛內。

最後以最微小、最低沉的咔嗟聲結束。

一陣動靜。是莉娜，她轉過頭來面對他。

她聽到了。

席歐汗流浹背、沉默地坐著。被刺穿的腹部緊縮，汗毛直直地刺痛著他的皮膚。他想知道她有沒有認出槓桿關閉的聲音。她對槍枝瞭如指掌，不是嗎？在女性中相當罕見。駕駛艙裡的溫度似乎有了變化，如懸在刀刃邊緣一般不穩定。如果莉娜湊近一點仔細觀察，就會發現屍體沾血的指甲現在可疑地扣在步槍的扳機護罩裡。一秒鐘過去了。兩秒鐘。

黑暗中他緊閉完好的眼睛等待著。一滴汗水順著他的鼻尖流下，掛在他的鼻孔外頭。隱隱發癢。

終於，他聽到女孩呼出一口氣再次開口，注意力轉回到雷：「就這樣？我一直對你如此執著。但你根本不是兇手。」她聽起來很失望，好像整個槍戰都是在浪費她的時間。「你只是兇手的小清潔工。」

他的兒子嘆了口氣，聽得出來很受傷。

席歐感到他的腸子裡響起了歡快的笑聲，就在她製造出的九毫米子彈孔附近。搞不好他喜歡她。她畢竟也是有坎布莉的ＤＮＡ。這並不重要。溫徹斯特已經準備好在他的膝蓋之間立起。他的食指在扳機周圍游移。

莉娜遲疑了一下，似乎害怕說出來：「她是……」

「什麼？」

「我妹妹是他的受害者之一嗎？」

這可是個大問題。將會帶來毀滅性的一擊。席歐知道這是他進攻的時刻了，他準備要猛地睜開眼睛直起身子，抬起裝載滿 0.30-30 子彈的武器朝她的胸膛開火。他在隱密的黑暗中等著雷－雷清清嗓子做出回應，然後就給這個小婊子最大的驚喜——

——

為了保險起見，莉娜朝老人的臉開了一槍。

他吃痛，血液像被陽光照射的粉塵般噴灑了整個駕駛室。他的腦袋砰一聲跌下收音機，靠在變速桿將桿子向前推。槍響了。或許是莉娜的想像，但她發誓她看到屍體的臉上瞬間閃過一絲表情。

看起來很**驚訝**。

槍聲在狹窄的空間內迴盪。雷切維奇驚呼一聲。

「我必須確定，」她說。「他可能在裝死。」

左輪子彈直接射穿了男人的嘴唇，比她平常的五十二人臥倒低了點，因為她現在是左手持槍。但仍舊是無懈可擊的一槍。

她用拇指翻出左輪手槍的彈膛——現在所有的底火都打好了——然後扔掉了空武器。

雷切維奇驚恐地瞪著眼睛。「為什麼……妳為什麼要那樣做？」

直覺，她差點這麼說。

現在她的直覺感覺到了別的東西——一種不安的動作。

她意識到卡車正在移動。腳踏板下的人行道緩緩移動。彷彿是站在退去的潮汐之上。

雷切維奇也注意到了。

老人的身體倒在變速桿上，一定是動到了空檔。十噸中的器械和貨物現在正滑下髮夾橋的輕微坡度。空氣剎車輕輕地發出嗚嗚聲——作戰，但還不夠猛烈。

莉娜覺得很好。她已經在這艘滿是陽光的汗水和蛇屎的容器內待夠久了。

他們要在錄音機附近的汽車旁繼續談話，這樣雷切維奇的其餘供詞就可以被記錄下來。要是這台龐然大物想去谷地幽會，她可不想奉陪。

「起身，雷。」

他乖乖地從移動中的卡車上邊後退時，莉娜用槍指著他，走下腳踏板，跳過了最後幾階，重重落地扭到了腳踝。雷切維奇在炙熱的日光下瞇起眼睛，愣愣地望著遠距離之外。她也看到了。

髮夾橋以東最近的山丘以及它那茂密的松樹外衣，現正被一堵宛若世界末日的翻騰火焰大牆所吞噬。

布里格－丹尼爾斯野火蔓延至此了。

第二十一章

「我們快沒時間了，莉娜。」

她又在錄音機中插入一個九十分鐘的卡帶，沒有理會雷切維奇。她按下錄音鍵，在上頭留下一個血淋淋的指紋。她今天打鬥得太過凶猛賣力，以至於讓那場森林大火席捲而來做出干擾。

「莉娜，」他低聲說。「我們得走了——」

「還沒。我妹妹怎麼死的？」

「妳瘋了。」

「她是他的……」她狠吐出這個卑鄙的詞。「他的流浪者之一嗎？」

「不是。坎布莉與眾不同。」雷切維奇看著遠處的樹木像七十英尺高的燭芯一樣升起，為油膩的火柱提供養分。「她不是受害者。她親眼目睹了我的火堆，那樣太超過了——」

「你的什麼？」

「我的火堆。」

「那什麼意思？」

他努力整理思緒。「那裡，黃瓜農場路上……若妳沿著泥路向南走，就在焚燒的穀倉後面……我叔叔的伐木公司倒閉時，他給了我父親一些土地。我們稱它為雷切維奇莊園。家族遺產應該是一座宏偉的大豪宅，但卻從來沒有實現。冬天道路不斷被沖刷。卡車沒法將材料運進去。然後根基不穩、地下水乾涸，最終那地方成了我……呃……」他停下腳步，盯著兩人之間的混凝土。

他的焚坑。

莉娜的喉嚨冒出胃酸的味道。「她看到你……燒屍體？」

「不止。」

「於是你得讓她消失？」

「我希望它永遠沒有發生，莉娜。」

他是認真的。不知怎的她知道：這不是謊言。

空轉的卡車現在已經往橋下移動了一百英尺。雷的爸爸在裡面，倒在他的死蛇旁邊。人類捕食者像烏鴉蒐集玻璃一樣，在高速公路上徘徊並蒐集將死的靈魂。他是這個謎團的黑暗之心——也許是必須對坎布莉之死負起最大責任的人——而他已經死了。置身事外了。他不會再受到任何懲罰。射殺他應該感覺很棒吧？那是復仇的糖分，已經用完了嗎？

莉娜感覺她的眼睛在煙霧繚繞的空氣中濕潤了。「這就是坎布莉必須死的全部原因？」她的下巴不住顫抖，她強忍著。「因為她看到了一團愚蠢的火堆？我沒有妹妹了，就因為這個？」

「那妳希望是如何？」

她不知道。一場陰謀？髮夾橋上的鬼魂？任何事情都好過如此。真正的怪物已經死在一輛緩緩駛下橋的十八輪卡車裡了，她只剩下雷－雷，兇手流著淚的小助手。

坎布莉死了。因為火光。

答案讓你失望了。莉娜和其他人一樣深知這點。

妳昂貴的英語學位可以讓妳有資格從事零售業。在妳為妹妹的謀殺案報仇的前一天晚上，你那場夢魘可以這樣結束。她拒絕看你、拒絕說話，簡言之就是要你滾出墳墓。**快走吧，莉娜。走吧。**

拜託快走——

一聲尖叫傳到她的耳邊。像是以砂礫、金屬、螺絲刀刮擦黑板。是卡車的右側與橋的護欄相互摩擦撞擊。已經兩百英尺遠了。

「她一直逃跑。我不得不阻止她。很抱歉，莉娜。」

「你感到抱歉嗎？」

「是的。對於一切我很抱歉。相信我。妳知道嗎？我爸爸和我罪有應得。妳像是西部片中的神槍手一樣進來清理這個地方並擒拿連續殺人魔，妳做到了。他死了，而妳逮住了我。」他驟地暫停。「我對坎布莉的事感到遺憾。」

「不要說她的名字。」

「**坎布莉．琳恩．阮**。我知道所有人的名字。我必須記住他們，因為爸爸不會。就像妳說的：當你死了，你就不再是一個人了。你是個念頭。」

橋下，金屬磨擦的尖叫聲愈演愈烈。這橋的護欄翹曲、下垂、即將斷成兩截——

「安娜．里希特。莫莉．威爾遜。卡拉．派翠克。英格麗．威爾斯。」他吸了口氣，快速念出這些名字。「珍妮爾．羅斯。艾莉．埃里克森。艾琳．德席爾瓦。梅根．赫南德斯。瑪麗．凱勒。莎拉．史密斯。」

她往後退了步。名字不斷湧出。

「凱倫．富勒。亞莉克斯．福特。凱莉．史隆。梅蘭妮．洛佩茲。」他瞥了一眼錄音帶。「都聽見了嗎？所有這些人，被抹去。爸爸主要在夏季動手，那時女性常晚歸，而且都獨自一人。沒有整體的計畫。沒有策略。他只是放縱自己的心血來潮，像一個孩子從雜誌上訂購玩具一樣。他完事後就會打電話給我。通常我都是和麗莎待在家裡，或者在車站舉重，然後我的電話響起——**替你留了一個流浪者**，他會這麼說，然後就是我的責任了。我得動手。」

她想像著他走進來，盡職盡責地將某個陌生人的屍體燒成黑色的骨塊。還有坎布莉，可憐任性的坎布莉，在旅途中意外撞見了可怕的場景，目睹了雷切維奇家族的秘密，從而被貼上死亡的標籤。

尖叫聲達到了最銳利的臨界點。欄杆在十噸貨物下下垂，鉚釘像槍聲一樣爆裂，卡車正往銀溪下墜，現在距離不可逆轉的傾翻只差幾英寸。

他的聲音下沉。「這週我殺了一個孩子。」

她回頭看著他。

「有一天爸爸打電話來，說還有一個流浪者必須消失。還有她的車。還有……他說後座的情況需要處理一下。」

他的眼睛閃閃發光。

你沒有，她想。你沒有——

「三歲，或者四歲。」他的聲音斷斷續續。「這個棕色頭髮的小男孩看起來就像小時候的我和哥哥。坐在貼滿超級英雄貼紙的汽車座椅上，美國隊長、雷神索爾和浩克。他哭了，因為他看見媽媽被帶走。爸爸說的情況就是這樣。這就是我應該清理的東西。」

莉娜想閉上雙眼，讓這一切就此停止。卡車的尖叫聲越來越大。

「我把男孩帶到我們的棚子裡，把他留在那裡。爸爸說這樣做不好。但我不知道還能怎麼辦。我帶食物、衣服和從閣樓裡拿出來的舊玩具給他，和他一起玩大理石製品。他的耳朵感染了，我帶了些我爸爸的抗生素過來。我心想……他媽的，真不知道我是怎麼想的。我猜我們可以撫養他，但我的妻子永遠不會知道實情。於是我想，也許我可以開車送他南下，送到亞利桑那州或新墨西哥州，半夜把他留在消防站外頭。那些人會將他送回倖存的家人身邊。對吧？」

他頓了頓，似乎在等莉娜同意。她不會回答。

「但他看到了我們的臉。他記得一切。」就好像他是受害者一樣。

「我別無選擇。」他吞嚥下，後又吐出唾沫。「我花了三個月的時間排除了所有其他選擇好嗎？最後，這週，我蒙上他的眼睛，告訴他只要脫掉T恤就能再見到媽媽。我把他帶進了地下水井。那裡頭長久以來都乾燥無水，到底一共四十英尺高。而我就……將他頭朝下扔下去，聽到他撞擊底部堅硬頁岩的聲音。很快就結束了。不會感到傷痛，就跟坎布莉一樣。我想他撞擊地面就立即死亡了，這樣很好，因為在下面因脫水而緩慢死亡會更糟……」

他聲音再次變得微弱。他只是想說服自己。

他抬頭看了她一眼，一個穿著制服的、可憐的、長得太大的孩子，好像很期待她馬上扣動扳機一樣。

她猶豫了一下。

「那是兩天前的事了。妳問我為什麼從星期四起就沒有睡覺？這就是原因。」

週四。雷蒙．雷切維奇下士徹底出賣了他的靈魂。

「就這樣。」他嗅了嗅。「恭喜。妳剛剛破解了十四起延宕十年的懸案，遍及了從加利福尼亞到費城的失蹤人口。這能寫成一本書。妳會出名的。」

你也一樣，她想。

這位戮童者咬著牙咧嘴一笑。「妳滿意了嗎，莉娜？」

三百英尺外，滾動的卡車繼續刮擦護欄，欄杆發出刺耳驚叫，整個車體最終傾斜屈服於重力——結果卻出乎意料地停了下來。十公噸搖擺的貨物，被一團亂七八糟的欄杆掛在髮夾橋邊上。

感覺還沒完。

她感覺身軀被鑿穿了洞，一股痛苦的殘缺。少了某樣東西。一整天下來這裡一直都少了某樣東西，她說不上來。越過山谷，她看著遠處的野火從一棵樹蔓延至另一棵樹，翻騰著一片片橙色火海。空氣中的灰燼滿是篝火煙硝味。

如果他們殺了坎布莉，為什麼要假裝她是自殺？為什麼不只是像其他人一樣燒掉屍體並抹去她的蹤跡？

「妳可以殺了我們倆，莉娜，但妳沒法改變過去。妳妹妹終究選擇跳下這座橋，」雷切維奇說。

「就在那邊。那個欄杆。」

他壓低了聲音。「她跳下的那一刻，我就在現場。」

第二十二章
坎布莉的故事

她猛踩剎車，心臟猛地跳了起來。不不不——

前方，雷切維奇熟悉的警車停在橋的遠端。側身。等著她。她可以看到猿人坐在Charger的引擎蓋上，腿上放著同一把黑色半自動步槍。他抬頭看了她一眼，在她的遠光燈下瞇起眼睛。

她看到了他設下的陷阱：長著爪子的黑影整齊地躺在他的巡邏車前，沿著欄杆排列。就像是潛伏的鱷魚半潛在河水中。它們是釘條，用來將輪胎撕裂成一團黑色橡膠。警察手段。

不，她想尖叫。這不公平。

我要逃——

雷切維奇朝她招手，臉上掛著一個疲憊的微笑，像個工人一樣。

她猛敲方向盤，喇叭發出羊般的微弱聲響。她朝著這一切、朝著他、朝著自己放聲大吼——因為她知道，在她逃離塑料人並選擇向北行駛的那一刻，她的命運就注定了。她有兩個選擇——北或南——結果選錯了。就像有隻貓頭鷹在後頭牧養那些即將離去的人的靈魂，就像死神在那個山洞裡注定會找到他的獵物一樣，她已經在這座橋上安排了一場無可逃脫的約會。

沒辦法爽約。沒辦法抵抗。

數位時鐘顯示為晚上九點。

她屏住呼吸思考——有沒有辦法直接開過雷切維奇的釘條然後繼續疾馳？沒辦法撐太久。四顆損壞漏氣的輪胎。他輕而易舉就能抓到她。

他搖頭，似乎讀懂了她的心思一樣。

淚水模糊了她的視線。「不要。拜託。」

然後他將步槍舉到肩膀上，這致命的槍口在擋風玻璃的另一邊對準她。她驚慌失措：掉頭，坎布莉。回去，朝向——

後照鏡的畫面也被車頭燈給佔據。是塑料人那十八輪卡車熟悉的燈火。即使他已失去一隻眼睛，仍舊像夢魘一般回歸。這怎麼可能？

她被困在這裡。在髮夾橋上。

在她前方，雷切維奇走近，跨過他的釘條，用步槍瞄準她。他把槍管向左，做了一個嚴厲的手勢：

下車。

她搖頭。溫熱的淚水落在了雙頰上。

他再次揮動槍管，力道更大了。他的手指扣在扳機上。下車。現在。

「拜託了，雷。」她討厭使用他的名字。「拜託。讓我走吧。」在刺眼的目光中，她終於看到了他的眼睛。自從夜幕降臨以來，他第一次不再像是個高大如綠巨人般的怪物，剪影裡只有顯眼的二頭肌和平頭的輪廓。他看起來像個有血有肉、孰能無過的人，現在他累壞了。他不想在待這裡。他討厭這樣的生活。

他的聲音也儘顯疲憊。「坎布莉，妳不出來我就開槍了。」

她會的。她別無選擇。卡羅拉的車門吱吱作響。她腳步不穩踏上了橋面的混凝土，胸膛因喘息而劇烈起伏。

他槍口一指。「站在那。」

他瞄準十英尺外鏽跡斑斑的橋邊欄杆，像車頭燈上的餘暉一樣閃閃發光。她雙膝癱軟慢慢走近，篤定自己將死在這裡。這是一種可憐而無能為力的感覺，像夢遊一般聽令前行。她知道下車是個錯誤，應該要踩下油門直接衝向雷切維奇，輾過他的胸口和臉部才對。她再一次猶豫：我得試試才行。跑下橋吧。

至少我是死在狂奔的途中。

但坎布莉．阮一直是一名跑者。她一生都在逃跑——躲避心理治療、看牙醫、對家人說我愛你。她以一種奇怪又悲傷、自己也厭倦的方式不斷在逃避。被抓住倒是換來一種平靜。

她幾乎笑了出來。這座橋等了她一輩子。「靠著欄杆，」雷切維奇溫和地指示。「請。」

「為什麼？」

「我一會兒解釋。」

他出奇的禮貌，令她背脊發涼。

她回頭看向塑料人的十八輪卡車，它擋住了橋的入口。那個胖子自己就這樣靜靜地站在卡車的欄杆上，一隻手摀著臉看著他們。另一隻手握著一把老式步槍。

雷切維奇距離更近了。「妳的名字，」他說，「是坎布莉·琳恩·阮。二十四歲。個性有點野。妳擅自闖入他人領地。惡意惡作劇。破壞公物。入店行竊。一個酒駕被抓。妳在華盛頓長大——」

我的駕照，她搞懂了。攔下我後他上網做了一番調查。

「妳的父母是約翰和梅西·阮，他們住在奧林匹亞的二〇一三西切德大道。東區社區，約莫五十四歲和五十九歲。」

「求你了，」她低聲說。「住口。」

「別忘了還有妳姐姐。莉娜·瑪麗·阮。和妳同年同月同日生，所以一定是雙胞胎。妳們很親近嗎？她照片看起來和妳一模一樣。她住在西雅圖懷特中心社區，沃巴什大道上的比爾特莫爾公寓裡。二一一號房。」

她說不出話。

他靠得更近了，一股酸澀的汗味飄來。

「這是一個糟糕的交易，坎布莉，我很同情，但也必須告訴妳。」他的聲音放低了，好像準備講出一個可怕的秘密。「這是妳今晚唯一的獎賞。」

「你在說什麼？」

「幫幫我。」他的笑容看起來像個鬼臉。「瞧，現在一切都取決於妳。家人的命運握在妳手中，妳將足以挽救他們的生命。約翰、梅西和妳姐姐莉娜永遠不會見到我或我父親。只要妳完成這件事。」

他手一指。「這件小事，坎布莉。」

她驚恐地意識到他手正指向她旁邊。越過她的肩膀、越過橋樑起泡的護欄，直指遠處廣闊而原始的黑暗。

「跳。」

第三部

遺言

第二十三章

坎布莉沒印象自己爬過了橋的護欄。眨眼間她就在上面了，彷彿被電波即時傳送了一樣。她一腳接一腳將麻木的腳踝抬過欄杆，呼吸急促而疼痛。她支撐足弓的鞋底現正踩在兩英寸厚的混凝土支架上，以腳尖穩住自己。

「別往下看，」雷切維奇低聲說。「放手吧。」

她的指關節放在冰冷的金屬上，不管如何依舊低頭看了一眼——一個巨大而無形的夜晚在底下張著血盆大口——它純粹而可怕的深幽將她肺裡的空氣撕裂。她不能跳。她不會。他儘管朝她的頭部開槍吧。她趴倒在護欄上，感覺自己的臉頰因滾燙的熱淚燒得通紅。

「行動吧，拜託。」警察的聲音放軟。「為了妳的家人。」

塑料人的聲音迴盪開來，遠處的喊叫聲被腎上腺素給蓋了過去。她過了一會兒才明白他說了些什麼。

「就射死那個婊子吧。」

「不，」雷切維奇回喊道。「我先給她一個機會。」

給她一個機會。這可怕致命的一步。她緊緊抓住護欄的外緣，用力卡住自己的雙腳。

她向上帝發誓，向虛無的天空、向所有傾聽的人發誓，她永遠、永遠不會放開這座橋，即使雷切維奇用一顆子彈射穿她的頭骨並一個個殺死她的家人也一樣。最後，他們將不得不折斷她死後僵硬的手指。

「雷－雷。就射她吧。」

甩開眼角的頭髮，她回頭看著雷切維奇。「拜託。」她的聲音是陣乾裂的嘶啞。「求你了，讓我離開吧。」

他搖頭。

「關於你的火堆，我什麼都不說。」

「妳不會的。因為以下才是即將發生的事情，坎布莉。我從十開始倒數，數到零時，就直接朝妳腦袋開槍。然後呢，這個週末我帶薪休假，將會開車到華盛頓。」他再次咧開那露齒的笑容。「妳可以拯救他們，坎布莉。妳可以確保他們永遠不會見到我。但妳的時間不多了。」

「你不必這樣做。」

「十。」

「拜託——」

「九。」

「不。」她的聲音崩潰。「我們談談。也許我們可以——」

「沒什麼可談的。八。」

又是一道無聲的閃電，塑料人的聲音再次響起：「她不會跳的。我需要去醫院。就射她吧，雷–雷。或者我來。」

「七。」他漆黑的目光從未離開過她。「做出選擇，坎布莉。」

——

「事情不是這樣的，莉娜。」

「你不必將她扔下橋，」她驚恐地低語。「你威脅她，讓她自己往下跳。你有一台警用電腦。你威脅她的家人。我，我的父母，我們成了你的人質——」

「不，我試圖救她。」他現在軟化了。「妳不相信。」

「繼續撒謊啊，雷。」

「我想妳會寫一本關於她的激動人心的書，裡頭寫到一場追逐戰。絕望的女主角被一個邪惡的警察緊緊相逼。真是出人意料的反派角色。驚悚到無以復加。」

她幾乎扣動了扳機。**這就是你這輩子最後一句話了——**

「但……」他舔了舔嘴唇。「有一些情節漏洞。」

情節漏洞？這用詞激怒了她。

「讓我們從鮑伯龍開始說起吧。還記得它嗎？」他朝巡邏車點了點頭。「坎布莉的卡通角色怎麼會出現在我的車內呢？你說我以槍口威脅她跳下橋。那妳回答我：六月六日那天，根據妳的版本，她有上我的車嗎？無論有沒有，生死關頭她會有時間塗鴉嗎？無論如何，在一場生死攸關的追逐中，她會花時間塗鴉嗎？」

她試著思考。那麼一刻她迷失了方向，失去了重心，而後才適應了這種不協調感：「她可能是將它當成線索。為了讓我找到——」

「什麼時候？」

「我不知道。」

「那是虛榮，莉娜。它並非圍繞著妳。」他湊過來舔了舔嘴唇。「告訴我。在妳的版本中，為什麼坎布莉會用光汽油？」

「什麼？」

「妳聽到了。」

「她的油箱是空的。你說你發現她的屍體時——」

「這不是我的問題。我要問的是：妳妹妹是否習慣獨自一人漫無目的地開車，開著不到油箱不滿四分之一的車，在蒙大拿州的小路上來回移動？」

「有可能。如果她沒錢——」

「真是方便。」

「她偷竊。她不得不——」

「不。當妳需要氣油時，應該要去鎮上，莉娜。向警察求救才對吧？妳應該去超級市場或者保齡球館或公寓大樓，而不會在偏僻的地方虹吸盜竊。在這裡，妳可能幾個小時內都見不到另一個人——」

「因為絕望。」

「不，那行為是愚蠢。妳妹妹又不是笨蛋。」

「你了解她？」

「比妳了解。」

再一次，她差點朝他開槍。正對喉嚨。

「無論如何，我不可能強迫她跳下去。」他的笑容更大了。「資料庫不是那樣運作的。這裡沒有無線網絡。當時我不得不以無線電訊發布此事，這太可疑了。而我所能得到的只有坎布莉的地址，且老早就過期了。我猜，搞不好妳的父母在航空公司的禁飛名單上？」

「你這虛張聲勢——」

「這還不是最大的情節漏洞，莉娜。」灰燼在他們之間飛舞，刺痛她的眼睛。她知道接下來會發生什麼。

她等著。

「回答我這個問題：為什麼我不像其他人一樣燒掉坎布莉的屍體？在這一點上，我把它歸結為一門科學。這是最簡單、最安全的解決方案。像游牧民族一樣生活在電網之外，她應該只是我父親的另一個流浪者，很容易使之消失。是什麼讓她如此特別？」

「你告訴我。」

「我為什麼要強迫她跳呢？而不是就地要了她性命？」

「因為你是個混蛋。」

他數著手指：「演一齣死亡戲碼。燒她的筆記本。擦洗她的車輛湮滅證據。偽造自殺遺言。承認我攔下她。你真的相信我做這一切都是為了好玩？」

她後退了一步。「不無可能。」

「妳不認識妳妹妹。」他透出成年人的殘忍。「你不知道她是誰。今天在這座橋上遇見我並不是為了報復。報復只是一個藉口罷了。妳是想獲取一些東西、任何東西，以填補妳內心的痛苦，因為事實是：當她還活著的時候，妳有將近二十四年的時間認識她，但卻浪費了每一分鐘。」

他朝她的腳邊吐唾沫。一團黏稠、可恨的球體。「妳是個糟糕的姐姐，」他說。「面對事實吧。」

又一陣風讓灰燼懸浮於兩人之間。有一小段時間，他的話語充斥在寂靜中，而她卻一言不發。

很好，她想。就是這樣。

他是對的。他所說的一切都是真的，她感到自己毫不費力就被大卸八塊。他把她切成了碎片展示出來，每一寸隱私都被摸透。每一句話都深深傷害了她。沒有任何更傷人的方法了。

但她記得十二歲的坎布莉切開受傷的母鹿的喉嚨。做該做的事。莉娜知道她也有相同的DNA，同樣的血液此時此地流過她的血管。是同樣的憤怒、缺陷和戰鬥力。

你可以傷害我，雷切維奇。他確實做到了。他很清楚如何下刀。但她也不遑多讓。我會加倍奉還。

她用平靜的聲音說：「我想我知道你的秘密，雷。」

「最後一次，我們沒有殺她——」

「不是坎布莉。是你。」她透過貝瑞塔的瞄準鏡看他。「你真正的身分。」

「哦？」

「你不是警察。」

「什麼？」

「你不是警察，」她重複道。

「胡說八道——」

「你不是真正的警察，雷。你是個騙子。」

他眨了眨眼。

「因為你不是雷，」她低聲說。「你是瑞克。」

目瞪口呆的沉默。

「你是瑞克，對吧？」

在遠處火光的轟鳴下，一棵樹碎裂地倒下。

她直視著他的眼睛。「你弟弟開槍自殺後，你偷了他的身分對吧？他——真正的雷蒙・雷切維奇——才是十八歲時被米蘇拉學院錄取的人。不是你。你是那個無法做出選擇的無用雙胞胎。你不及格了。資格不符。然後，當你們倆父親是連環強姦犯和殺手時，雷用槍轟毀了自己的腦袋。他是一個無法應付這事的好人。但你可以。」

他什麼也沒說。

她模仿席歐的口音：「你想知道為什麼成績不及格的人是你嗎？」

他的臉漲得通紅。放馬過來吧。他狠狠地盯著她，手指揉捏著空氣，就像在排練如何折斷她脖子上的小骨頭一樣。

莉娜現在明白了。他父親身上的微妙毒液稱他為雷-雷。

她喜歡它。

「那麼，雷真的開槍自殺了嗎？還是你說服了他，就像你說服我妹妹跳下一樣？我的意思是——他是爸爸最喜歡的人，他看起來和你很像，而且他有一張去米蘇拉的公共汽車票，可以接受培訓以從事你夢寐以求的工作。肯定非常受傷，對吧？」

他一邊聽著，一邊瞥了一眼錄音機。記錄每一個該死的單詞。

「你不是真正的警察，瑞克。」她無法忍住，現在咆哮起來，她的話像玻璃一樣割斷了她的喉嚨，「你偷了你弟弟的名字。你有訓練，徽章，制服。但你不配，瑞克，你是對每天早上起床做地球上最辛苦工作的成千上萬人的侮辱。所有的英雄——當他們知道你的真面目時，你會起身反抗。你不是好人。你是一個孩童殺手和騙子，你的父親正在利用你。**這人身攻擊怎麼樣——**」

他發動攻擊。

奪走雷蒙・雷切維奇生命的那個人以驚人的速度衝向莉娜。他的大手打算伸向她的手槍朝天空高舉，這樣便可以折斷她的脖子或踩斷她的氣管，或者將武器抵在她的下巴下並扣動扳機。不管他打算怎麼做都無所謂，因為她今天已經花了三個小時研究他。她注意他所有的舉止、抽動和話語，早已做好了準備。

在他到達她的位置之前，莉娜正對胸膛射殺了雷切維奇下士。

三次。

——

三聲遙遠的槍聲震撼了席歐・雷切維奇的世界。

就像鞭打一樣。

他完好的眼睛猛地睜開聚焦。起初他只看到一片紅色，一片枯萎的褐色紅色，然後才認出那是瑪麗蓮・夢露的乳房，發現自己正臉朝下面對被血浸濕的《花花公子》。這次不是甜茶。是他的血。一夸脫。

他簡直不敢相信。

她朝我開槍。

正對臉部。

他不應該活著。這是不可能的。

嗯？我在這裡。

他看不見鏡子，但估計莉娜的子彈打穿了他的上唇。銅色的血液充滿了他的嘴巴自唇中湧出。他的下巴被打爛，牙齒以一種全新的、極其可怕的方式磨擦、咬合在一起。

那個小婊子。

至少卡車停止滑動了，歪斜地靠在一堆嘎吱作響的護欄上。他對此心存感激，畢竟十噸的重物一下子就能穿越橋上的細欄杆向下墜落。但欄杆撐住了。勉強撐住了。

車廂彷彿在搖搖晃晃的翹翹板上搖晃。金屬呻吟聲。一個輪胎就這麼懸在虛空之上。

他從地板上拿起溫徹斯特步槍，仍然是熱的。仍然鎖定且上了膛。他虛弱地把它放到腿上。「好。」他的舌頭勾勒著他破碎嘴唇的全新輪廓。

好，好，好。

人們說，雙胞胎共享一個靈魂。其中一個死了是何等可憎之事。活著的那個不完整地且孤獨徘徊在地球，宛若被永遠詛咒。雷和瑞克注定要永遠分開，沒有什麼能改變這一點，但阮式姐妹應該一起走。在髮夾橋上，她們會一起死在這。

席歐保證。

第二十四章

「十英尺學說，莉娜。」

她感覺到他灼熱的呼吸噴在她的臉上，刺痛了臉頰上的傷。他的大手緊緊地夾住她的虎口，急欲搶過貝瑞塔。

它朝上正對天空。一聲震耳欲聾的爆破。

對於一個胸骨中了三顆子彈的人來說，雷切維奇下士仍然強壯得令人震驚。他用雙手猛擊她的武器，左右搖晃她的身體，逼得她節節後退。就像是鬥牛犬抖動的下巴。莉娜唯一的優勢：她已經造成了對方的致命傷。只需要握住槍足夠長的時間，盯著眼前這戴著手銬的人流乾鮮血、眼神逐漸黯淡——

那眼神一點變化都沒有。

他的笑容變大了。又是一陣溫熱的氣息從他的牙縫裡發出嘶嘶聲。他的汗水散發出令人作嘔的甜味。不對勁。

哐噹。一個小物體落在了他們之間的混凝土上。硬幣？她不敢低頭——只是盯著他的眼睛。

努力不眨眼。試圖顯得無所畏懼。重要的是他們緊握的指節上的槍。她不會放手的。又是兩聲奇怪的聲音——咔嚓、咔嚓——恐怖的飛蛾在她胸口撲騰。雷切維奇的笑容擴大了，她已經能數清他的牙齒，看到上頭頑固的牙垢。現在他要她往下看。他希望她看到地上的玩意。

別往下看，莉娜。會分心。

她不得不。

別——

她看了。

人行道上的三個金屬物體被壓扁成蘑菇形狀。撞擊到堅固且難以穿透的表面時被壓碎；他制服下面有東西，她想起了幾小時前他輕拍他胸口時聽到的奇怪咔嗞聲。

他穿著——

雷切維奇抬起她晃動。莉娜的雙腳離開了混凝土，像是猛然間失重的離心機——就像她叔叔在她還是個小女孩時，在夏天溫熱的空氣中經常旋轉她的方式一樣——一直到她的脊椎撞上了他的 Charger 門板。

她感到自己的肋骨因疼痛而爆裂。空氣從她的肺裡噴出，她用一種自己也沒聽過的喘息聲大叫。

他就著他們相扣的手將她舉起，再次猛擊她。再一次。她感覺到門向板內凹陷。窗戶碎了。貝瑞塔在距離她的臉只有幾英寸處再次發出了震盪的衝擊波，她的耳朵轟然作響。

她沒有放手，用雙手緊握手槍抵死不讓步，食指緊鎖在扳機後。

他狂怒的氣息直衝進她的眼裡。「放手，莉娜。」

她還沒來得及回答，那個大漢便再次將她抬起並旋轉，將她甩到了巡邏車的前頭引擎蓋上。臉部朝下。她感覺自己的顴骨裂開了。她咬著自己的舌頭，噴出了銅色的鮮血。汽車因受撞擊而搖晃不止。

錄音機從引擎蓋上滑落，咔噠一聲落到地面。機器仍在運轉，仍在傾聽，仍在記錄每一次撞擊、喘息和哭泣。

「爸爸媽媽，」她對著它尖叫，「我非常愛你們——」

「他們幫不了你，莉娜。」

「**坎布莉沒有自殺。**」雷切維奇再次出手時她尖聲叫喊，又一次直接被打在了巡邏車的引擎蓋上頭。「我找到她的殺手了。」

「何必呢？」他咕噥著。「我要把它砸碎。」

「我會一直陪著妳的，媽媽。」當他高高舉起他們緊鎖的手中的槍時，她掙扎著反抗。

「無論他對我做了什麼，坎布莉都不在地獄裡。」

他的力量幾乎將她舉至離地幾英尺。她的手肘整個打直了。有那麼一刻，雷切維奇下士的那大猩猩般的肩膀擋住了紅色的艷陽，二頭肌幾乎要從袖子裡爆出來，下一秒他用貝瑞塔的鋁製槍托狠狠砸了她的太陽穴。莉娜眼底閃過一道刺眼的白光，頭骨多了有一道玻璃破碎般的裂縫。

「媽媽，」她咕噥著，嘴裡充滿了鮮血，一顆門牙鬆動搖擺，她的最後一句話嘶啞而出：「媽媽！」

雷切維奇再次舉起了他們手中的貝瑞塔。像一根棍子般高舉在她臉龐正上方。

「媽媽，坎布莉不在地獄——」

他打碎了她的鼻子，瞬間一陣濕潤令人作嘔的斷裂聲傳來。她的鼻竇像鞭炮一樣在橡膠軟骨後頭引爆，她看到了滾燙的紅血。她握著槍的手鬆開了，雷切維奇幾乎就要將它扯過去。幾乎。

她堅持住了。

「放手，」他喘著粗氣。「放手——」

——

「放手，坎布莉。」

她用腳趾緊抓橋邊的護欄，眨去冰冷的淚水，而身後雷切維奇的聲音變得柔和，幾乎是同情、撫慰的語氣。

「拜託。鬆手。」他靠得更近了，黑色步槍跟著放低。「這個週末我不想去找妳的家人，好嗎？我不想對著妳父母的床開槍。我不想像影子一樣溜進莉娜的公寓，割斷她的喉嚨。那不是我。我是個好人。」

她閉上眼睛。他的聲音越來越近。

「拜託了，坎布莉。請不要讓我做那些醜陋的事情。我不是壞人。」

不，她把欄杆抓得更緊了。不對，他在撒謊，是在自欺欺人。雷切維奇不是個好人。他甚至也不是壞人——他是一個腐敗之人。邪惡也不足以形容他，他就是個享有社會安全號碼的病毒，是一隻會走路、會說話的六英尺高的昆蟲。

「六，」他數著。「坎布莉，妳可以救他們——」

她手肘勾住護欄低頭看。她的雙眼一定已經適應了黑暗，可以清楚地看到鞋底下方陡然的下墜，兩百英尺直通往布滿巨岩和蒼白漂木的礫石河床。沒有多少人看得到即將致他們於死地的地球表面。

——

我妹妹死前在想什麼？

我有個猜測。

那個在中學時期破壞廁所的野蠻女孩，帶著一個骯髒的包包跑遍全國各地，回程時沒了身邊的伴侶——她沒有放棄。她太固執、太兇猛了。即便一把步槍抵在後背、即便腳下是致命的深淵她也不放棄。她心想，不能就這樣放手。如果我這麼做了，雷切維奇就贏了。我必須強迫他朝我開槍。我得當個難對付的人。呼吸和心跳次數逐漸減少的每一刻我都必須起身對抗，即使是我死了，必須與他戰鬥——

他催促：「放手。拜託。」

不。我永遠、永遠不會放開這個欄杆，我會強逼他朝我的頭部開槍。然後呢，若他不是在虛張聲勢的話，就會找上我的家人。他可能會先去找妳，莉娜。妳在西雅圖的公寓將是他前往奧林匹亞的中繼站。

抱歉。都是我的錯。

姐姐，他帶著他所有的槍、訓練和肌肉去找妳。所以妳需要正面迎擊。不要害怕他。要聰明地作戰。骯髒手段也得用上。最重要的是，無論情況多麼糟糕，都不要放棄，莉娜。

別。

放。

棄。

——

雷切維奇從莉娜緊握的手指上扯下槍。

對不起，坎布莉。他太強壯了。

她知道一切都結束了，雷切維奇扔擲她造成的慣性作用將她甩到了Charger的引擎蓋上。擋風玻璃擦傷了她的尾骨，雨刷被踢掉了，嘴巴直接撞上了欄柵。下一秒她摔在堅硬的混凝土上，半躺在橋的邊緣。她用手肘撐住自己，雙腿懸垂在可怕的虛空之上。峽谷在兩百英尺之下。

「終於，」警察喘著粗氣。

他拿到槍了。

莉娜的思緒慢慢湧現，在她滿是坑疤的腦海中凝聚成了詭異的形狀。她眨了眨眼，擠出那些腐朽色澤的塵土。新鮮的血液從她破碎的鼻子裡湧出，嗆住了她的喉嚨。

起來，莉娜。

「這座橋……」他喘息著。「順便告訴妳，自殺橋並沒有真的鬧鬼。從來都沒有。我爸爸最初幾次的殺戮就在這裡。他會假裝汽車故障，攔下路人，然後將那可憐的傢伙推下邊緣。他甚至不知道自己讓這座橋出名了。顯然殺了四個人就夠了。」

她聽到車門打開的聲音，然後是咔噠一聲。他正在解開手銬。

她從懸崖邊上爬起來，把腿抽離懸浮的虛空。雙腿已是全然麻木。她試圖站起來，但只能勉強爬行。世界在她周圍天旋地轉，棕色的天空、煙霧、岩石和混凝土都以令人作嘔的速度打轉。她試圖聚焦模糊的雙眼，發現隱形眼鏡已經被打掉了。她看不見他。

「想聽有趣的部分嗎？」車子另一邊，他那酸溜溜的聲音越來越近。「多年來，我一直想殺死我的父親。妳相信嗎？而妳剛剛省去了我的麻煩——」

她的大腦放聲尖叫：站起來。對抗他。馬上。

但她已經氣力用盡。她的肌肉燃燒，每一根骨頭都劇烈疼痛。沒有隱形眼鏡就跟失明沒兩樣，且其中一隻眼睛已經腫得睜不開了。她的牙齒在牙齦裡發出咔嗟聲響。她站不起來，更不用說嘗試和重達兩百五十磅的雷切維奇下士打鬥了。沒法繼續下去。

對不起，坎布莉。我辜負了妳。

「我很想，但我不是他。我是天生的警察。」他吼道，被煙熏得沙啞：「我是個好人——」

她回過頭，眼裡流著血和淚。她看到雷切維奇下士模糊的影子靠近他的車，簡直像個被火焰團團包圍燃燒的劊子手。他的手腕自由了。

他拿著槍。她的貝瑞塔在他手裡。

她抬起身子想要爬走。不夠快。

「兩天前，井裡的小男孩——再也不存在了。」他的腳步跟著她，強忍著狂妄的笑。

「我愛我的父親，但上帝啊，我還有未來四十年要考慮。他可沒有。」

她不斷爬行。閉上雙眼，為槍聲做好準備。

我很抱歉，坎布莉。

「現在一切都結束了。」他的聲音現在如此接近。莉娜能感覺到他的氣息吹上頸部。

「我爸爸再也不會獵捕流浪者了，這代表著我永遠不必再燃燒另一具……」

莉娜喘了幾口氣，才發現雷切維奇中途停止了腳步。

他注意到了什麼。

第二十五章

他忘記錄音機了。他將它拿離地面。

莉娜轉身見狀。「等等——」

他舉起它——體積龐大但卻出奇地輕。它已經記錄了每一個字、每一個指控、每一聲喘息和槍響。這是莉娜的終極後備計畫，讓雷蒙・雷切維奇下士供出協助和隱瞞十四起兇殺案，以及謀殺了一個小男孩。今天這場混戰結束之後，一切將不復存在。

就像他父親的身體一樣。就像莉娜的身體一樣。就像他們布滿子彈的車輛一樣。

他看著莉娜用流著血的胳膊撐起身子。天啊，她的臉簡直成了可怕的萬聖節面具。她的皮膚腫脹成紫色，鼻子的軟骨凹陷，嘴唇裂開，滲出大量的液體。

「我一生都在銷毀人類。」他咧嘴一笑，感覺全世界只與他並肩作戰。「妳覺得妳很特別嗎？妳只不過是個有血肉的骷髏。妳替我解決了一生中最大的難題，我週一就會回去工作了。」

她咕噥道：「拜託，等一下——」

他將錄音機高高舉起。

「不，不，不——」

他一把扔向地面。這玩意在莉娜無助的眼前炸開成塑膠碎片。安全起見，他又拿出裡頭錄音帶，嘎吱作響地將之踩爛。

一整天的談話，所有細節和自白——一瞬間不可逆地消失無蹤。

「妳沒有阻止我，莉娜。**妳讓我自由了。**」

——

明天，兩種結果之一將會發生。

一、我被雷切維奇殺死了。有可能，甚至很有可能。我將要單槍匹馬面對一個武裝殺手，身上僅有一把隱藏的槍和我的本能。若這兩項都沒能助我戰勝，那麼屆時也沒有訊號和備案能助我一臂之力。

第二個結果呢？

二、我贏了。我記錄下雷切維奇下士坦承謀殺坎布莉·阮的供詞。最終他死了或是被上銬，而我成了英雄。

然後呢？

我猜呢……就開車回家了。

也許我會在一家小餐館停下來，來一份小時候常和坎布莉一起吃的愚蠢香蕉脆片聖代。我會重新回歸生活。我會賣掉我的槍。我會回去工作，支付賬單，並努力成為在她死之去前我曾經是的那個人。沒有交過男朋友、躲在網路角色後面、鮮少離開公寓、纏拉髮絲的莉娜・阮。

這讓我很害怕。

我想，和雷切維奇對峙後自己的生存機率並不高。如果我能活著回來，那真的不是勝利，因為我的問題將會持續，他的問題卻以迎刃而解。

我已經吸收了這個使命，內化它，外化它，痴迷地全身上下每一個細胞都朝它奔去——不眠不休的射擊練習，將每組五十二人臥倒的每張卡牌都打過五輪——若我揭發真相扳倒雷切維奇，也不會知道自己會變成什麼樣。我還是原來的我嗎？某方面看來，我想莉娜・阮在妳死去的那瞬間也跟著離開了。坎布莉。雷切維奇殺了我倆。

他們說妳是自殺？

我想我也會。

我認為，我的計畫是明天死在髮夾橋上。我沒有請假。我沒有支付這個月的房租（練習彈藥是昂貴的）。我沒有告訴任何人我要去哪裡或我在做什麼，因為他們肯定會試圖阻止我。

我猜呢，以我往常隱晦的行事方式，這讓我在光與音上的文章看起來像是遺書。莉娜・阮的遺作。

阮。英語專業，失去妹妹的人，三明治愛好者。一九九五年四月十一日——二〇一九年九月二十一日。

對不起，親愛的讀者。下週可能不會有書評了。

說實話。你必須想到會是這樣的發展。我看起來沒事嗎？前面五千個字是一個情緒正面的人的想法和觀察嗎？如果我明天（或者其他時候）死去，請記住，親愛的讀者們，請記住我確實有個備案。很好的備案。

我有自殺傾向，沒錯。

但並不愚蠢。

——

「再看看它，」女孩低聲說。

「什麼？」

「你砸的東西。看它。」

「妳是認真的嗎？」他用靴子踢了一塊碎片。

「不，瑞克。」她的聲音——**瑞克**——帶有一種居高臨下的尖銳感，這讓他的內臟因憤怒而沸騰。「真的，仔細看看它。」

「妳腦震蕩了。」

「我等著。」她在地面上咳出血，但仍以一種詭異的冷靜注視著他。可能是腦損傷？

她的顴骨在眼睛下方腫脹，浮現出腐爛南瓜的顏色。

他知道自己沒有時間搞這些。他必須快速行動，殺死莉娜，將屍體裝進後車廂，在即將蔓延至此的野火引來消防員之前將車輛開離橋樑。老天啊，有兩具屍體、一輛半拖車和一輛卡羅拉，要設法讓這些消失在森林大火之中。這週末有得忙了——但不知怎的，他的自尊心悄悄作祟，他不得不縱容她，只為了證明她錯了。

他拿起的第一塊碎片是個綠色電路板。沒有什麼。他舉起另一個碎片——一條白色的塑料輻軸。這也沒什麼特別的，只是過時的錄音帶的標準零件，就跟他們在霍華德縣聽證辦公室使用的那種一樣。

他抬頭。「滿意了嗎？」

她依舊如做夢般眼神平靜。不是看著他身上——現在不是——而是看著地面，看著散落的碎片。某一個特定的碎片。

他順著她的視線看往一個黑色的聚合物外殼，是和錄音機不同材質的貝殼形狀物體，中間處已經斷裂。它一定是用電工膠帶固定在錄音機背面。側邊上印有白色的文字。

他用靴子把它踢翻過來，使之在混凝土上旋轉幾圈後停了下來，那幾個塊狀字母轉入了視野中：摩托羅拉。

一股寒意爬上他的脊椎。

莉娜抬頭看著他，嘴角沾滿了血，露出邪惡的笑容。

這篇**光與音**部落格文章將延遲上線，設置為自動於九月二十二日星期日太平洋時間午夜發布。（因此，如果你正在讀這篇文章，那代表已經來不及阻止我了。）對不起，但不得不這麼做。

且由於髮夾橋是完全沒有訊號的區域，所以我會用坎布莉的舊錄音機錄下雷切維奇的話，然後用貼在後面的對講機備份。這台對講機將以數位方式連接到我的筆記型電腦，記錄保存至雲端。它會全部自動上傳、會全部緩存。而且，到了午夜，它會自動上傳至網路上。全自動。

不相信我嗎？嗯，事實就是這樣。

您點擊下面的超連結就可以收聽它。哇！你可以下載我在九月二十一日和雷蒙．R．雷切維奇下士的整個對話：SS9.21.19 雷切維奇 .gxf

享受吧！但請負責任地傾聽。它可能包含了我的謀殺。

—

雷切維奇睜大雙眼抬頭看她。「在哪裡……」

她咧嘴一笑，使得臉頰的肌肉痠痛。「另一個對講機呢？」

她搖搖頭，更多紅色污點滴上混凝土。她轉身看著遠處的火牆。

洛奇波爾松樹林突出於熊熊火焰中，滋養著滾滾花椰菜狀的煙霧。還是個小女孩時，她就很喜歡看東西燃燒。

他怒吼：「在哪裡？」

「真假？」她回頭看著他。「你還沒搞清楚？你去過那裡。在岩漿泉餐廳。記得嗎？」

他的眼睛瞇了起來，還是沒搞懂。

「我不是去那裡買水的，混蛋。第二個對講機連接到我的筆記型電腦。你我在這裡說的每一句話都已經上傳了。錄音機只是一個多餘的東西。它會在今晚午夜自動發布，嵌入我的部落格中。除非電磁脈衝爆炸，否則地球上沒有任何力量可以阻止它。」

她朝他的制服吐了一口濃血。「如果你願意，也可以現在開車回岩漿泉，把我的電腦也砸了。但沒有用，你的懺悔已經飛上雲端了，就在這一秒，等著下降回凡間。」

他明白了。

莉娜無法抗拒。她笑了起來，臉頰繃得發緊：「你真以為我會那麼天真？我很肯定你就是兇手，但你以為我會以槍戰賭上這一切嗎？」

這戮童者什麼也沒說。

「我願意冒著生命危險。我可以不顧性命。但我不會拿真相冒險。真相太寶貴了。事實上，我採取了預防措施，以確保今天這座橋上發生的任何事情，都會被全世界聽到。」

你竟還揶揄我在一家電子商店工作，她差點補上這句。她抓著被太陽曬過的扶手試圖站起來。要死也最好是站著死去。

「邊緣就在那裡，」她指著說。「萬一，你懂的。在你的部門知道你這週將一個孩子扔進井裡之前，你可能想要……」

他看起來沒那麼龐大了。他無精打采、身體蜷縮，就是個穿著制服的冒名頂替者。槍在他手中嘎嘎作響。一陣劇烈的顫抖。也許這一切都像一輛滿載煤渣的獨輪車一樣向他襲來，到了明天這個時候，他就會成為全國搜捕的目標。

「但是……」莉娜屏住呼吸。「我很確定一件事。」

他回頭看著她。

她笑了。「你星期一不用回去上班了。」

警察也笑了，但笑得勉強——他的嘴角彎了彎，像是掛在了鉤子上的笑容。皮笑肉不笑。一眨眼的功夫，他又詭異地一臉茫然。看來他下定決心了。她輕而易舉就看了出來。

「你可以開槍打死我，」她補充道。「但不會改變你的結果。」

「它會改變妳的。」他將貝瑞塔按在她的額頭上，扣動了扳機。

——

槍聲震耳欲聾。

坎布莉對著一股壓縮空氣尖叫起來。她的鞋子在混凝土的懸崖邊失去了摩擦力，她以指尖緊抓護欄。沒法堅持太久了。

「五。這是一個警告，直接越過妳的頭。」他將半自動步槍放低了。「下一發就會直接貫穿，然後妳的問題就解決了，但是妳爸爸媽媽姐姐的問題呢？哦，孩子呀，他們才剛剛開始呢。」

坎布莉靠在欄杆上。她又強壯又好鬥，但現在肌肉群肯定如一團死肉。她的手指因冒冷汗而滑溜。她抵擋不過地心引力，正在不斷向下滑，每一英寸都是緩慢地自由落體。

「四。放手吧，坎布莉。」他又軟化了。「別擔心。我會寫封很棒的遺書給妳家人。我發個簡訊給妳妹妹吧？」

塑料人用少女的聲音嘲弄道：「請原諒我。我沒法這樣活下去——」

一聲嘶啞的聲音在他們身後響起。卡羅拉的引擎終於熄火了。它用盡最後的燃料了。就算能跑，那能開多遠呢？再一英里？難以估算。沒有人知道它一開始的確切數量。

河床是黑色的虛空，呼喚著她。雷切維奇的聲音在她耳邊惡毒低語：「沒有人會想念妳，坎布莉。妳知道的，對吧？」

上帝，我希望她沒有相信這話。

「妳只是一個逃避問題的孤獨者。每年都有成千上萬的人死去。妳是個統計數字——」

妹妹在髮夾橋上低頭的那一刻在想什麼惡？這部分很難寫。誰知道呢？

「三。」

上帝啊，我希望我知道。

「二。」

我知道自己內心深處是這　相信的：她決定拯救我們。

坎布莉．琳恩．阮評估了一個沒有勝算的結果，並做出了一個理性的選擇，以保護我們的父母和我免受那個精神病警察的報復。她一定以為我們永遠不會知道真相。我們會相信雷切維奇的謊言，她在蒙大拿州荒涼的高速公路上讓自己成了憤怒的犧牲品，媽媽會相信她的女兒下了地獄。

她為我們這麼做。六月六日，她成了我們的守護天使。

「雷—雷，射死那個婊子。」

雷切維奇的聲音提高了，他瞄準了。「一——」

妹妹放手。

——

我死了。

莉娜過了一會兒才意識到自己還活著。

遠處的火焰還在咆哮，幾秒鐘的時間還在飛馳，她的心還在胸膛裡砰砰直跳，而雷切維奇手中的貝瑞塔——她的槍，指著她的額頭——突然沒法開火。他再次用力扣動扳機，然後睜大眼睛盯著故障的武器。

這讓莉娜興奮不已。讓她欣喜若狂。她想嘲笑他那漲紅的臉——因為雷蒙·雷切維奇下士已經承認隱瞞了十四起兇殺案，錄音機也錄下了他承認謀殺了一個孩子，明天的這個時候他將成為全國頭條新聞，而他甚至解決不了這個讓他出名的女人。

坎布莉，她不寒而慄地想。

她更清楚發生了什麼事。還是一句：謝謝妳，坎布莉，謝謝妳——

她從雷切維奇身邊滾開爬了起來，沾滿鮮血的頭髮披散飛舞。她的豐田鑰匙握在拳頭中，雙腳猛烈衝向她的卡羅拉。

謝謝妳，妹妹，謝謝最後的幫助。

我接受了。

——

雷切維奇用拳頭攥住貝瑞塔的槍管，抽出黃銅。

這不是奇蹟。沒有什麼超自然現象。在混戰中，他們的手一直緊握手槍周圍，當它開火時，動作無法正常循環。這很容易處理，也是教練訓練你解決的第一個故障之一。

他以令人滿意的力量推回槍管發出咔噠聲。

他再次順手舉起，準星對準奔跑的少女背部。她剛跑到二十英尺外的車上，腳後跟打滑一下扭開了車門。

在她跌入裡面的那刻，他開槍了。側視鏡碎了。

他往右移動找一個更好的角度，並透過卡羅拉的後窗再次瞄準。她還是暴露了。一個脆弱的座椅保護不了她。他透過玻璃看到莉娜在駕駛座上的瘋狂動作，她插入鑰匙了。

卡羅拉的引擎轟地運轉起來。尾燈發出紅光。但逃跑也救不了她。他手槍的黑色瞄準具對準了頭枕，不禁對自己要殺死的女孩感到一絲失望。

真的嗎，莉娜？

妳千里迢迢過來，他扣動扳機時想。妳找上我。現在就這麼跑了？

——

她把排檔桿推到倒檔。

我不是逃跑，王八蛋。

她踩下油門，卡羅拉猛地向後一甩，輪胎摩擦出尖叫聲。它不斷向後朝雷切維奇倒退。他開火了。

當子彈穿透後窗並撕碎她的座位時，她躲開了，座椅噴爆出大量黃色泡棉。儀表板爆炸了。擋風玻璃上布滿了裂痕。她盡可能在方向盤後壓低身軀、再低、再低，用膝蓋壓著油門，汽車不斷向後飛馳，她知道所有這些震耳欲聾的槍聲都是一件好事——因為雷切維奇花了他寶貴的幾秒鐘射擊而不是移動，現在他已經來不及躲避了。

她感覺到汽車的後擋板砰地一聲撞上他。令人滿意的、撞上肉體的觸感。她喜歡。她扭動脖子回望，看到他巨大的肩膀貼在卡羅拉的後窗上，大個子被撞得渾身發抖。他趴在後車箱上，左手抓著擾流板。他的右手抬起。握著一把槍。槍口直接瞄準她。近到沒法躲避了，他隔著裂開的玻璃對她殘忍地笑了笑。如果他知道身後是什麼就笑不出來了，很快就笑不出來了。

莉娜做到了。她做好了準備。

卡羅拉先是用後車箱撞上雷切維奇下士的巡邏車。

他感覺自己的膝蓋像乾枯的棍子一樣啪啪作響。

人類的大腦本應在身體遭遇創傷、受到強大驚嚇時關閉功能。這是過去二十年他所習得的醫學課程。但不知何故，這個自稱雷蒙．雷切維奇的人在如此 IMAX 等級的過程中體驗了每一個感官細節。碰撞金屬的爆炸、尖叫，帶電的疼痛。他膝蓋以下的腿部成了怵目驚心的景象。小腿是還在，希望還有好好連著膝蓋。

然後是一陣猛烈的鞭打，他被撞向自己的巡邏車引擎蓋，頭骨發出一聲玻璃般的破裂聲響。

時間在這裡膨脹了。他記得自己凝視著火星般的太陽，顯得低矮而陌生。他看到餘燼像螢火蟲一樣散發熱氣流。他在車禍中丟掉了手槍——但不知何故，他的右手竟然還握有東西。他扭動脖子一看。

有魔術氈的布製童鞋。

他的胃部翻騰。不。

是的。在他的掌心裡，強烈的陽光下照亮了橡膠鞋底的細節。它從主人的小腳上滑落純屬偶然——

不、不、不。

當他站在那乾涸的地下水井旁時，聽到小男孩的尖叫聲消失在一條黑色的石頭隧道中。然後遠在下方，一聲迴盪於耳的碰撞聲，沉重得令人作嘔。

就像一袋麵粉掉落地上一樣。尖叫聲立即就結束了，僅此而已。沒有轉圜的餘地了。胃酸湧上了他的喉嚨。沒有別的事可做，他感覺有種半途而廢的尷尬，便把小鞋也丟了進去，在四十英尺的底下加入它的主人。

必須是井。他沒法燃燒這樣嬌小的身軀。光是想像切割的細節都太過殘忍。昨晚在他孤零零的思緒中，身邊的妻子離自己只有六英寸，他決定星期天開推土機用濕混凝土填滿水井，將它永遠埋葬。

這個坐在貼滿漫威貼紙汽車座椅上來到他身邊的棕髮小男孩是他親手殺死的第一個人類。四十八小時前。

我應該把他留在消防站，昨晚他在麗莎的鼾聲下淚流滿面地做出了決定。**如果有一天他長大了認出我們，那也沒關係。**

我做了一個邪惡的選擇。

我心中的天平再也無法平衡。

他的腿痛得燃燒。隨著磨損的神經迸發出可怕的火花嘶嘶作響，一陣翻滾、劇烈的疼痛浪潮。他咬牙切齒地尖叫，但人還被困在坎布莉和他自己的車之間。他試圖站起來，感覺左膝蓋骨亂七八糟地插進了肉裡。睜著泛淚的眼睛，他瞥見了光亮裸露骨頭的關節。

前方，他聽到卡羅拉的車門打開。玻璃碎片灑在路上。一人踏出車外時，他緊繃的神經又是一陣刺痛——車輛的懸架放鬆了。

對他的審判即將來臨。

坎布莉的臉。

——

就是這樣，大家。

部落格結束了，我猜。

我在公寓裡打字時已經過了午夜，所以我猜，嚴格上來說，就是今天了，九月二十一日。我面對他的那一天。

一切就緒。我給父母、同事的信、給朋友的都是書面且密封的。有些人的今天郵寄了。有些是電子的。其餘的都整齊地擺在我的茶几上。現在我需要上床保證至少有五個小時的睡眠，好好休息，這將是我生命中最重要的一天。

在髮夾橋上。

但在我離開之前……最後一封信。給妳，坎布莉。因為我意識到自己從來沒有寫信給妳過。沒有正式的信。所以，給我的雙胞胎……。

無論我們有什麼不同，無論我們之間的距離有多遠，我很自豪和妳有張同樣的臉。在子宮內的某一時刻，我們甚至是同一個人。我們共享原子。總有一天，當我們的身體化為塵埃，一切都會重來。對不起，那隻鹿的事對爸爸媽媽撒了謊。很抱歉，這些年來我從來沒有說實話。我很抱歉我們幾乎沒有講話。我本可以在妳身邊，但我沒有。我本可以代替妳爬上那座橋。妳上了那座橋，都是我的錯。

明天，我為此贖罪。

我要去睡覺了。當我醒來時，我會開車去蒙大拿州他媽的摧毀那個謀殺妳的人，妹妹。鼠臉，走吧。

二〇一九年九月二十一日，凌晨十二點十一分。

第二十六章

莉娜看著他在卡羅拉的後擋板和他自己的巡邏車的格柵上扭來扭去，就像一隻搗碎的昆蟲。她看不到他膝蓋以下的腿，她也不願意。人行道上蔓延的血水坑已經足夠了。

她拿起她的貝瑞塔。

「我……」他掙扎著說話。「你需要知道這一點……在你殺了我之前。」

她檢查了槍膛並瞄準。「快說。」

「這不是妳的錯，」他喘著粗氣。「坎布莉發生的事……」

她停了下來，手指扣在扳機上。

她期待雷切維奇下士如毒的話語，更多的謊言、嘲諷和仇恨。更多血腥細節。可能最後**我操了妳妹妹，或者是咬牙切齒地說她愛我的屌**。但這個男人又長長地吸了一口氣，破碎的雙腿夾在兩輛車之間，努力將空氣變成文字。

他的褲子被血染得發亮。她等著。

「坎布莉就是她自己。」他用喉嚨咕噥了一聲。「我學會了……當雷朝自己開槍時，妳必須讓死者分擔責任。恨自己不能讓她回來。」

她的眼睛濕潤了。手腕上的槍越來越重。

「莉娜，坎布莉死了不是妳的錯。她的選擇把她帶到了這座橋上。」

她扭過頭去。

她不讓他看到她哭。她凝視著地平線用力眨眼，專注於噴出的火焰。煙霧像棕色油漆一樣滲入天空，事物如何燒焦、枯萎和散落的淒涼之美。她記得當她還是個女孩的時候，她凝視著營火好幾個小時，而坎布莉則在黑暗中尋找要裝進罐子裡的蟲子。不安分的坎布莉。一直移動。一直在尋找。這不是妳的錯。

終於，她回頭看了一眼。「謝謝你，雷。」

「叫我瑞克。」他溫柔地笑了笑，有那麼一刻，她看到了他希望自己長大後成為的那個人，而不是那個把孩子扔進井裡的人。「天哪，瞧……和她一模一樣。」

「我知道。」

「就像看到鬼一樣——」

「我知道。」

「她從來沒有提到過妳，」他低聲說。「一次都沒有。」

等待。這句話深深地印在了莉娜的腦海中。拒絕接受。

什麼？

瑞克現在正解開腰帶，當作一條粗糙的止血帶繫在膝蓋上。拉緊打結時，他因疼痛而畏縮。她等著他再次開口，在腦海裡重複著他的話。不，不對。他又在撒謊。又是一場智力遊戲。

她想起他的錢包。在路上。像是曲棍球一樣。就在她一兩個小時前扔下的地方，就在她說出雷切維奇的詭計的那一刻，他的父親拿支步槍瞄準她的背部並扣動了扳機。為了分散她的注意力，他一直在撒謊。她已經確定了。

如此確定。

現在一股刺骨的寒意爬上了她的脊椎。一節一節的爬上。

她用麻木的雙腿踱步回到橋中央。她跪下，用顫抖的手指拿起錢包。她打開，讓裡面卡片掉在路面上——

在後面。最後一張照片……

這次她把貝瑞塔塞在胳膊下，用雙手在一個暗袋裡找到了它。厚紙張，像是卡片的紙。她用拇指把它撕下翻了過來。

她沒有認出穿著便服的雷切維奇——破洞牛仔褲和鮭魚粉色襯衫，感覺有點笨拙。他坐在一艘兩人座的獨木舟上，腿上放著一根釣魚竿，身後是玻璃般澄澈的水。在另一個座位上，船上的第二個乘員靠得很近，為了自拍，她的脖子伸到畫框裡，手掌放在雷切維奇的大腿上，她——

莉娜甩了甩頭。她想放下它，想把它扔到橋下，讓火焰將它吞噬。

他看到了。「我告訴過妳，莉娜。」

她凝視著骯髒的天空，使勁眨了眨眼。她大叫，一聲深長而奇怪的呻吟。毫不掩飾得大叫，這一次沒有槍戰來改變話題。終於，她帶著一顆怦怦跳的心，低頭看著照片。

看著她自己的臉。

「我知道我喜歡她。」雷切維奇若有所思地笑了笑。「自從我第一次發現她偷汽油並說服她在城裡待一段時間。那時是三月，我想——」

不不不。這不合理。它與一切相矛盾。

她在圖片中搜索修圖的痕跡、不協調的陰影或剪斷的邊緣。可能有脅迫的跡象，就像一把槍抵在她的肋骨上，因為坎布莉不可能在這個男人面前表現得如此輕鬆愉快，和他一起釣魚，親吻他，靠著火光說話，喝著同一杯飲料。

她的皮膚曬得黝黑，嘴角勾起那熟悉的笑容。因惡作劇而發光。

「妳不認識她，莉娜。」

她強迫自己說話。「但你追逐她。」

「是。」

「在她看到你的火堆之後。」

「都是真的。妳知道追逐的細節，以及我們為什麼要追逐她。」他的眼睛閃爍著光芒，藏匿著某樣東西。

「但你不知道她為什麼跑。」

停頓非常痛苦。

斷頭台刀鋒落下前的寂靜。

「那天下午，我和坎布莉在湖上度過。我們玩得很開心。我們最後的美好時光。她釣到一條有我手臂那麼大的兇猛鱒魚。但到最後她注意到我的心不在了，因為我能想到的只有井裡的小男孩。它撕裂了我，成為一個秘密怪物。坎布莉知道我對她有所隱瞞。撒謊只會讓事情變得更糟。」

「我們吵了一架。她生氣地離開。我也離開了，我的船裡有個裝滿了融化的魚的冷藏箱，然後我開車回到我父親的地產，對他非常憤怒，憤怒他把我的生活扭曲成什麼樣子。那時我真的可以殺了他，我想。但他當然不在家。」

「然後我……我聽到這輕柔的叮噹聲，來自我父親的卡車。像一條金屬鍊子，輕輕地左右擺動的聲音。當步槍碰到我的後頸時，我才意識到那是什麼，是手銬。」

手銬。

他嚥了嚥口水。

「是我爸爸最新的流浪者。一位三十多歲的母親，在州際公路上被綁架。她剛剛逃脫束縛，解開了手銬，或者爸爸喝醉了，晚上沒把手銬完全鎖起來。她從他的駕駛室裡偷走了步槍然後爬了出來用它伏擊我。是我運氣好，對吧？她渾身是血，發狂暴怒，手指扣在扳機上朝我咆哮：**告訴我我兒子在哪。不然我打爆你的頭**。」

「看著那把 .30-30 的槍管指著我的喉嚨，我說：我不是塑料人，我只是替他善後。我向她保證，她的小男孩很好，我將他保護起來了，她不必殺我，我們可以想辦法——」

他呼了口氣。

「然後坎布莉開槍殺了她。」

——

不。

莉娜的思緒無限下墜。

不、不、不——

「她跟著我。然後看到一個陌生人拿槍對準我的頭。是吧？她行動了。妳妹妹救了我的命。」他的聲音細小。彷彿來自遠方。

「但後來她看到了卡車裡面。手銬。攝影機。她注意到她剛剛從背後射擊的那個女人身上還掛著膠帶。這一切映入了她的眼裡。我必須看著她的雙眼解釋真相。我父親是什麼人、我為他做了什麼、她剛剛做了什麼。」

一陣寒意。

「而她……她感到羞愧——」

莉娜感到腳下的橋面天旋地轉。幾乎失去了她的控制。

「我親吻她的頭，告訴她她很安全，她現在是雷切維奇陣營的一員，沒有人會知道她做了什麼——」

她的胃翻騰。

「我向她展示了我是如何切開屍體並排乾它們的——」她用手掌拍擊地面，咳嗽了起來。喉嚨裡一陣酸楚。

「我愛她，莉娜。我愛她。我告訴坎布莉隔天早上我會帶她出去吃聖代。我想讓她振作起來。這是可悲的部分。我覺得自己在慶祝。就像我這輩子都獨自一人背負著父親的重擔，現在可能不必了——」

他勉強笑了笑。沒有惡意。心碎。

「所以我帶坎布莉去看井裡的小男孩。我有一個絕妙的主意——我和她，我們自己撫養孩子。對吧？我已經決定離開跟奶牛沒兩樣的妻子，我們將組成自己的小家庭。這他媽的太完美了。我們會從這個錯誤中得到一些好處。我們會拯救那個孩子的。她可以贖罪。天秤平衡了。但坎布莉沒有在聽。她只是坐在山上，看著我燒掉那個女人的屍體。那時我不知道，但現在我明白了，看著這個小男孩，她的內心已然破碎。她不只是誤殺了一個無辜的女人。她殺了一個母親。」

用布雷克的槍，莉娜意識到了。**她確實偷了它**。

雷切維奇吐了一口血。「她也要我好嗎？她問我是否可以去她的車裡捲一根菸，思考一下這一切。我說好，因為此時我已經拿走了她的槍並吸走了她的汽油。她還能做什麼？但我忘記罐裡的備用汽油。大約一加侖。」

這就是她逃跑的原因。

「她踩了油門，往死裡開。」

淚水在莉娜的眼眶裡打轉。

「我只想在她到達岩漿泉之前和她談談，讓她冷靜下來。我不想傷害她。但她會摧毀我們。她淚流滿面，她的汽車冒著油煙，拼命想撥打九一一，逃離並把我們都交給——」

在莉娜的腦海中，追逐的過程重演了。在雷切維奇阻止她之後，坎布莉欺騙了他。在路上擺脫他但倒霉地遇到閃電。躲避他幾英吋遠的甩尾動作，讓他在路上打轉。追趕卡車，與塑料人打鬥——

「我們在橋上把她逼到了牆角。我父親對因為他的眼睛大發雷霆，朝我大喊要開槍殺她。而坎布莉也無處可去。沒有選擇。她知道我現在不可能保護她。她試圖發送最後一條簡訊，然後下車爬上了欄杆，就在那兒，在我阻止她之前，她——」

莉娜不斷地搖著頭，滿是傷痕累累、無能為力的恐懼。她希望他能停下來，希望他能住口。

「她跳了，莉娜。」

「別說了——」

「她自殺了。這是真的。妳一直有自己的假設。」他似笑非笑，彷彿想起了什麼有趣的事。「嘿。那會在妳的書裡出現嗎？她塑造的某個女英雄——」

「住口——」

「那不是傷了你媽媽的心嗎？坎布莉不僅自殺了，她還殺了別人。所以她肯定下地獄了——」

「拜託住口——」

「她的自殺簡訊是問題所在。當我把她的手機帶離現場時，訊息會自動發送給妳。妳相信嗎？如果不是那條小文字，我可能會像其他人一樣燒掉她的身體。但現在有一條訊息直接發給她的家人，裡面有我的名字，所以我不得不編造一個故事——」

想起文字的最後一句：請原諒我，莉娜的心被傷痕累累的希望牽動著。**我無法這樣活下去。希望你可以，雷切維奇警官**。

「復仇，」她低聲說。

「不是這樣——」

「坎布莉發了你的名字給我，所以我會來找你——」

「不。」他看起來很不情願。好像這個啟示對他而言也太過殘忍。「那則訊息不是寫給妳的，莉娜。坎布莉是在向我道歉。她不能忍受謀殺那個女人。也許她對我有點反感沒錯。但是當她試圖用那個笨重的翻蓋手機發送它時，我想她是不小心在通訊錄裡按到了妳的號碼。鼠臉就在雷的上方。」

一個空虛的窟窿在她的胃裡破裂。

「我不……」他無力地聳聳肩。「我不認為她有任何話要對妳說。」

在顫抖的照片中，她的妹妹對她微笑。一個陌生人戴著他們共同的面孔的笑容，難以理解，不為人知。

「妳以為……是她的鬼魂帶領妳到這裡？**長大點，莉娜**。」

她轉身離開。

……什麼，她的鬼魂讓你在夢中來到這裡？

「等等。還有更多——」

她把他留在那裡。甚至沒有想到要射殺這卑鄙的男人。他已經流血了。也許熱氣和濃煙會把他活活烤死。

「嘿，」他叫道。「想知道她的遺言嗎？」

她不想。

「在那欄杆上，在她跳下之前——」她不理他，扭開卡羅拉的車門。

「妳妹妹淚流滿面地求我：**雷，請不要告訴我的家人——**」

她跌到座位上，砰的一聲關上了門。

「拜託。」他的聲音透過破碎的窗戶傳來。「別跟爸爸媽媽說我做了什麼——」

莉娜把她的槍放在杯架上然後發動油門。她不能像對待動物一樣處決雷切維奇，但當她分開他們的汽車並讓這個小孩殺手裸露的膝蓋骨直接撞上地面時，她從他尖叫的方式中獲得了發自內心的快樂。

第二十七章

難以忍受的疼痛。

席歐正痛苦地把自己挪到門前最後幾英寸，這時他聽到了兒子迴盪的尖叫聲。從側視鏡破碎的玻璃裡，他瞥見兩輛車分開。卡羅拉離開了。

向席歐駛去。

他幾乎沒有時間了。他殘破的下巴不斷湧出鮮血。當那輛藍色的汽車在鏡子中越來越近時，他正在一點一點地死於致命的傷口中。小莉娜．阮認為這駕駛艙裡的一切都結束了，她將勝利地離開髮夾橋。再過幾秒鐘，她的路徑就會經過他的卡車，在魔幻般的半秒內，席歐．雷切維奇將與她構成完美的角度。

於是，他做出了選擇。唯一的選擇。

為了凱蒂。

他從喉嚨處抬起黏糊糊的手，將溫徹斯特 .30-30 槍管支撐在門上。最後一次。

舉起武器是一項艱鉅的努力，但他呻吟著挺了過去。他把顴骨按在槍托上，在汽車靠近時瞄準。

最後一個流浪者。最後一次伏擊。

他穩定了步槍。凱蒂，你會喜歡這個的。

沒有手指抵住喉嚨，滾燙的鮮血順著他的襯衫噴湧而出。他要讓莉娜・阮失望而死，這是一個完全公平的交易。為什麼害怕死亡？遺忘是無痛的，一切的默認狀態是虛無。世界圍繞著席歐，是一片亮白和橙色。他猜他大概還剩下三十秒可以活。

很好，因為莉娜的時間更少。三秒，或許？

卡羅拉出現了。她的臉在破裂的擋風玻璃內成形。她臉色蒼白，心煩意亂，渾身是血。她不知道自己會成為塑料人的最後受害者。這緊繃的氣氛很棒。這是席歐生命中的高潮時刻，與每次外出時一樣美好：就像一個流浪者漫不經心地走進壁櫥門去抓她的浴袍，莉娜開車越來越近，精準地和卡車對齊，讓他的子彈能穿透玻璃。

兩秒鐘。

他甚至不需要移動他的步槍，莉娜的臉便滑進了準星內。小心地，一切水到渠成，他扣動了扳機。

一秒……

——

死亡是無痛的。

她的大腦瞬間被摧毀。

從髮夾橋的欄杆上自由落體大約三秒鐘後，坎布莉以幾乎每小時一百英里的速度頭朝下撞擊岩石地板。一切都在千分之一秒內結束。她大腦中的軟物質液化，每一個突觸都像一百萬串被毀壞的聖誕燈一樣爆炸，坎布莉·琳恩·阮的一切都立即、不可挽回地消失了。她所有的秘密、她的笑話、她的激情。鮑伯龍、她最喜歡的歌詞「（不要害怕）死神」、她稱我為鼠臉的未知原因。破碎電路板上的電極，它們的數據永遠消失了。

對吧？

這就是我想像它發生的方式。

醫學界同意雷切維奇的證詞——從這樣的高度墜落，你不可能感受到撞擊的痛苦。所以我就是這樣寫的。但事實是……我毫無頭緒。我討厭這樣說。誰能知道死去的感覺呢？親愛的讀者，我所知道的是我妹妹的故事到此結束，我希望它以不同的方式結束。

希望的程度超乎你想像。

我根據我在九月二十一日與雷切維奇下士和他的父親席歐（現在以塑料人而聞名的連環殺手）對峙時記錄的口頭證詞，盡可能準確地寫下整件事。我在兩輛車之間壓碎了雷切維奇的腿後，他告訴我最後一件事：他很抱歉他謀殺了我的妹妹。此時對講機被（被他）摧毀，因此沒有他的認罪的錄音。但重要的是，要注意，經過那天數小時的欺凌和撒謊，他終於承認了我妹妹死於謀殺。

對不起，我們殺了坎布莉。

那是他對我說的準確的、也是最後的話。

我不能保證能寬恕他。我無法處決他。我不知道該怎麼辦。我把他丟在那裡，回到我的車裡，然後離開。

不，開車是錯誤的詞。我逃跑了。

在我的軟弱中，我留下了一個邪惡的人，他的後車箱裡有一把半自動步槍，車也還能動。即使受傷，他也可能逃跑、劫持人質或伏擊急救人員。即將到來的野火不會殺死他——髮夾橋至今仍屹立不倒，被煤煙熏黑，但毫髮無損。

當我把他丟在身後時，我記得自己瞥了一眼後視鏡，看到坎布莉瘀傷、血淋淋的臉。一個清晰的想法進入了我的腦海。

在當天的記錄中，我回想了她的葬禮：當你死時，你從一個人變成了一個念讚。我還以為自己早在六月就明白，但現在我才完全明白——死亡的殘酷。我的妹妹已經失去了她在這個世界上擁有身軀的資格。坎布莉沒有聲音，沒有身體，沒有自我。她只以我們記憶中的方式存在。現在我們將她的整個生命都融入我們的身軀裡面，就像游牧部落過去在號角裡裝火以讓餘燼持續燃燒一樣。

當我駛過那輛裝有塑料人屍體的卡車時，我決定讓唯一一個人來承載坎布莉的記憶之火。這人絕不會是她唯一倖存的殺手。

我妹妹生命的最後幾個小時不是有關雷切維奇的故事。它們是我的。

這就是為什麼……

這就是我轉身的原因，我想。

——

卡羅拉猛地轉向，駛離了席歐的槍口。

什麼？

震驚變成了難以置信——

不不不——

藍色的豐田車一百八十度迴轉，否決他朝向莉娜．阮的完美射擊。眨眼間，她的臉消失了，現在被她的車體遮住了。離開了。

他簡直不敢相信。她曾經是囊中物了，怎麼知道會在那個時候、那個地方轉彎？步槍在他手中晃動。視線模糊。不管怎樣，他都想探出身子朝女孩的車開火——現在她正從他身邊離開，回到橋上——但從如此艱難的角度，這純粹是憑運氣。他太虛弱了，無論如何也沒法從門上爬起來。

他已經付出了代價。血從他的襯衫上流了下來，慢慢流到他的心臟。當她離開他破裂鏡子的畫面時，他的頭腦變得泥濘和黑暗，一個難以置信的想法在他不斷縮小的大腦壁上迴盪：我擁有了她。我有她。我有她。

我總是擁有流浪者……

——

莉娜加速回到髮夾橋。

回到雷切維奇的巡邏車，快速穿過煙霧。那個殺小孩的人倒在地上，留下一條條血跡，他用破碎的腿拖著自己離開。不夠快。

她踩下剎車，從卡羅拉的杯架上拿起貝瑞塔，把彈匣彈到她的掌心：空的。彈匣中只剩下一顆九毫米子彈。

一顆就夠。

向前五十碼，雷切維奇看到她來了。他知道。他拖著破碎的骨頭爬得更快了。驚慌失措，無力地站起來，爭先恐後地爬到他的巡邏車後面。

莉娜把空彈匣按回手槍裡。增加的幾盎司重量將有助於穩定她的目標。她從儀表板上取下妹妹的眼鏡，戴上。她用拇指揉了揉眼睛，深吸了口氣，最後吐出一個令人心碎的誓言——*爸爸媽媽永遠、永遠不會知道*——才走出外面進入焦灼的空氣中，她用力關上車門，最後一次面對雷切維奇下士。

我保證，妹妹。

媽媽永遠不會知道。

雷切維奇到達他橋上的 Charger 的後車廂——現在解鎖了——用滿是鮮血的手掌將它推開伸手進去……

他的AR-15被舉到日光下。

它在黑暗中等待了一整天，現在終於、終於到了他的手中。有光澤的黑色，帶有珠狀油，聞起來是辛辣的糖果氣味的溶劑甜味。他忍住咯咯的笑聲。

「驚喜呀，婊子。」他回頭看著莉娜。

她現在已經下車了。她雙腳分開與肩同寬，靜靜地站在門邊。當她舉起貝瑞塔瞄準他時，她的肘部抬起形成了完美的等腰握法。她甚至沒有使用她的車輛作為掩護。

更令人困惑的是距離。他們之間還有五十碼。

雷切維奇拍打螺栓卡扣使彈殼轉動一圈。他把步槍對準她，將槍管護罩放在Charger的保險槓上。紅色的十字線很容易就找到了目標。

飢渴地瞄準。

坎布莉站得很高。也瞄準他。

*不，是莉娜。*戴著坎布莉的眼鏡。她是半個足球場外的一尊雕像，被釘在瑞克步槍瞄準鏡的玻璃碗裡，用她自己的未放大的手槍瞄準具盯著他。有那麼一個超現實的時刻，他覺得他們好像在用他們的武器進行眼神交流。關於這件事——在熾熱的天空下進行的直接決鬥——讓他感到害怕。毫無掩飾。沒有言語。沒有理由。

確定嗎，女孩？他想喊。這可不是射擊卡紙目標。

五十碼——一百五十英尺——對於他的 AR-15 和它的放大鏡來說輕而易舉，它是她手槍有效射程的兩倍。手槍是近距離武器，很難在遠距離準確射擊。低速子彈更容易受到風和重力的影響。當然，這比莉娜在西雅圖練習過的任何有空調的射擊場都要遠。他還有防彈背心，保護他免受中彈的傷害。她是一個很好的射手。但也不可能那麼好。對吧？

對。他大拇指關閉了安全裝置。也許莉娜意識到了這一點，她在轉身殺死他時犯了致命的錯誤，他把她引誘到一場無法取勝的槍戰中。

瑞克．雷切維奇將步槍放大的準星對準她的胸口準備開火，而她則雙手高舉貝瑞塔瞄準了他，眼睛一眨不眨，深吸了一口氣，做著同樣的事情。

她沒有那麼厲害，他想，扣動扳機。

她不可能那麼厲害。

當她先開槍時，他看到她手中有一道閃光。在五十碼處，光線瞬間首先侵襲了他，然後再十分之一秒後是子彈，六分之一秒後，是聲音。

他從來沒有聽過這聲音。

——

四分鐘後，阮氏姐妹最後一次向髮夾橋駛去，在離開的路上，再次接近位於南坡道的席歐．雷切維奇停住的卡車。

在那裡，等待著的是他的溫徹斯特槓桿式步槍靠在門上，裡面裝有一個 0.30-30 的鋼套子彈。一隻髒手指甲扣住了扳機。卡羅拉首先出現在卡車破碎的鏡子中，然後進入武器的金屬瞄準具。但是步槍沒有開火，因為拿著它的人幾分鐘前就已經失血過多了。

汽車穿過了瞄準鏡。

並繼續前行。

席歐的卡車繼續掛在護欄邊四十八分鐘。然後最後一根鉚釘在懸掛的重物下爆炸，整個車體以及裡面的連續殺人魔的屍體——他死後被稱為塑料人——在被壓扁的金屬和點燃柴油的快速撞擊中墜入河床，聲音震耳欲聾，沒有任何目擊者。

第二十八章

當我離開時，我發誓妳和我一起坐在車裡，坎布莉。

妳坐在副駕駛座。就在我身邊。在我腦海中如此清晰。看到妳坐在那兒，腳趾踩在儀錶盤上、嚼著口香糖、在記事本上畫草圖、在妳的筆觸之間抬頭瞥了我一眼，對我微笑。妳一直喜歡畫畫。

我也笑了。

我無法形容那一刻的感受。上帝，我現在正在努力，但失敗了。我只能說，那是我一生中最溫暖、最滿足的感覺。來之不易的和平。

妹妹，妳的靈魂終於可以安息了，因為妳的兇手永遠不會再奪走一個無辜的生命。媽媽知道妳不在地獄裡。當我開著妳滿是彈孔的汽車回到岩漿泉時，我忍不住讓那愚蠢、快樂的笑容佔據了我的臉，我把妳豐田音響的音量調到最大，聽著妳的舊ＣＤ。

—

莉娜一言不發地開車。

她已經尖叫過了。啜泣過了、嘔吐過了。她已經做了這一切，眼睛發紅，喉嚨發痛，現在她完全沒有感覺。在她的胸口裡，一個空洞已然成形。

她把後照鏡拉了下來，因為她再也看不下去妹妹的臉了。

髮夾橋消失在她身後。她向自己保證，當那結構碰上一英里高的煙霧大牆時，她永遠不會再踏上它。她希望金屬可以燃燒。她真希望自己根本沒有來蒙大拿。

一道鋸齒狀的閃電劃過天空。沒有雷聲，沒有暴風雨。只是在灰燼中摩擦。

她的膝蓋上放著雷切維奇錢包裡的照片，他和坎布莉一起在湖邊微笑的照片。它的存在本身就是一個懸而未決的結局，這是最後一次瞥見她妹妹歪歪扭扭的笑容，伴隨的感受令人難過。

她把它伸向窗外，任由風吹走。

—

我需要說最後一件事。然後就結束了。

當我打字時，黎明即將來臨，現在是九月二十一日凌晨五點三十一分，我即將前往霍華德縣執行我的自殺任務以對抗雷切維奇並了解坎布莉之死的真相。我有一個保溫瓶黑咖啡和上鎖的貝瑞塔。

我昨晚做了一個夢。我需要在它消失之前把它寫下來。在我走之前。在我的夢裡，我們又回到了十八歲。妳和我，坎布莉。是和妳的朋友一起登上亞基馬河上的鐵路棧橋，妳告訴我在你妳跳橋之前並不相信來世。當妳的頭撞在橫樑上時，那撞擊聲如此可怕。不知何故我跳了進去，在寒冷和黑暗中找到了妳。接著我們倒在冰冷的沙灘上。胸部起伏。綠色雜草黏滿妳的頭髮。

然後妳轉過頭看著我。我知道這是夢，而不是記憶，因為在現實生活中妳的朋友已經包圍著我們。但在我的夢裡，只有我們和水花，還有妳看著我，妳年少的眼中透著刺骨的悲傷。我從來沒有見過這樣的心痛。

我等妳開口。

我知道這不是一個正常的夢。這不是另一個割開喉嚨和閃閃發光的腸子的噩夢。

不知怎的，我知道這是我的機會，也許是我唯一的機會，無論是真實的還是想像的，再次和妳說話的機會。在這個夢境蒸發之後，妳就永遠離開了。

我等妳開口。就是這樣。

拜託。說些什麼吧，妹妹。

——

莉娜在有毒的橙色天空下到達岩漿泉。

高速公路被封鎖，疏散人員向東行駛，消防人員向西行駛。她到達了岩漿泉餐館和加油站共用的熟悉的礫石停車場。灰色的灰燼像世界末日的霜一樣點綴著窗戶。

她關上卡羅拉的車門並鎖上。無意識的習慣——窗戶已經沒了。

她走進餐廳，發現她的包廂沒有受到干擾。錄音完全按計畫上傳到雲端。連結沒有中斷。在雷切維奇摧毀對講機之前，.mp4 文件已經錄製了三小時十九分鐘。到明天，她殺死的兩個罪犯就會成為全國新聞。

看著板上的野火報導，櫃檯的女士甚至沒有抬頭看一眼。她心不在焉地問莉娜的項目進展如何。

還行，她回答。

需要什麼嗎？

不，然後她又考慮一下。一個聖代。

女士躲回廚房時，莉娜注意到牆上掛著一張剪報。一位當地的士兵獲得了獎勵。她認出了年輕的雷切維奇的微笑，並研究了他的臉、他潔白的牙齒和英雄般的瞇眼，想知道在拍攝這張照片時他讓多少屍體消失了。她妹妹在他身上看到了什麼，糟糕男＃18？

他是她罐子裡的另一個蟲子嗎？

坎布莉永遠不會回答。如果地獄存在，她很可能就在那裡。或者她完全消失了。

哪個更糟？

桌面上，鮑伯龍抬頭看著莉娜。她今天早些時候在等待雷切維奇時畫了它。現在她從錢包裡拿出一枝筆，開始用力畫掉它。她的思緒又回到了髮夾橋，回到了刻在雷切維奇巡邏車乙烯基座椅上的版本——又一個懸而未決的結局。但她心裡一沉，她知道他是對的，鮑伯龍確實是那部尼克國際兒童頻道動畫片中蜥蜴的複製品，因此任何人都可以畫出來。並非坎布莉畫的所有東西都很棒。

聖代到了。莉娜吃了三口，但她鬆動的牙齒在牙齦裡疼痛。巧克力糖漿很薄。一切嚐起來都像血。她的胃再次翻騰，她丟下勺子，臉頰火辣辣的，眼睛裡充滿了淚水。

女服務員看著嚇了一跳。她沒有離開。莉娜過了一會兒才明白為什麼。她的鼻子破碎，衣服和頭髮上的血結塊，左眼上有一個腐爛的紫色結痂。

請問可以報警嗎？

女服務員點點頭，快步走了。

莉娜在她的隔間等著。她從皮套中取出空的貝瑞塔，將其拆卸，然後將油膩的黑色零件放在桌面上。然後她雙手壓在大腿下，想知道她是否真的愛過她的妹妹，或者是否只是喜歡這個念頭。如果這個人不再存在，還有什麼關係嗎？

她向前盯著對面的座位，直到她的眼神失焦。

妳回頭看看我。妳的眼裡噙滿淚水，妳的嘴唇捲曲，起初我不認得，因為我以前從未在妳的臉上看過這樣的表情：深深的恥辱。痛苦的屈辱。這令人心碎。我敢說妳害怕我，不知何故。我必須這麼想。

我問妳怎麼了。妳不會回答。妳扭過頭，淚流滿面，看著亞基馬河。

我還是不明白。我撫摸妳的肩膀。妳搖頭，頭髮拍打的臉。妳一直有目的地盯著前方，盯著遠岸甚至是更遠的水光。

妳張開雙唇，最後顫抖著牙齒說話，話語伴隨著輕淺的呼吸：

莉娜，走吧。

——

她眨了眨眼。

餐廳裡只有她一個人。螢幕靜音了。廚房裡沒有叮叮噹當的銀器或正在運行的洗碗機。女服務員看到桌子上拆開的手槍後，將工作人員帶了出來。莉娜現在所要做的就是等待警察——真正的警察——到達並帶她接受訊問。但有些不對勁。

還沒有。

桌面的木紋中仍然可見鮑伯龍。她還沒有完全擦掉他卡通的眼睛。

她沒有碰她的筆。她僵硬地坐在雙手上，紅色的陽光閃耀，昨晚的夢成了焦點。

去哪裡？

妳不回答我。妳只是盯著遠方的波紋光河搖頭。

走吧，拜託。

我不明白。

妳轉身面對我，一滴淚水從臉頰上滑落。妳呆滯的眼睛裡透出新的緊迫感。警報響起。

莉娜。

現在走吧。

我依舊只能盯著看。

我敢說我不明白妳的沮喪。老實說，坎布莉，我也妳的氣了。我冒著生命危險跳進黑暗的水中找妳，就這樣被推開？那有什麼意義呢？為什麼我還要找麻煩？

我搖搖頭，還是一頭霧水。反正我不想走，我想要陪伴妳。我想妳。拜託，上帝，讓我在這裡多待一會兒，在亞基馬河這個記憶猶新的岸邊，和我死去的妹妹交談，但後來妳推了我一把。很用力。

妳為什麼這麼做？

我在濕漉漉的沙子上撞到背，目瞪口呆地看著妳。含著眼淚。我忍不住。

走吧，妳從牙縫裡發出嘶嘶聲。

現在。時間不多了。

莉娜離開了岩漿泉餐廳。

在她的座位上留有她的筆記型電腦，她幾乎沒有吃過的聖代，還有她手槍的五個拆卸部件。門在她身後砰的一聲關上了，在一片漆黑的天空下，她回到了她的卡羅拉。在殼牌泵旁邊，女服務員看著她開車離開，手機放在耳邊，念著她的車牌號碼告訴九一一。

她駛上高速公路。車速很快。引擎轟隆作響。

莉娜，走吧。

她穿梭在消防車和二十噸水車之間，感受著空氣吹拂著她的新鮮傷口。200號高速公路，然後是黃瓜農場路。幾英里後，警笛的悲鳴在她身後響起。她沒有回頭。她知道她後面跟著一輛和雷切維奇一樣的道奇Charger。沒關係，因為她快到了。

走。現在。

她幾乎錯過了車道。但是，是的，它就在那裡，右轉經過燒毀的穀倉，正如雷切維奇所描述的那樣。又過了半英里，在沖刷掉的礫石上，她到達了一片普通的水泥地範圍。半開著車門，車頭燈與落下的黑暗搏鬥，她步行進入了一片陌生的荒地，經過一輛老舊、車身鏽跡斑斑卡車，周圍是成堆的岩石，一排排整齊但開始腐爛的木材，以及在她的右邊，她看到了開始這一切的可怕景象：四個火坑，堆滿了沉重的石頭金字塔。它們現在是空的。乾煤在風中呼出灰塵。

她繼續走著。在她的左邊，有戰壕和挖出的泥土。紅色的拖拉機沾滿了沙礫。地面被翻開，腳下有坑洞。她想知道她走過多少輛被埋下的汽車、多少土壤被用來火化人骨。

紅色和藍色的燈光閃爍。警車停在她的卡羅拉後面，在雷切維奇的地產映射狂野的陰影。

她越走越深，越走越深。警察鳴響警笛引起她的注意。儘管如此，她還是沒有回頭。她停不下來。她不會停，她的心臟聲越來越強烈。

快沒時間了——

——

然後我醒了。

那是我的夢，親愛的讀者。

我祈求上帝那真的是妳，坎布莉，而不是我一廂情願的想像。我希望這真的是妳的靈魂在睡夢中拜訪我，今天早上用妳粗魯的方式催我出門。要我不要失去勇氣，去妳死去的橋上和雷切維奇對峙。避免發生在妳身上的事情也發生在其他人身上。

但這不像妳——那眼中的絕望。妳推開我的方式。妳為什麼這麼生氣？我希望妳說些夠好的話，像是我愛妳。

我想我只是不明白。沒關係，因為無論妳小時候做過什麼。我都不在乎。我先原諒妳了，妹妹。不論如何。不管是什麼。

我還沒來得及對妳說這些就醒了，妳想要我的回覆嗎？妳了解我。我會盡可能地文鄒鄒。想想看，就像「我沒有嘴巴，我必須尖叫」中邪惡人工智能的倒置版本。就是像是：愛。愛。愛。愛。只愛妳。除了愛妳別無其他。在妳留下的火山之中。無法想像的愛是深不可測的廣袤，東西南北綿延無盡、不倦怠、無條件的愛。坎布莉，我的雙胞胎，我他媽的太愛妳了。

無論妳在生活中做了什麼，妳想贖罪，妳害怕我的評判，我不在乎。好好休息吧，妹妹，因為我會永遠愛妳。

以及……。

我去了。蒙大拿州。我正在關閉這台筆記型電腦走到妳的車前，發動引擎，然後繼續前進。**離開**，就像妳要求的那樣。但我也有一些要求。

今天在髮夾橋上，請注意我的背影。請當我的第六感。成為我心中的耳語。當我脖子上豎起的毛髮。微妙的幫助是我在今天的戰鬥中生存下來的優勢。讓我借一天妳的怒火。但最重要的是，希望夢裡真的是妳，而不只是我令人心碎的想像……。

拜託了，坎布莉……給我一個暗示。

——

她聽到警察搖下窗戶上喊道：停步。

她沒有。她不能。

他關掉了引擎，在令人心跳加速的寂靜中，一個聲音引起了莉娜的注意。它微弱、細小，被狹窄的空間扭曲了。她停了下來。這聽起來很虛幻，就像她耳邊的鈴響。

在她身後，一扇車門吱吱作響地被打開。**停步，馬上。**

儘管如此，莉娜仍然只關注那個遙遠的聲音，那個不真實、幾乎聽不見的迴聲，徘徊在她感知的邊緣。

她努力相信這不是她的想像，也不是她耳膜內受損的結果，它是真實的，並且意味著什麼。它是從底下傳來的。在她的左邊。在那裡，她看到了一圈舊石頭。是一地下水井。

她的血液凍結成冰。

直到現在她才轉身，搖晃虛弱的膝蓋面對公路巡警。他的一隻手擺在他的側臂上。但他也僵住了，跟她一樣驚呆了，因為他聽到了和她一樣的聲音。哦，感謝上帝。他也聽到了。這是真的。她眨了眨眼，他們的目光相遇了。他已經知道那是什麼了，而在另一個令人敬畏的心跳聲中，莉娜也知道了。

在雷切維奇黑暗的井中，那聲音越來越大。痛苦飢渴了兩天，聲音嘶啞，乞求被發現。

那是一個小男孩的哭聲。

結語

她踩著跟鞋走下窄軸，肩膀在乾燥的石頭上拱起，就像爬在煙囪裡一樣，膝蓋壓在她的胸前。這口井對從上面拋繩子的騎兵來說太窄小了。溫度下降，她走下到令人窒息的黑暗中，十五英尺、然後是二十英尺、三十英尺，直到她發誓她又再次深入亞基馬河的水面之下，疼痛的肺吸著空氣，害怕她伸出的手卻什麼也沒有找到，坎布莉永遠消失了。

這一次，莉娜．阮無所畏懼。

在底部，她感覺到了。小手指握住她的手。

她解開腰帶環上的繩子，在救援到來時和他坐在一起，給他一小杯水，這樣他就不會嘔吐了。後來，當他們一起等待時，她對男孩說的話大部分都記不得了。他很安全；好人會來幫忙；我們失去的親人永遠、永遠與我們同在。對於這個雙腿骨折的脫水小男孩來說，所有事情可能都毫無意義。有時候，重要的是你在黑暗中的聲音。

但有幾句話她不會忘。「想知道一個秘密嗎？」

當然想。

當消防員和護理人員呼嘯而至時，手電筒從上方照亮了他們，莉娜湊近耳語。

「是我妹妹帶領我找到你的。」

致謝

與往常一樣，如果沒有家人的不懈支持，我無法寫出這本書。感謝我的父母，他們一直相信我並成為我的兩個最大的粉絲。感謝在整個寫作過程中忍受我所有的怪癖和緊迫盯人，不時敦促我放慢節奏，並提出一個很可能挽救這本小說的故事創意。

感謝我出色的文學經紀人大衛・史密斯，他引導我走出困境，走向綠色海岸。感謝艾瑪・林奇和馬丁・索莫斯的專業知識，以及經理查德・史諾佩克始終睿智的建議。我很幸運有這麼多優秀的人參與這個項目，希望未來還會有更多人。

感謝我在威廉莫羅的出色編輯珍妮弗・布雷爾，感謝您在我們編輯這本書時清晰的目光和指導，讓故事盡善盡美——格式的選擇也不例外（當然還有彼得・施耐德，總是推薦優秀書籍和電影！）。非常感謝威廉莫羅的整個團隊所做的出色編輯工作並將這個故事傳遞給讀者。謝謝大家。

高寶書版集團
gobooks.com.tw

TN 289
自殺橋
Hairpin Bridge

作　　者　泰勒・亞當斯（Taylor Adams）
譯　　者　蕭季瑄
主　　編　楊雅筑
封面設計　黃馨儀
內頁排版　賴姵均
企　　劃　鍾惠鈞

發 行 人　朱凱蕾
出　　版　英屬維京群島商高寶國際有限公司台灣分公司
　　　　　Global Group Holdings, Ltd.
地　　址　台北市內湖區洲子街88號3樓
網　　址　gobooks.com.tw
電　　話　(02) 27992788
電　　郵　readers@gobooks.com.tw（讀者服務部）
傳　　真　出版部　(02) 27990909　行銷部 (02) 27993088
郵政劃撥　19394552
戶　　名　英屬維京群島商高寶國際有限公司台灣分公司
發　　行　希代多媒體書版股份有限公司/Printed in Taiwan
初　　版　2022年3月

國家圖書館出版品預行編目(CIP)資料

自殺橋/泰勒.亞當斯(Taylor Adams)著；蕭季瑄譯. -- 初版. -- 臺北市：英屬維京群島商高寶國際有限公司臺灣分公司, 2022.03
　面；　公分. -- (文學新象；TN 285)

譯自：Hairpin bridge.

ISBN 978-986-506-357-3(平裝)

874.57　　11100167

GOBOOKS
& SITAK
GROUP©